アフター・サイレンス

AFTER SILENCE

HONDA TAKAYOSHI

本多孝好

集英社

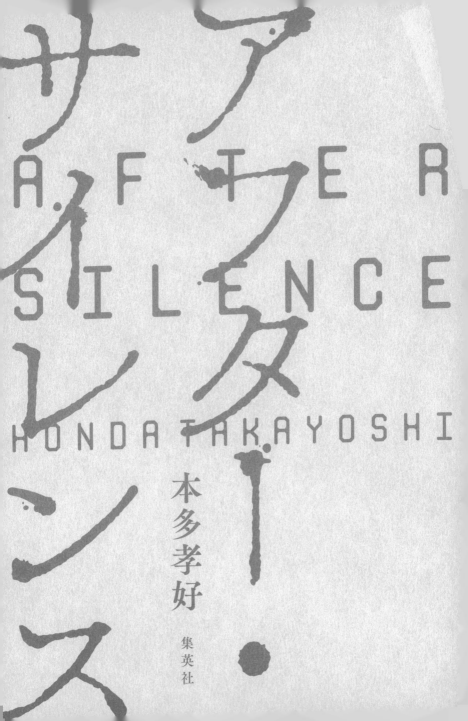

目次

アフター・サイレンス

二つ目の傷痕

デスクの上の彼女の手が小さく震えている。私は彼女の右斜めからその様子を見守っていた。私たちが座る二脚の椅子は、九十度の位置、デスクの隣り合う辺に向いている。私の左に彼女。彼女の右に私。直接、視線が合うことがないこの着座位置が、カウンセリングには適した座り方だとされる。実際、彼女は、時折、私のほうを見はするものの、大抵は正面にある窓へと視線を向けていた。

私は彼女の表情に注意を移した。

この部屋に入ってきたとき、彼女は意外なほど落ち着いていた。

「高階《たかしな》唯子《ゆいこ》さん。唯子さんって可愛らしい名前ですね」

私の名刺に目を落とし、そう微笑《ほほえ》んでさえ見せた。が、私が改めて自己紹介をして、自分の守秘義務について説明し、同意書にサインをもらい、この三週間の生活ぶりを聞いている間に、彼女の表情は失われていった。それがおかしなことだとは思わない。事件からまだ三週間。普通でいられるほうがどうかしている。ずっと平静を装っていた彼女が、徐々に素顔を見せている。私はそう受け取った。

五歳になったばかりだという娘について、彼女はぽつりぽつりと話していた。娘の花梨《かりん》ちゃんは、体が弱く、病気がちだという。その言葉に頷《うなず》きながら、私は彼女を注意深く眺めた。きちんとしたメイクと身だしなみが、逆に彼女の動揺を暗示している気がした。それは人からおかしく見られないように、あるいは自分は大丈夫だと自身に言い聞かせるために、念入りに整えられたものに見えた。二重のぱっちりとした目と大きめの口が印象的で、本来はきっと表情の豊かな人なのだろうと思わせる顔立ちだった。

「今、特に困っていることはありますか？」

話が一段落したところで私は尋ねた。生活全般について聞いたつもりだったが、やはり母親の思考は子どもが中心になるようだ。保育園が事情を汲《く》んで親身になってくれているというようなことを彼女は話し始めた。

「体が弱い子なんで。すぐにお腹を壊したり、あとは頭がぼーっとするってよく言うんです。保育園の先生たちはそのことをわかってくれているので助かります」

そう語る彼女の声に力はない。

この三週間、彼女はとてつもなく目まぐるしい時間をすごしたはずだ。警察の聴取、葬儀の準備、マスコミへの対応。突如として膨大に押し寄せてきた様々な事象は、煩《わずら》わしく、ときに腹立たしいことも多かっただろうが、事件から一時、気を逸《そ》らす役は果たす。それらが一段落した今がむしろ、気持ちが落ち込み始める時期だろう。

まだ震えているその手を取ってあげたい衝動に駆られた。が、それは私の仕事ではない。そうしてくれる人がいるのか、確認した。

「では、娘さんは、花梨ちゃんは、今まで通り保育園に預けられるんですね？　それとは別に、今、どなたか頼れる人はいますか？」

彼女が正面から右四十五度に視線を移した。窓から私へ。ぼんやりとした眼差《まなざ》しは、質問をうまく理解できていないようだった。

「深い意味ではないです。ちょっとした用事をお願いできる人。ふとしたときに愚痴《ぐち》を言える人。その程度の意味です」

私がそう補足すると、彼女は少し首を傾《かし》げて考え込んだ。

「派遣の仕事先には、そこまで親しい人はいないです。お隣の……住んでいるマンションのお隣の竹内《たけうち》さんはよくしてくれます。だいぶ年上のご夫婦ですけど、花梨のことも可愛がってくれて。ちょっとした用事なら、ええ、頼めると思います。ただ、愚痴とか、そういうことになると……」

「そうですか」と私は頷いた。「では、たとえば」

彼女を何と呼ぶかについては少し悩んだ。事件の性質を考えると『奥さん』や夫の姓である『浜《はま》口《ぐち》さん』と呼ぶことには抵抗があった。『あなた』という呼び方も教科書的にはありえるが、年齢の近い同性が使うにはふさわしくないだろうし、そもそも私はクライエントをそう呼ぶことをあまり好まない。考えた末、今回は下の名前で呼ぼうと面談前に決めていた。

「たとえば、有美《ゆみ》さんの、お母さんはどうです？」

「お母さん」とその意味を確かめるように小さく繰り返し、彼女は首を振った。「いるけど、遠いですから」

事前に書いてもらった問診票には両親は健在となっていたが、住所までは記されていなかった。この状況で、今現在、彼女のそばにいないということは、相当、遠いところにいるということか。

「遠いというと？」と私は尋ねた。

「岩手です」

「ああ。確かに遠いですね」

確かに遠い。が、もちろん、娘のもとにこられない距離ではない。それでもこないのは、距離とは違う事情があるということか。母親を呼び寄せるよう助言していいかどうか、即断はできなかった。

「ご実家がそちらなんですか？　有美さんも岩手の出身？」

微笑みかけた私に彼女も微笑み返してくれたが、それは反射的な表情模倣《もほう》だ。人は目の前にいる人間の表情を無意識に真似《まね》ようとする。私に対する親近感や安心感の欠片《かけら》と受け取るべきではない。

「いえ。私は全然。行ったこともないです」

「そうですか」

私が頷いたとき、靴音が聞こえてきた。近づいてきた硬質な靴音が部屋の前を通りすぎていく。最上階にあるこの部屋は警察署内とは思えないほど静かだった。が、フロアが無人なわけでもない。私は靴音が聞こえなくなるのを待った。その間に彼女の意識が私との会話から逸れたのを感じた。彼女はデスクの上にある自分の手を見ていた。やがて両手をゆっくりこすり合わせる。靴音が完全に聞こえなくなっても彼女はそうしたままだった。

「いきなりのことでした」

不意に彼女が口を開いた。事件のことに話が飛んだのかと思ったのだが、違った。

「六十五まで働いて、会社を退職したと思ったら、すぐ二人で岩手に引っ越しちゃって」

親の話らしかった。

「そうですか」と私は相づちを打った。「すぐお二人で」

「ええ。定年後はこっちでゆっくりするんだろうと勝手に思い込んでいたんですけど、会社を退職した途端に、いきなり岩手って」

唇の端がわずかに歪《ゆが》んだが、はっきりとした表情になる前に、吸い込まれるようにどこかへと消えていった。

「岩手。どうして岩手だったんです？」

「二人とも歴史好きなんです。休みのときには、そういう、お城とか、お寺とか、歴史を感じられるところによく旅行していて、それで気に入ったらしいです。岩手の一関《いちのせき》です」

知っているかと問うように彼女が私を見た。

「平泉《ひらいずみ》の近くですね。奥州藤原氏《おうしゅうふじわら》」と私は言った。「中尊寺金色堂《ちゅうそんじこんじきどう》とか」

「先生も、歴史、詳しいんですか？」

クライエントから『先生』と呼ばれるのはクライエントを『あなた』と呼ぶのと同じくらい私の好みではなかったが、今はそれを指摘して、会話の流れを妨げたくなかった。

「ああ、いえ。特に歴史好きというわけではないんです」

私の歴史知識の大半は受験の際に教科書から得たものだ。いわば知識のための知識で、広がりはない。そう言おうとしたとき、彼女が背後の椅子においていたバッグが目に留まった。私は言葉を換えた。

「そこを舞台にした漫画があって。それで知った程度です」

うっすらと浮かんだ笑みは、今度は本物の感情の表れに見えた。

「ああ、漫画。漫画は私も好きです」

そうなのだろう。彼女のバッグには有名な漫画キャラがモチーフになったチャームがついていた。まだ二十代の可愛らしい雰囲気をまとった彼女には似つかわしいものにも思えたし、もう二十代も終わろうとしている一児の母には似つかわしくないものにも思えた。漫画という淡いつながりから緊張がほぐれることを期待した私の言葉は、期待以上の効果を発揮した。私が思ったよりずっと彼女は漫画に詳しかった。平泉を舞台にしたその漫画のタイトルを当然のように言い当てた。

「よくご存じですね。漫画、本当に好きなんですね」

「ええ。中学生のころに少女漫画にはまって、そこから何でも読むようになって」

それからしばらく、彼女が好きだった漫画についてのやり取りが続いた。年齢は私が三つ上なだけ。接してきたものは大きくは変わらない。彼女が挙げた漫画のいくつかは私も読んでいた。が、中にはタイトルすら初めて聞くものもあった。彼女はそのあらすじをわかりやすく教えてくれた。彼女の手の震えはいつしか収まっていた。

話が逸れてしまうことは仕方がない。もとより、この面談に本筋の話などない。まずはなるべくリラックスして、彼女に多くを話してもらうこと。それが大事だった。

「ずいぶん読んでますね。それだけ読んでいると、漫画本、すごい量になってませんか？」

「ええ。家に大量にあるんで、広也《ひろや》にもよく文句を言われました。この一年で一度も読み返さなかったものは全部売り飛ばせって言われて、それで言い合いになったことも……」

その言葉から夫婦の微笑ましい日常が思い浮かんだ。が、言いながら、彼女は喪失を改めて思い知らされたようだ。中途半端に言葉を切ると、表情をなくしてうつむいた。

「何で……」

うめくように絞《しぼ》り出し、彼女は唇を結んだ。

心は過去の思い出に飛んだのか、強い悲しみにとらわれているのか。彼女は言葉を切ったまま、動きを止めた。嗚咽《おえつ》はなかった。部屋に沈黙が満ちた。沈黙は悪いことではない。普通の生活の、普通の時間は、沈黙を許さない。沈黙が生まれれば、人はすぐに言葉や行動で埋めようとする。だから聞き逃してしまう。その沈黙のあとにこぼれ落ちる一言を。

私は黙って彼女が戻ってくるのを待った。やがて彼女が顔を上げた。

「痛いですよね。きっと、痛かったですよね」

苦しげに歪んだ表情で、あえぐように彼女は言った。

彼女の夫、浜口広也さんは、三週間前、自宅近くの公園で刺し殺された。彼女より四つ上。まだ三十三歳。胸の傷は深く、肺にまで達していたという。

「何を考えたでしょうね。広也、死ぬときに何を……痛い、痛いって思いながら死んだんですかね」

「ほぼ即死だったと聞いています。長くは苦しんでないはずです」

即死だったこと。それが慰めになる死に方もある。ひどい話だ。

彼女が右手を胸に当てた。感情が高ぶり、胸が苦しくなったのかと思った。が、違った。

「傷を見たんです」

胸に当てた手をぎゅっと握りしめて、彼女は言った。

「傷を？」

「広也の胸の」

「ああ、広也さんの胸の傷ですね」

生々しい傷痕そのものを見たはずはない。彼女が見たのは、司法解剖《かいぼう》を終え、整えられた遺体だったはずだ。それでも縫い合わされた傷口は嫌でも目に入っただろう。

「料理が……できなくなりました」

「料理、ですか？」と私は聞き返した。

「野菜ならいいんです。トントンとかコンコンって切れるものなら。でも、ぐにゅって刃が入るようなものは、ダメです。切れなくなりました。切り落としならまだいいんですけど、ブロック肉はダメです。鶏のもも肉なんかも全然ダメで、こう、刃の入る感じが」

「そうですか」

「花梨は……娘は唐揚げが好きなんです。でも、ダメですね。しばらく作ってあげられそうにないなって」

「そうですか」

「こういうのって、いつか治りますかね。考えないようになりますかね」

犯罪による死別でPTSDを発症する遺族は少なくない。彼女の訴える症状がやがて消えるものなのか、もっと強い症状の前兆なのか、今は何とも言えなかった。

「有美さんの感じ方は決しておかしなことではありません。無理に考えないように、感じないようにと気を回す必要はないです」

今の私にできるのは、クライエントが感じているその不快感がなるべく早くなくなるよう、手助けをすることだけだ。

「そうですか」と有美さんは力なく頷いた。

その後、生活全般に対する不安などを聞き取り、初回九十分のカウンセリングを終えた。二週間後にまたここで会うことを約束して、彼女を警察署の外まで送り出した。

私は警察職員ではない。大学に籍を置くただの研究員だ。カウンセリングは県警からの委託だが、県警にだって私のデスクはない。本来、被害者へのカウンセリングは県警警務部警務課の被害者支援室が当たることになっている。が、そこに警察職員として雇われている専門のカウンセラーは一人だけ。対応能力には限界があり、必要に応じて私のところにも依頼がくる。依頼を受けると、私はこういった所轄署《しょかつしょ》の一室を借りてクライエントと面談をし、警務課長宛に報告書を提出する。だから、クライエントとの面談が終わると、途端に私の居場所はなくなる。面談室として使っていた部屋も、本来は会議室だ。面談が終われば、いつ追い出されても文句は言えない。早めに自分用の面談記録と提出用の報告書をまとめてしまおうと会議室に戻ると、クライエントが座っていた椅子に仲上《なかがみ》が腰を下ろしていた。

「ああ、久しぶり」と私は言った。

刑事とはいえ、仲上がいるのは県警の捜査一課だ。所轄署で会うことは予想していなかった。二カ月ぶりに見るその姿に少し動揺してしまう。

「さっき見かけたから寄らせてもらった」

「部屋、よくわかったね」

この階だけで会議室は三つある。他の階にもあるはずだ。

「適当に会議室を覗《のぞ》いて回ってたら」と言って、仲上は入り口近くに目を移した。

カウンセリングには使わないデスクと椅子をあらかじめそこに寄せておいた。デスクの上には私のトートバッグがあり、その隣にはスプリングコートが畳《たた》んである。どちらかを私のものとして記憶していたのだろう。

「そう。何？　悩みがあるなら聞くよ」

軽い口調で言って、私はさっきまで座っていた椅子に腰を下ろした。個人的な話をしにきたのか、仕事の話をしにきたのか、仲上の表情からは読み取れない。刑事としては優秀なのだろうが、男としてはやっかいな部類に入る。知っていたら付き合わなかった。

「一緒にいたのは被害者の奥さんだよな？」

さっき有美さんを送り出す私を見かけたということだったのだろう。

「そう。浜口広也さんの事件、関わったの？」

「ああ」と仲上は頷いた。「住宅街で起きた殺人事件で、当初は通り魔殺人も視野に入っていたからな。重大事件として捜査本部が設置された」

捜査本部が立てられると、県警から捜査員がやってきて、所轄署員と合同で捜査に当たる。仲上はその一人だったのだろう。

「事件から三週間くらいか。被害者の奥さん、有美さんだったよな。大丈夫そうか？」

仲上は隠語を使わない。ガイシャは被害者。チョウバは捜査本部。ヤマは事件。言い換えると何かがすり落ちる気がすると、以前、話していた。そんな仲上が真っ直《ます》ぐに聞いてきたのだから、真っ直ぐに答えるしかない。

「大丈夫かどうかはわからない。私にできる限りのことはする」

にっと仲上が笑った。笑うと途端に子どもっぽい顔になる。

「唯……」と言いかけて、仲上はすぐに言い直した。「あんたがそう言うなら大丈夫だ」

よかった、と一人で頷いて、仲上は椅子の背もたれに体を預けた。ギイと椅子が鳴り、私はスーツの中にある仲上の筋肉質な体を思い出した。太くはないが、何かがみっちり詰まったような体だ。何か……仲上という人間の意思のようなもの。私にはそう思えた。

「何かあるの？」

「あー、ん？」

「捜査は終わってるんでしょ？　県警の捜査一課が所轄に何の用？」

犯人が逮捕されれば、間もなく捜査本部は解散し、応援にきていた刑事たちは警察本部へ戻っていく。

「事件はもう検察に移ってるんでしょ？」

「それが被疑者がごねだしているみたいでな」

「ごねる？　自供を引っ繰り返して、無実を訴えているとか？」

「いや、犯人はあの女で間違いない。それは動きようがないんだが」

「何？」

「誰にも言うなよ」

「口の堅さだけは信頼してくれていい」

瞬時、虚をつかれたような顔をした仲上が「おっと」と苦笑し、「そうじゃないよ」と私は仲上をにらんだ。

仲上との付き合いを誰かに話したことはない。仲上は望まないだろうと思ったし、私自身、私との付き合いを知られたら、刑事としての仲上の評判を落とす気がしていた。けれどもちろん、今、そんな話を引き合いに出したつもりはない。

場違いな軽口を咎《とが》めた私に、詫《わ》びるように仲上が小さく頭を下げた。

「それで？」と私は話を戻した。

「計画性はないってな」

筋をほぐすように一度首を倒した間に刑事の顔に戻り、仲上は私を見据えた。

「検察ではそう言っているらしい」

「は？」と私は思わず声を上げた。

浜口有美さんへのカウンセリングを引き受けるに当たって、事件の概略は聞いていた。

犯人である清田梓《きよたあずさ》は、被害者・浜口広也さんの会社の一年後輩だ。かつて二人は付き合っていた。破局し、やがて広也さんは有美さんと出会って、結婚する。が、子どもが生まれ、しばらくしたころ、燃えかすだった棒っきれに再び火がついた。よくある話だ。

女には真剣な付き合いだったが、男は口先だけだった、というのは、女の一方的な言い分だ。仕方がない。死人の口は開かない。男がどれほどズルかったか、どれだけ嘘《うそ》を重ねたか。女の主張だけが調書に残ることになる。

無情に背を向けた男を、女は追い回し始める。度を越したしつこさに男が困り果てていたのは、同僚の何人かが知っていた。おかげで女はすぐに捜査線上に浮かんだ。任意の聴取で女はあっさり落ちる。その供述によれば、逃げ回る男に業《ごう》を煮やした女は、男の自宅近くで待ち伏せ、通りかかった男を公園に誘い込み、その胸にナイフを突き立てたという。

「被害者を待ち伏せてナイフで刺し殺しておいて、計画性がないって？　もう計画性って何、ってことにならない？」

「それがな、ナイフは自分のものじゃないと主張している」

清田梓が主張しようとしている状況が見えなかった。

「自分のじゃないって、ナイフは公園にたまたま落ちていたとでも言っているの？」

「覚えていないんだそうだ」

「覚えていない？」

「どこで手に入れたのか、覚えていない。被害者を待ち伏せたことも覚えていない。被害者を刺したことも覚えていない。意識が戻ったのは、被害者を刺したあとだってな。その間、意識がなかった。そう主張している」

「そんな……」と私は絶句した。

仲上がデスクに肘をついて身を乗り出した。

「そんな、のあとを聞かせてくれるか？　そんなことは起こりえない？」

感情論ではなく、専門家としての見解を聞きにきたということか。

床に向けて一つ息を吐き、私は顔を上げた。

「意識をなくしている間に自らの望む違法行為をしたっていう話なら、ありえない。そんな症例は聞いたことがない。でも、殺人を犯したあとで犯行時の記憶が失われたっていう話なら、ありえないことではない。精神的にひどくショックを受けたあと、記憶障害が起こることは一般的に言ってありうる」

解離性健忘《かいりせいけんぼう》、ということになるのだろう。その健忘がどの範囲で起こるかは、個々のケースによる。凶器を手に入れてから被害者を刺し殺すまでの記憶がすっぽり抜け落ちるというケースも、絶対にないとは言い切れない。

「だけど……」

あまりに都合がよすぎる。逮捕から時間が経《た》ち、気持ちも落ち着き出して、自分になるべく有利な状況を作ろうと、供述を変え始めた。そう考えたほうがはるかに自然だ。

言わなくとも、わかったのだろう。

「ああ。だけど、だよな」と頷いて、仲上は聞いた。「清田と面談したら、それが嘘だと立証できるか？」

「無理でしょうね」

解離性健忘と詐病《さびょう》との区別は困難だ。

「個人的な心証としては判断できたとしても、裁判で証言することはできない」

「安曇《あずみ》先生では？」

仲上は大学の心理学科で教授をしている私の師匠の名前を挙げた。安曇教授ならば、これまで刑事裁判で精神鑑定の手伝いをしてきた実績もあるし、刑務所での受刑者のカウンセリング経験も豊富だ。犯罪者との面談には慣れている。それでもその供述が意図的な嘘なのか、心因性の症状なのか、強い思い込みなのか、区別するのは困難だろう。

「難しいと思う。それよりナイフを買った店を探したほうが早いんじゃない？」

どう考えてもそちらのほうが確実だ。が、仲上は冴《さ》えない表情で首を振った。

「だって、捜査したとき、凶器の出所くらい調べるでしょう？」

「ナイフは自分で買ったという清田の供述は取れていた。それ以上突っ込んで調べるほど、凶器の入手ルートがテーマになる事件には思えなかった」

「今からでも調べたら？　それとも、大量生産品であとを追えないとか？」

「いいや。凶器は刃渡り十二センチほどのいわゆるサバイバルナイフだ。注文を受けて国内で生産された。柄に貝殻がついた装飾性の強いもので、生産数は五十前後。たいした数じゃない上に、注文者が直接ネットと自分の店舗で売っただけで、他に卸したりはしていない。このたび遅ればせながら調べたよ。ネットで売れたのが三十余り。それらの買い手に清田との接点はなかった。店頭で売れた二十前後については、ほとんど買い手を追えていないが、店主の記憶によれば、多くが男性で、女性の買い手はほぼいなかったらしい。唯一、年寄りの女性が買っていったのが記憶に残っているから、若い女が買っていれば覚えているだろうと言っている」

「そんな記憶、絶対じゃないでしょう？　検察はまさか犯人の言い分を信じているわけじゃないよね？」

「もちろん信じてない。ただ、そのナイフは八年前に製造されたもので、ネットと店頭を合わせて二年ほどですべて売り切ったらしい。それ以降は造られていない」

「だから？」

「だから、少なくともそのナイフは今回、被害者を刺すために購入されたものではない」

「ネットのオークションとかフリマアプリとかで買った可能性は？」

「清田のスマホやパソコンを調べた限りでは、そういう痕跡《こんせき》はなかった」

「だからって殺人の計画性を否定するものでもないでしょ？　その店主の記憶が間違いで、もともと凶器を持っていたなら、改めて買い直す必要はないわけだし」

「その通りだよ。だが、それを立証できない。立証できなければ、こっちは弱い」

疑わしきは被告人の利益に。裁判上、立証できなかった事実は被告人に有利なように解釈される。

「犯人の言い分が通ったら、どうなるの？　この事件に計画性がないってなったら」

「一割は減るだろうな。十三年が十一年ってとこじゃないか」

「十一年」

短すぎる。

もちろん、何年なら十分ということはない。それどころか、見当違いだと私は思う。

人を故意に殺したのなら、その犯人も殺すべきだ。私は本気でそう思っている。だって、命だ。

それは大事とか大切とかいう次元のものではない。唯一であり、すべてだ。自分の大事な人が殺されたと想像してみればいい。誰かの身勝手な都合で、感情で、思い込みで、大事な人の今が、将来が、完璧に消滅する。その人が持っていたありとあらゆる可能性が、完全になくなるのだ。それはもちろん、犯人が死んだところで大事な人が生き返るわけではない。自分の心が安らぐわけでもないだろう。けれど、差し出した両手に載せられて、受け取りうる代償があるとするなら、犯人の命、それしかない。それを年月に換算して満足するのは社会の都合だ。そこには被害者の思いも、遺族の思いも込められていない。込めようがない。私はそう思う。

「殺人犯なんて死刑でいいよ」

思わずぽそりと口から漏《も》れた。

「面倒な女だよ」

声に顔を上げた。仲上がじっと私を見ていた。

「思い込みが激しいし、依存心も強い。誰かのためのふりをして、いつも自分のために怒っているような女だ」

仲上の視線は痛いほどだった。

「え？　何？」

「清田梓だよ」

「あ、ああ」

「憎むべき犯人だ。だが俺たちと同じ人間だ。鬼でも化け物でもない」

思い込みが激しく、いつも怒っている。私と同じ人間。

虚《むな》しさを覚えて、ため息が漏れた。

「まだ小さい子どもがいる。五歳になったばかりだって」

「わかってる」と仲上は頷いた。

その声の苦さに思い当たった。今日、初めて有美さんと会った私とは違う。仲上は実際に浜口広也さんの遺体に対面し、有美さんから話を聞き、私が『家族欄』の字でしか見たことのない一人娘の『浜口花梨』ちゃんにだってたぶん会っているのだろう。

「そういえば」とぐったりした気持ちのまま私は言った。「有美さんにカウンセリングを勧めてくれたのはあなたたね？　親切な刑事さんが教えてくれたって言ってた」

警察は世間的にはいろんな批判もある組織だろうが、内部で働いている個々の警察官たちは純粋な正義感に裏打ちされている人が多いのも事実だ。仲上もその一人であることは私も知っている。

「『手引』を渡すときに付け足しただけだ。いいカウンセラーがいるから、遠慮なく頼ってくれって」

『手引』というのは犯罪被害にあった人やその遺族に渡される『被害者の手引』という小冊子だ。犯罪加害者に比して、犯罪被害者の権利がないがしろにされているのではないか。そんな社会の声を受けて犯罪被害者等基本法が成立してから、かなりの時間が経つ。犯罪被害者や遺族へのフォローが十分になったとまでは言えないが、それでも以前に比べればずっと目配りがされるようになっている。犯罪被害にあった人たちに渡すための『手引』も、今ではほとんどの警察本部が作成しているはずだ。そこには、犯人逮捕後の刑事手続きの流れや、そこでの注意事項とともに、被害者が利用できる支援制度などが書かれている。カウンセリング支援についてもそこで紹介されている。

「奥さんの次の面談は？」と仲上が聞いた。

「二週間後にここで」

「近いうちに検察が話を聞きたがるだろう。俺たちにしたのと同じ話をまたさせられることになる。力になってあげてくれ」

「わかった」

仲上は椅子から立ち上がり、私に手を上げて、ドアに向かった。ふと二カ月前のことを思い起こした。別れを告げた私に、もの問いたげな顔はしたが、結局は何も聞かず、仲上はただ微笑んで背を向けた。私にとってそれは、とてもありがたい対応であり、同じくらいとても寂しい対応だった。身勝手な話ではあるけれど。

　その日と同じように、今日も仲上は振り返らずに部屋を出ていった。


　自宅の賃貸マンションに帰ると、祐紀《ゆうき》がきていた。私が鍵を預けている唯一の人だ。が、それは私に不測の事態があったときのために預けているだけで、勝手に入っていいという許可を与えたつもりはない。

「お帰り」と麺をすすったままのポーズで祐紀は私を迎えた。

「ああ、うん、ただいま」

　我ながら殺風景な部屋だ。家具らしい家具なんて、食卓用のテーブルと椅子の他には、ほぼソファになることのないソファベッドと小さな戸棚ぐらいしかない。私は食卓テーブルの向かいに腰を下ろした。テーブルに置いたスマホをちらちらと見ながら、祐紀はカップラーメンをすすっていた。あごだし。しょうゆ味。男にしては薄い唇。髪が金色から銀色に変わっていた。よれよれの長袖シャツを着て、だぼだぼのパンツをはいている。

「おいしい?」と私は聞いた。

　ずるっとすすった麺を口から垂らしたまま、祐紀が、うん、うんと頷く。耳に銀のピアスをしていた。

「そっか」と私は頷いた。「私の晩ご飯はおいしいんだね。なら、よかった」

「ん?」と最後まで麺をすすり上げ、もぐもぐやりながら祐紀が顔を上げた。「イズ、ディス、晩ご飯? ノット、非常食?」

「ザッツ、マイ、晩ご飯。でも気にしないで。おいしく食べてくれればそれでいいから」

「いや、そんなこと言われて、向かいでじっと見られたら、おいしくはなかなかいただきにくく……えっと、食べる?」

「今更、いらないよ」

私は言って、立ち上がった。凍らせてあった一膳分のご飯をレンジで温め、台所の棚からサバ缶を取ってテーブルに戻る。

「それ、晩ご飯?」

ぱかりとサバ缶を開けた私を見て、祐紀が聞いた。

「だから、晩ご飯はそっちだって。こっちは非常食」

「相変わらず貧乏なの?」

「臨床心理士《りんしょうしんりし》なめんなよ。時給に換算すればほとんど変わらないから、シフト入りを熱望されるコンビニバイトくんのほうがたぶん高給取り」

「だって、頑張って大学院だって出たし、何とかって国家資格も取ったんだよね?」

「公認心理師《こうにんしんりし》」と私は言った。

「それでも貧乏なの?」

「貧乏、貧乏、言わないでよ。生活はできてます」

「なあ、マジで、面接、受けてみない? いい店、紹介するよ。週三の八時から零時で、月三十は保証する」

「あんたが私にそういうことを言うかな」

「何で？　ダメ？」

「ダメって……だって弟がホストで、姉がホステスじゃ、何ていうか、切ないでしょ？」

「そうかな。俺は俺だし、姉貴は姉貴だ」

「いや、そういうことじゃなくてさ」とは言ったものの、それじゃどういうことなのかは自分でもわからず、私はサバをつつきながら話を変えた。「で、今日は何？　また女の子と何かあった？」

祐紀がうちにくるのは決まって自分の部屋に帰れないときで、それはだいたい女の子絡みの話だ。

「俺は何もしてない。相手がルール違反をしたんだ」

「ルール違反。ああ。あんたに惚《ほ》れた？」

「うん。好きだって。店に落とす以上のお金を払うから、店の外で会ってくれって。なぜかマンションがばれて、前の道で張られてたから、裏口から脱出した」

「適当にあしらいなよ。それも含めてホストの腕前でしょ」

「適当にあしらうなんてできないよ。俺は本当に彼女が好きなんだ」

「ああ、はい、はい」と私は受け流した。

「はい、はいって何だよ」と祐紀は不満そうにこぼした。

絶対に俺を好きにならないで。その代わり、俺が全力で君を好きになるから。それが俺を指名する条件だ。

どの客にも最初にそう宣言するらしい。

何ていけ好かないホストだと避けられそうなものだが、夜の街は不可思議だ。歌舞伎町《かぶきちょう》で三本の指に入る人気店で、『ユーキ』は三本の指に入る人気ホストなのだそうだ。

「気をつけてよ。間違っても刺されたりしないでよね」

今日の面談を思い出して、私は言った。こじらせた感情と一本のナイフで人は死ぬ。手を震わせていた有美さんのことを思った。会ったこともない花梨ちゃんのことを思った。今、二人は何をしているだろう？

「しないよ。そんなことになったら、彼女が捕まっちゃうだろ」

「私はあんたのことを言ってんの」

「俺は大丈夫だよ。俺、たぶん、不死身なんじゃないかと思うんだ」

「はあ？」

「だって、ほら、これまでずっと生きてて、まだ一度も死んだことないし」

祐紀はへらへらと軽薄に笑う。

「あんた、もうじき三十でしょ？」

私は呆《あき》れて言った。

「あー、まだ来月で二十九だよ」

「だから、もうじき三十じゃない」

「ああ、そういうスパンの話？　あ、そろそろホストから足を洗え的なご提案？」

「考えないわけじゃないでしょ？」

「そりゃ、まあ、考えなくもないけど」

祐紀はスープを飲み干して、口を手のひらでぬぐった。

「でも、カップラーメンが夕食って生活はなあ」

「もっと稼げる仕事はあるよ」

「だろうね。でも、それを言うなら、高卒の俺なんかが今より稼げる仕事は少ない」

「だって、長くは続けられないでしょ？」

「俺はそんなに遠くまで見えないよ」

まずは今日を生き延びる。そんな毎日だった。あのころと比べれば生活環境はずいぶん変わった。それでも、私たちの本質的な心持ちは今も変わっていないと思う。

「母さんに、仕送り、続けてるの？」と私は聞いた。

核心をかすめるようなことを先に言っておきながら、祐紀は聞こえなかったふりをして立ち上がった。

「ごちそうさん。もう行くよ。彼女、店にはきてないみたいだから、途中で服を買って、そのまま出勤するわ」

店の誰かとそのやり取りをしていたということだろう。手にしたスマホを軽く振りながら言うと、祐紀は玄関に向けて歩き出した。私も立ち上がって、あとを追う。

「あんたにはあんたの、私には私の人生があるんだよ」

「あー、あるの？」

「あるよ。当たり前でしょ？」

「姉貴の話だよ」

瞬時、返答に詰まった。

「ある」と辛《かろ》うじて一瞬の動揺を誤魔化《ごまか》せるくらいのタイミングで私は返した。

「じゃ、何で……」と言いかけてから、祐紀は「あー、やめ、やめ」と首を振った。

「この仕事は好きで選んだ。あんたから見れば貧乏生活かもしれないけど、やりがいを感じながらやってる」

「うん。わかってる」と祐紀は頷いた。

その後の「でも」は押し殺したのだろう。

でも、もしもあんなことがなかったとしても、今の仕事を選んでいた?

そう聞かれたら私は答えようがない。もしもあんなことがなかったら、とは死ぬほど何度も想像した。けれど、その先にいる、『もしもの自分』を想像したことはない。『もしもじゃない自分』が惨《みじ》めになるだけだ。それは祐紀だってわかっているのだろう。

かがんで、かかとに指を入れてスニーカーをはくと、祐紀は立ち上がった。

「じゃ、また」

「ああ、うん」

祐紀は部屋を出ていった。にこりと最後に見せた笑顔だけは、昔から変わらないあどけないものだった。

テーブルに戻り、残りのサバ缶とご飯を食べ終えると、私は浜口有美さんの面談記録の残りをつけるために、ノートパソコンを開いた。

面談記録は二つの時間でつけるようにしている。面談の直後と、その日のうちの時間をおいてからと。直後の記録だけでは思い入れが強すぎる可能性がある。かといって、日をまたいでしまうと記憶が曖昧《あいまい》になるおそれがある。その日の最後の仕事として、二度目の面談記録をつけるのが私のやり方だ。

私はもう一度、今日の面談を思い起こした。語られた言葉だけでなく、出で立《いた》ち、メイク、表情、仕草、思いついた点を記録していく。今日という一点で見たことに多くの意味を見いだそうとするのは間違いだ。ただ今日の有美さんの有り様を確認しておくことはとても大切だ。髪の長さや口紅の色、その他、些細《ささい》な情報でさえ、将来的には大事な要素になりうる。たとえば、今日はパンプスをはいていた彼女が、次にスニーカーをはいてきたら、その理由を聞いてみるべきだ。仮に明確な理由がなかったとしても、触れておいて損はない。少なくとも、そのときも、今も、私はちゃんとあなたを見ていますよ、というメッセージにはなる。

今日はスニーカーなんですね。

そんな些細な質問から、思いがけない話が聞ける可能性だってある。

直後につけた面談記録も読み返しながら、今日の有美さんの様子について思いを馳《は》せる。もとより普通の状況ではない。おかしかったと思えばすべてがおかしかったようにも思えるし、こんな状況にしては理性的であったとも思える。

クライエントとの面談は、特殊な事情がない限り録音はしない。加えて私は、メモすらほとんど取らない。こちらが手を動かせば、クライエントはそれを意識する。こちらの興味を見極め、それに沿った答えをするおそれが生じる。だから、有美さんとの面談は記憶を掘り起こすしかない。

娘、花梨ちゃんへの言及が多かった。これは当たり前だろう。父親が殺された。それだけでもシヨックだが、殺したのは不倫相手だ。事情がわかる年齢になれば、さらに傷つくことになる。母親として、子どもの現在と将来を何より心配するのは当然だ。

それに比べると、被害者である夫、広也さんへの言及は少なかった。漫画本で言い合いになった。生きている広也さんに言及したのは、このときだけだ。次に出てきた広也さんはすでに死体になっていた。

評価が定まっていないということか。

愛すべき伴侶《はんりょ》だったのか、憎むべき裏切り者だったのか。不倫相手に殺された広也さんをどう捉えるべきか、有美さん自身が決めかねているという可能性がある。これは今後の面談のポイントになるかもしれない。

私は遅くまでパソコンに向かった。二週間後、今日と同じ所轄署の同じ会議室で行われる有美さんの二度目の面談のために。が、その当ては外れた。初回の面談から三日後、有美さんは自宅で自殺を図った。


最初にあったのはもちろん驚きだ。が、それから覚めると、私は深い混乱に襲われた。

「すみません。突然、ご連絡してしまって」

病院の廊下で有美さんの父親に頭を下げられ、「こんなものしかありませんが」とお手製らしき名刺を渡されたときも、私の混乱は収まっていなかった。

面談時の有美さんは、自殺を図るようには見えなかった。それが私の未熟さによる間違った判断だったとしても、彼女にはまだ小さな子どもがいるのだ。夫が殺され、自分まで死んでしまったら、子どもはどうなるのか、母として考えないわけがない。これが、無理心中を図ったという話ならまだわかる。娘を殺し、自分も死のうとした。ひどい言い方だが、それならば私は納得しただろう。自分の未熟さを恨み、取り返しのつかない結果を悔やんだだろうが、たぶん納得はした。が、これは到底、納得できない。

それでも、これが現実だった。自宅で自殺を図った有美さんは、救急に運ばれ、処置を受け、今はドアの向こうの病室で眠っている。救急車を呼んだのは、マンションで隣に住む竹内さん夫妻だったという。深夜、突然、聞こえてきた子どもの泣き声は長らくやむことがなかった。不審に思った竹内さん夫妻がインターフォンを鳴らすと、玄関を開けたのは泣いている子ども本人だった。訳がわからぬまま中に上がった竹内さん夫妻は、キッチンで血だらけになって倒れている有美さんを発見する。有美さんはすぐに救急搬送《はんそう》された。有美さんの父親のもとに病院からの連絡がきたのは、今朝早くのことだ。意識を取り戻した有美さんが、連絡先として父親の電話番号を言ったそうだ。

父親は早朝の新幹線ですぐに岩手からやってきた。

受け取った名刺には『藤田芳樹《ふじたよしき》』という名前と携帯の番号があった。私は目を上げて藤田さんを見た。長身で痩身。生真面目《きまじめ》そうな顔をした人だった。名刺に書かれた団体名から想像すると、地域の文化財保護のボランティア活動をしているようだ。

「私の連絡先はどうやって？」と私は藤田さんに尋ねた。

「ああ。これです」と言って、藤田さんはポケットから別の名刺を取り出した。私の名刺だった。

「私がここにきたとき、お隣の竹内さんご夫婦と花梨ちゃんがいて、花梨ちゃんがこの名刺を渡してくれました」

「花梨ちゃんは今は？」

「竹内さんに甘えて、いつもの保育園に送っていただきました。場所は聞いてありますので、夕方には私が迎えに行きます」

「花梨ちゃんは、なぜ私の名刺を持っていたんでしょう？」

「わかりません。黙って渡されただけです。とにかく連絡をと思って、電話させてもらいました」

名刺にあるのは大学の研究室の電話番号だ。たまたまきていた院生が電話を取り、私に連絡してくれた。

その院生からおおよその話は聞いてはいただろうが、私は自分が大学の研究員であり、犯罪被害者ケアのために県警から委託されたカウンセラーであることを改めて説明した。

「四日前に初回の面談をしたところでした。こんなことになってしまい、本当に申し訳ありません」

私が頭を下げると、藤田さんは慌てたように頭を下げ返した。

「とんでもないです、こちらこそご迷惑をかけてしまって」

「今は、有美さんは一人ですか？」

藤田さんの名刺をしまって、私は聞いた。

ドア脇の名札のスペースは一つ。個室なのだろう。医師が室内にいるのか、いるなら何科の医師なのか。それが気になった。

「ええ。今は一人です。さっき先生が診《み》てくださいました。傷は深いけれど、命に別状はないそうで」

外科、もしくは救急の医師のことだろう。それ以上を言われる前に、私は聞いた。

「会えますか？　中、入っても？」

「ああ。まだ薬で寝てますが、入ってもらう分には、ええ」

「ありがとうございます」と頭を下げ、私が動こうとしたとき、藤田さんの後ろからきた白衣姿の中年男性が声を上げた。

「まだ眠ってますか？」

藤田さんが振り返り、彼に頭を下げる。

「あ、はい。まだ」

「そうですか」と彼は言った。

「あ、こちら」と言いかけた藤田さんを制するように、彼が口を開いた。

「浜口さんの精神科の担当となります、池谷《いけたに》と申します」

ネックストラップについた身分証を示すようにして、彼は軽く頭を下げた。身分証には『精神科・池谷譲《ゆずる》』とある。通常、自殺企図《きと》患者には、体の治療とは別に精神科や心療内科の医師がつけられる。それこそが私が恐れていたことだった。できることなら、それを知る前に有美さんに会っておきたかった。

彼のほうは私を親族だと誤解したようだ。いたわるような微笑みを浮かべている。

「あの、それで、こちらが」と言って、藤田さんが私の名刺を池谷医師に渡した。

「高階唯子です」と観念して私は頭を下げた。「浜口有美さんのカウンセリングをしているものです」

「臨床心理士、公認心理師」と受け取った名刺を読み上げるように彼は言い、顔を上げた。その表情は先ほどとは一変していた。「なるほど。そうでしたか。では、もう結構ですので、お引き取りください」

「あ、え？」

戸惑ったように、藤田さんが池谷医師と私を見比べた。が、私にしてみれば、ある程度予想していた反応だった。

「ご面倒でしょうが、有美さんと面談する許可をいただけませんか？　お願いします」

ひたすら下手《したて》に出ることに一縷《いちる》の望みをかけて私は頭を下げた。戻ってきたのは、とりつく島もない言葉だった。

「許可しかねます。お引き取りを」

多様な知識と経験を要求されはするが、制度としていうなら、臨床心理士という資格は一つの民間資格にすぎない。多くの臨床心理士にとって、国家資格化は悲願だった。その思いを受けて作られたのが、公認心理師という資格だ。が、この国家資格は生まれる際に大きな枷《かせ》をかけられた。公認心理師法第四十二条第二項。クライエントに主治医がいるとき、公認心理師は『その指示を受けなければならない』。つまり、ひとたび担当医がつけば、公認心理師はその医師の指示のもとでしかクライエントと接することができなくなる。この条項が加えられたことについては厚労省、ひいては医師会の要請があったと言われる。その後に運用上の配慮を求める通知が出されたりもしたが、制定された法律にこの条項がある以上、現場における医師の優位性は揺るがない。池谷医師に拒まれれば、今、私は有美さんと面談することができない。

「浜口さんはあなたのクライエントだった。にもかかわらず、こうなった。そうですよね？　今、あなたが浜口さんのためにできることがあるとは思えません」

そう言われてしまえば一言もない。正直なところ、今、私が有美さんにできるのは謝罪くらいだ。それが自己満足で、クライエントに何の利益もないと言われてしまえば、それはその通りだと私自身、認めざるをえない。

「このあと、有美さんは、どうなりますか」

尋ねた私を冷ややかに一瞥《いちべつ》し、池谷医師は藤田さんに向けて言った。

「外傷は心配ありません。問題は気持ちのほうです。もうじき、午前の間に、外科の診察があるはずです。午後には精神科のほうへきていただくことになると思います」

「その後で構いません。話をさせてもらえませんか」

割り込むように私は言った。

「許可しません」

池谷医師が事務的に返した。

精神科医も、カウンセラーも、患者やクライエントのためを思って行動することに何の違いもない。が、その方法論が決定的に違う。精神科医は患者の異常状態を是正するために、多くは薬を使いながら、患者を正常化することに力を注ぐ。我々カウンセラーはクライエントの今の状態を受容し、今現在クライエントに生じている様々な不都合や生きにくさをつぶしていくことに力を費やす。今、患者に必要なのは十分な休養と有効な投薬治療だ、と彼は信じているだろう。それと同じくらい、今の有美さんに必要なのは、彼女に寄り添おうとする傾聴者《けいちょうしゃ》だと私は信じている。私が有美さんに詫びたいと思うのも、その一点だ。四日前、私は有美さんが語るべき言葉を聞き逃してしまったのですね？

だったら、今からでも聞かせてほしいと私は願う。けれど、そう言っても池谷医師には通じないだろう。

「今後、あなたが浜口さんにコンタクトを取ることがあったら、あなたが持っている国家資格が危うくなると思ってください」

私が強引に有美さんに会い、彼がそれを非難すれば、私は公認心理師の名称使用停止、最悪の場合、登録の取り消しを命じられるおそれがある。

藤田さんに挨拶をして歩き去っていく池谷医師を私は黙って見送るしかなかった。


「なるほど。それで荒れているわけですか」

自分のデスクの前に立った私を見据えて、安曇教授は言った。

「荒れてますか？」と私は聞いた。

昼すぎにようやく研究室に出勤してきた教授に、私としてはこれまでの経緯をきわめて理性的に説明し、もともとは教授の紹介で委託されるようになった県警からの業務が今回は遂行できなくなったことをきわめて淑女《しゆくじよ》的に謝罪したつもりだった。

「大荒れでしょう」と言って、教授は私の体を避《よ》けるようにひょいと首を傾け、私のデスクに視線を向けた。「だって、ほら。アザラシとチョコレート」

自分のデスクを振り返った。パソコン画面には流氷の上に寝転ぶアザラシの動画が一時停止されていて、キーボードの横には明治の板チョコがかじりかけのまま置いてある。教授が研究室にくる前まで、私は自分のデスクでアザラシ動画を見ながら、チョコレートをがりがりと食べていた。どちらも私の精神安定に寄与するものだ。大学院からだから、もう十年の付き合いになる教授は、そのことを十分承知している。

「まあ、荒れていたかもしれません」と私は認めた。「あの縄張り主義は何なんでしょうね。医師と公認心理師、ともに手を携えてやっていけばいいだけなのに」

そう言ってから、目の端に含み笑いを見て取り、私は教授に向き直った。

「青臭いですか？」

「正論ですが、青臭いでしょう」

含み笑いのまま教授は頷いた。ぽてっとした丸顔につぶらな目。童顔が年を取って、年齢がわかりにくくなった典型例のような顔だ。そんな教授の顔は、ときにいたずら好きのヨタカみたいに見える。ときに思慮《しりよ》深いフクロウみたいにも見える。今はヨタカの顔で含み笑いをしていた。

「青臭くても何でも、クライエントにとって、ベストな選択をするべきです。我々とドクター。どちらか一方より両方いたほうが、できることは多いでしょう」

「我々は異端なんですよ。まずはそれを自覚することです」

「異端？」と私は言った。

「ええ、異端。ああ、これはごく私的な持論です。授業では口にしません」

その前提で聞け、と教授が言っているようだったので、私は頷いた。

「はい」

「近代以降の自然科学というのは、基本的に博物学です。まずはいくつかの原理、原則を抽出する。そしてそこから漏れる例外を探していく。次にその例外を系統立てて位置づけていく。そして、そこから漏れる例外を探していく。その例外をさらに系統立て、そこから漏れる例外を探していく。原理、原則と、そこから漏れる例外。それを繰り返し腑分《ふわ》けしていくのが、自然科学の原則なのです。それは物理学でも、化学でも、生物学でも、その一部である医学でも同じです。さらにその一部である外科も、精神科もそうやって成り立っている。けれど、我々はそこからはみ出しています。我々は、今そこにあるそれを、そのまま受容し、是認《ぜにん》する。それはそれであり、原則でも、例外でも、例外の例外でもない。そういう意味では、我々の有り様は宗教的ですらあり、自然科学の学徒たちには許しがたい立ち位置に見えるのですよ。彼らが我々を嫌っている、というのは我々の立場からの見方です。彼らにしてみれば、先につばをかけたのは我々のほうだ、ということになるのだと思いますよ」

わかるような、わからないような話だった。ただ、それは個別の問題ではない、と言われたことで、わずかに気が軽くなった。

「けれどクライエントと接触すらできないというのは、やはり困ります」

「それは、そうですね」と教授は頷いた。

主治医から面談の許可が下りなかった。県警の警務課にそう報告すれば、私の役目はそこで終わりになる。県警にとっては、担当が、自前で用意したカウンセラーだろうが、病院でつけられた精神科医だろうが、被害者遺族の心理ケアという点がクリアされていれば、どちらでも構わない。私は役を降ろされるだろう。有美さんから聞き損ねた言葉は何だったのか、知ることは金輪際《こんりんざい》、ないだろう。

「聞いていいですか？」

　自分のデスクに戻り、私は教授に言った。

「何です？」

「先生が公認心理師の資格を取らないのは、臨床心理士としての矜持《きょうじ》ということでしょうか？　医師の風下には立てなかった。ご自分の中で、その立ち位置の違いを明確にしておきたかったから。そういうことですか？」

「買いかぶりすぎですよ。この年で新しい資格を取るのが億劫《おっくう》だっただけです。それでがっぽり稼げるようになるわけでもなし」

「そうですか」と私は頷いた。教授の真意は読めなかったが、最後の部分は同意できた。「まあ、ごもっともです」

　いつまでもアザラシ動画を見ているわけにはいかない。私が自分の席について、ブラウザを閉じたときだ。

「クライエントにはお子さんがいるのですよね？」と教授が言った。

「はい？」と私は教授を見た。「あ、浜口有美さんですか？　ええ。娘さんが一人」

「父親が殺され、母親は自殺未遂。今、その子はどうしているのでしょう？」

「今は保育園に。その後は当面、有美さんのお父さんが面倒を見るのだろうと……」

「とすると、今この時点での保護者はそのお父さんということになりますかね」

「まあ、そう言えなくはないですね」

「とするなら、そのお父さんの許可があれば、クライエントの娘さんと面談することは可能でしょうね」

「え？　だって……」

その後に言えることならいくらだってあった。

だって……カウンセリングの途中で母親に自殺未遂されてしまったカウンセラーが、その娘のカウンセリングをするのは道義上、問題があるんじゃないですか？

だって……今は入院中だとはいえ、娘の唯一の保護者は母親であり、既知のその母親に許可を求めずに娘のカウンセリングをするなんて、だまし討ちのようではないですか？

だって……今の状況でその子にカウンセリングをするのなら、通常、それは児童相談所の管轄《かんかつ》で、その児相に介入する暇を与えずに出しゃばっていくというのなら、私はいったいどんな立場でその子のカウンセリングをすればいいのでしょう？

だって……何より、私は児童心理の専門家ではないですよ？

が、私はそのすべての『だって』を呑《の》み込んだ。保護者として機能している藤田さんがいる以上、ただでさえ忙しい児相が人員を積極的に割いてくれるとは思えない。有美さんには事後報告になってしまうが、藤田さんから伝えてもらって、有美さんが私を拒否するというのなら、その時点で善後策を考えればいい。児童心理の専門家でない私にも、ケアの必要性をはかるくらいのことはできるし、必要だと感じれば強引にでも専門家へつなぐ手立ては考えられる。名刺を渡してくれた縁もある。私が今の時点で花梨ちゃんに会わない理由は、むしろない。

「ごもっともです」

教授に言うと、私は連絡を取るべく、藤田さんからもらった名刺を取り出した。

花梨ちゃんに会わせてほしい。正式なカウンセリングという形は取りにくいが、どんなケアが必要か、会って現状を知っておきたい。

私の申し入れは、藤田さんにとっても、渡りに船だったようだ。

「そうしていただけると助かります。これから花梨ちゃんとどう接していいか、私も困っていたところだったんです」

藤田さんはあの後、しばらく病院に詰めていたが、目を覚ました有美さんに頼まれ、当面、花梨ちゃんを預かることにしたらしい。今はホテルから荷物を引きあげ、有美さんの家で簡単な掃除をしていたところだという。

私は藤田さんが花梨ちゃんを保育園に迎えに行くときに、合流できることになった。

「奥様は、有美さんのお母さんは、こちらにいらしてるんですよね？」

駅前で待ち合わせ、保育園への道を歩きながら、私は藤田さんに尋ねた。病院で会ったときはたまたま藤田さんだけだったが、保育園の迎えには奥さんもくるものだとどこかで思い込んでいた。が、駅前に現れたのは藤田さん一人だった。

「ああ、いや、妻はこちらにはきていません。有美と妻とは折り合いが悪いんですよ」

「ああ、折り合いが。そうでしたか」

「折り合いが悪いというか、相性が悪いというか、いいえ、最初から相容《あいい》れないというべきですね」

そう言って、藤田さんは私を見た。探るような視線だった。成長するにつれて折り合いが悪くなる、もしくは相性が悪くなる親子は珍しくないが、最初から相容れない親子というのは少ないだろう。そして今、藤田さんはそのことについて話したがっていた。

「つまり、普通の親子関係ではないんですね？」と私は水を向けた。

頷いた藤田さんの目に暗い影が差した。

「有美と妻の間に血縁はありません。有美が十四歳のとき、私は今の妻と再婚したんです」

「そうだったんですね」

家族欄には、同居してなくとも両親については記すよう求めている。両親がどんな人だったのか。かつてはどんな関係で、今現在はどんな関係なのか。それらがクライエントに与える影響は少なくない。カウンセリングを始めるにあたってまず親子の関係性から確認するカウンセラーもいるくらいだ。が、実際の血縁関係があるかどうかまで家族欄からは知りようがない。

「浜口さんの事件のことは、もちろんご存じだったんですよね？」

「ニュースで知りました。驚いて有美に連絡したのですが、連絡がついたのは事件から四、五日あとでした。実際、私は事件についてマスコミ報道以上のことは知らないんです」

「失礼ですが、ずいぶん疎遠にされていたんでしょうか？」

「疎遠」と藤田さんは言って、苦い笑みを浮かべた。「ええ。そうですね。十八で家を出て以来、有美とはほとんど会っていません」

「それは、またずいぶんと……」

「無理もないんです。まったく、無理もないんです」

藤田さんは言葉を選びながら話し出した。

今の奥さんと付き合い出したとき、藤田さんは有美さんの母親とまだ婚姻中だった。しばらく不倫関係を続けたあと、藤田さんは有美さんの母親と離婚して、今の奥さんと結婚したということらしい。

だったら、有美さんが藤田さんの今の奥さんを恨むのも仕方がない。母親から夫を奪った女だ。苦しい状況でも、そばにいてほしいとは望まないだろう。同様に父親も、有美さんにとっては自分の家族を壊した裏切り者だった可能性がある。

「でも」と思いついて、私は聞いた。「十五年前、その状況で、親権は藤田さんが持ったんですか？　そのケースなら、普通、有美さんの親権者は母親になりませんか？」

離婚の原因がどちらにあるかにかかわらず、子どもの親権は母親が持つ場合が多い。父親の不貞が発端の離婚なら尚更だろう。

「母親が親権を望まなかったということですか？」

暗澹《あんたん》として私は聞いたのだが、藤田さんはすぐに否定した。

「いいえ。そういうことではないです。彼女も親権を望んでいたと思います。有美のことは本当に溺愛していましたから。ただ……」

藤田さんは言いにくそうに言葉を濁した。道の先に保育園の門が見えていた。

「有美は話さなかったんですよね」

その場に足を止めて、藤田さんは言った。

「何をですか？」

私も足を止め、そっと切り込んだ。わずかの間、うつむいた藤田さんは、意を決したように顔を上げた。

「前の妻は、今の妻を刺したんです」

咄嗟《とっさ》に繰り返した私と視線を合わせ、藤田さんは小さく二度、頷いた。

「刺した」

「今の妻は重傷を負いました。今でも満足に歩くことができません。前の妻は直後に現行犯で逮捕されました。私たちの離婚は勾留中のことです。前の妻にしてみれば、親権を主張できるような状況ではなかったんです」

「でも、不倫が原因の傷害事件ですよね。情状酌量の余地はあったかと思いますが」

「傷害事件ではありません。殺人未遂事件です。前の妻は殺人未遂事件の被告人として裁かれました。彼女が殺意を否定しなかったからです。それどころか、殺してやるつもりだったと、殺せなくて残念だと、裁判中にも主張しました」

事件直後だけではなく裁判中にもそう言ったというのなら、その心はかなり病んでいたのだろう。父親の立場からすれば、そんな女性に親権は渡せない。裁判所だって認めないだろう。

「その人……有美さんの実のお母さんは、今、どうされているんです？」

「事件は十五年以上前のことです。実刑八年で、もうとっくに出てきているはずですが、どこで何をしているのかは知りません」

「そうですか」

「十八になるとすぐに有美は私たち夫婦のもとを離れました。大学在学中は仕送りもしていたのですが、卒業後は関わりがなくなってしまいました。浜口さんとの結婚も事後報告です。私が連絡すれば、辛うじて返事はきましたが、それもこちらから五回連絡すれば一回返ってくるかどうかという程度です。返事の内容はいつも同じです。連絡はどちらかが死んだときだけでいい、と。花梨ちゃんに会うのも、実は今回が初めてだったんです」

「そうでしたか」

ならば接し方に戸惑うのも無理はない。私の申し出を受けてくれたのは、そういう事情もあってのことか。

「浜口さんのご両親が花梨ちゃんを養育することになりかねないと有美は心配しているようです。そのまま浜口家に子どもを取られてしまうのではないかと。そうでなければ、私に連絡はこなかったでしょう。とにかく自分が退院するまで花梨を頼むと」

「そうですか」

私は面談のときのことを思い出した。

『定年後はこっちでゆっくりするんだろうと勝手に思い込んでいたんですけど、会社を退職した途端に、いきなり岩手って』

あのとき、有美さんの唇の端がわずかに歪んだ。思えば、私が母親について聞いたにもかかわらず、途中から話は父親のことにすり替わっていた。

昔は家庭を壊した。今は勤めがなくなれば、私の近くから逃げていく。

あれは父親に向けた嘲笑《ちょうしょう》だったか。

逆に言うなら、有美さんは父親を求めていた。そのことに、おそらく藤田さんは気づいてもいない。

促すように保育園の門を見てから藤田さんが歩き出し、私はその後ろに続いた。

花梨ちゃんの緊張はなかなか取れなかった。無理もない。花梨ちゃんにしてみれば、ファミリーレストランのテーブル席で、向かいには今日初めて会ったお祖父《じい》ちゃんが座っていて、隣にはまったく知らないおばちゃんが座っているのだ。目の前にフルーツパフェがやってきたぐらいで和《なご》めるものではない。

「ありがとうね」と自分のスプーンを手にして、私は花梨ちゃんに言った。

花梨ちゃんが目を上げた。くりっとした愛らしい目と元気な声で笑いそうな大きめの口はお母さん譲りだ。が、その顔立ちが雰囲気と合っていない。体が弱いと有美さんも言っていた通り、線は細く、顔も青白い。日陰でけなげに咲いているヒマワリ。それが花梨ちゃんを最初に見たときの印象だった。

「私の名刺、紙の、カードね、お祖父ちゃんに渡してくれたんだって?」

クリームを口に運んで言うと、花梨ちゃんはしばらく考えて、おずおずと頷いた。

「それから、お隣さんにも。えらかったね。花梨ちゃんが知らせてくれたから、お母さんを病院に連れていけたんだもんね。花梨ちゃん、お母さんを助けたんだね」

花梨ちゃんはうつむいて、何も言わなかった。

「食べよ」

促して、私はパフェを食べた。花梨ちゃんは動かなかった。藤田さんは何かを話しかけようとしたが、言葉が浮かばなかったらしい。助けを求めるように私を見た。今は無理に話しかけなくていいと私は目顔で伝えた。

私たちの前の席に、親子連れが座った。小学校低学年くらいの男の子とお母さんだ。男の子はメニューを見もせずにスマホをいじっていた。お母さんは少し疲れた様子で、男の子にメニューを向けた。

「ママ」

花梨ちゃんがぽつりと言った。そのまま消えそうになった言葉に、私は問いかけた。

「ママ？」

花梨ちゃんが私を見上げた。

「どこ？」

声とまつげが震えていた。パパを失って、まだひと月も経っていない。不安になって当たり前だ。

「まだ病院だよ。でも大丈夫。もうよくなってるから」と私は言って、藤田さんを見た。

「ああ。明日には会えるよ。お医者さんもそう言っていた。明日、お祖父ちゃんと一緒に病院に行こう。ね？」

花梨ちゃんの表情が少し柔らかくなる。

「食べよ」と私がもう一度促すと、花梨ちゃんはようやくスプーンを手にした。

先ほどよりは少しだけ穏やかな空気の中で、私たちはパフェを食べた。

「そういえば、花梨ちゃんはお姉さんの名刺、紙のカード、どうして持ってたんだい？」

先にパフェを食べ終えた藤田さんが尋ねた。それはひょっとしてよくないことだったのか。そう恐れるように、緊張した面持ちで花梨ちゃんが藤田さんを見た。

「おかげで私もお祖父ちゃんも、とっても助かったんだよ」と私は言い添えた。「ありがとうね」

「ママが見てたから。ずっと」と花梨ちゃんは答えた。

「そう。ママがずっと見てたの」と私は言った。

花梨ちゃんがこくりと頷く。

「寝る前に、花梨ちゃん、見た」

「うん。寝る前に、見たのね」

気長に耳を傾けていると、おおよその状況が見えてきた。

有美さんは、夜、いつも花梨ちゃんをベッドで寝かしつけていた。その日、花梨ちゃんとベッドに入る前、有美さんは一人で私の名刺をじっと見ていた。花梨ちゃんが何かを感じるくらいには、強い思いを込めて見つめていたようだ。だが、特には何もせず、いつも通り花梨ちゃんを寝かしつけた。子ども心に不穏な予感があったのか。夜中に目を覚ました花梨ちゃんは、母親の姿を捜してベッドを出る。そしてキッチンで血だらけで気を失っている母親を見つけ、泣き叫んだ。

「そう言えば、ダイニングテーブルの下に有美のスマホがありました」と藤田さんが言った。「キッチンの、有美が倒れていたその痕があった隣に」

歯切れの悪い言い方で、その痕、というのが流れた血の痕のことだとわかった。今、家に掃除をする人はいない。家を訪ねた藤田さんが見たのは、まだ生々しい痕跡だったはずだ。簡単な掃除をしていたところだと、先ほど連絡をしたとき、藤田さんは言っていた。考えてみれば、きて早々に、初めて訪れる娘の家を掃除するというのもおかしな話だ。それはその痕跡を拭《ぬぐ》っていたところだったのだろう。キッチンに広がる血痕。その隣にスマホが落ちている図を私は想像した。

有美さんは自分を切りつける寸前まで、私に連絡するかどうか迷っていたのだろうか。もしそうなら、私は何としても有美さんの言葉を聞かなくてはいけない。なのに、それができない現状がもどかしかった。

パフェを食べ終えると、私は二人とともに有美さんの家があるマンションへと向かった。

「そばをゆでるので、是非」と藤田さんに言われ、花梨ちゃんにも乞われたので、夕食をご馳走《ちそう》になることにしたのだ。もちろん、相手が子どもとはいえ、通常のクライエントなら、この距離はありえない。住所はもとより、携帯番号だって教えないのが常だ。有美さんに対する申し訳なさ。それを償うための出すぎた行為であることは自覚していた。それが正しいことであるのかどうかは、もはや判断することを諦《あきら》めていた。カウンセラーというより一人の人間として、今、この祖父と孫とを放ってはおけない。そんな思いだった。

浜口家は古びた大きめのマンションの一階にあった。藤田さんが早速キッチンに立つ。

「どうぞ、くつろいでいてください。すぐにできますから」

面談で話していた通り、家には大量の漫画があった。が、その扱いは普通の漫画好きとは違っていた。本は本棚に並べられるわけではなく、テーブルの上や床に積み置かれていた。家のあちこちに漫画の山があることになる。これでは夫である広也さんが文句を言いたくなったのもわかる。

『中学生のころに少女漫画にはまって、そこから何でも読むようになって』

キッチンの藤田さんを盗み見た。花梨ちゃんにせがまれて、冷蔵庫から出したジュースをコップに注いでいるところだった。

今から思えば、有美さんにとって中学生のころというのは、母親が逮捕され、父親と元不倫相手との家庭での暮らしが始まったときだ。自分の家庭を壊した二人との生活。しかも元不倫相手は自分の母に刺され、障害が残っている。多感な時期の少女には、受け入れがたい生活環境だろう。漫画が好きだったというより、フィクションの世界に逃げ込んだということだったのかもしれない。だとするなら、父親の元を離れ、自分の家庭を築いた今も彼女が大量の漫画に囲まれているのはどういうことか。この家もまた彼女にとって満たされる場所ではなかったということか。

リビングの戸棚にはウェディング姿の二人の写真が入った写真たてがあった。写真下の日付からすると、結婚したとき、有美さんはまだ二十三歳。大卒なのだから、卒業後、ほどなく結婚したことになる。有美さんはそれほどまでに家庭を、自分の居場所を求めていたと考えるのはうがちすぎだろうか。写真の中の広也さんはとても優しげに微笑んでいた。けれど、もちろん、すべての優しい男が女を幸せにするわけではない。飾られて、長らくそのままになっていたのだろう。写真たてにはほこりが溜まっていた。

藤田さんが料理を始め、私と花梨ちゃんは花梨ちゃんが毎週見ているというテレビアニメを一緒に見始めた。花梨ちゃんは、それがどんな話なのかを一生懸命、私に教えてくれようとする。物語の世界観が私にもわかり始めたころ、インターフォンが鳴った。訪ねてきたのは隣家の竹内さん夫妻だった。

「お帰りになったようだったので」と玄関に応対に出た私に、奥さんが言った。「花梨ちゃん、大丈夫ですか？」

「ええ。今は少し落ち着いて、テレビを見てます。しばらくは有美さんのお父さんが花梨ちゃんの面倒を見ることになっていて」

説明しながら、どう自己紹介したものか迷っていると、藤田さんがやってきた。

「ああ、これはこれは。こちらからご挨拶にうかがうべきところを。今日は大変、お世話になりました」

何か手伝えることがないか。あるようならば遠慮せずに言ってくれ。

夫妻は親切にそう申し出てくれた。

「花梨ちゃん、体が弱いから、有美さん、いつも気をつけていて。いろいろな病院を回って、花梨ちゃんの体が少しでもよくならないかって、それはもう一生懸命で。えらいねって、うちでもよく話していたんです」

朝、お出かけする二人の様子。休日、近所の公園やスーパーで見かけた二人の様子。

有美さんの母親ぶりを二人が褒《ほ》めれば褒めるほど、夫である広也さんの不在ぶりが浮き彫りになる。やはり広也さんは、いい夫、いい父親ではなかったのだろう。

必要なときには遠慮なく助けてもらう、という藤田さんの言葉に、必ずですよ、と念押しして、竹内さん夫妻は隣へ帰っていった。

「保育園の先生にも言われたんですよ」と玄関先で立ち尽くして、藤田さんが言った。「浜口さん、体の弱い花梨ちゃんのために、いつも頑張っていたって」

「そうでしたか」

「有美は頑張っていたんですね。夫とうまくいっていない中で、親の手も借りられず、たった一人で頑張っていた」

「今は頼りにしているじゃないですか」と私は言った。「これをきっかけに変えられることもあると思います」

「そうでしょうかね」と藤田さんは力なく笑ってから、頷いた。「そうですね。そうしないと」

その後、藤田さんが作ってくれたそばを三人で食べた。花梨ちゃんもおいしそうにそばを食べていた。さっきのアニメについての話も弾《はず》んだ。今度は二人で藤田さんにストーリーを説明してあげた。とんちんかんな藤田さんの受け答えに、二人で声を上げて笑った。

「今日は、花梨ちゃん、元気だから、お薬、いらない」

食後に花梨ちゃんが言い、私と藤田さんは顔を見合わせた。

「何か聞いてますか?」

「いや。言ってなかったな」と藤田さんは言い、花梨ちゃんに聞いた。「花梨ちゃん、いつも、お薬飲むの?」

花梨ちゃんがちょっと首をひねった。

「いつもじゃない」

「そのお薬、どこにあるかわかる?」

花梨ちゃんはふるふると首を振った。

「探してみましょう」と私は言った。

花梨ちゃんにはまたテレビを見せて、私と藤田さんは手分けして薬を探した。

リビングに薬箱はあったが、入っていたのは大人用の市販薬ばかりだった。藤田さんがキッチンの周りを探し、私はその他を当てもなく探した。こんなところにはないだろうと思いながらも、洗面台の下の引き出しを開けてみる。中には洗剤の買い置きや詰め替え用のシャンプーが入っていた。

その奥にあった紙袋の口を開いて、中を覗いたときだ。

「これじゃないですかね」という藤田さんの声がキッチンから上がった。

私は返事ができなかった。

藤田さんが近づいてくる気配がした。

「それらしきものがあったんですが、これでしょうか」

藤田さんが洗面所にやってきた。手にはファスナー付きの透明の保存袋がある。中には折り畳んだ紙がいくつか入っていた。

「冷蔵庫の、野菜室の奥にありました。ただ、これ、いったい何の薬なのだか。漢方薬でしょうか」

私は膝をついたまま、畳んだ紙の一つを藤田さんから受け取った。薄紙を開くと、中には白い粉末が入っている。

「どうかしましたか?」

藤田さんが聞き、私は立ち上がって、場所を譲った。私がいたところに藤田さんがしゃがみ、洗面台の下の引き出しを覗く。

「これは……え?」

洗剤の買い置きの後ろに隠すように置かれた茶色い紙袋の中には、同じ小瓶が五つ入っていた。

その一つを藤田さんが手にする。

「風邪薬ですよね? 何でこんなに同じ瓶が……」

私はリビングに戻った。花梨ちゃんはテレビでバラエティ番組を見ていた。

「花梨ちゃん。いつも飲んでるお薬って、これかな？」

私が畳んだ紙を掲げると、花梨ちゃんが頷いた。口から出かかった質問は喉に押し込む。

「わかった。でも、今日はお薬、飲まなくていいよ。そのテレビ終わったら、歯磨き、しゃかしゃか。一人でできるかな？」

当然、というように花梨ちゃんが頷く。

「えらい、えらい」と私は微笑んだ。

本当は確認したかった。

調子が悪いから、ママは花梨ちゃんにお薬飲ませてたんだよね？　でも、花梨ちゃんの調子が本当に悪くなったのは、お薬を飲む前？　それとも……飲んだあと？


病室にはまだ先ほどまでの和やかな空気が残っていた。

「先生にまでお世話になったみたいで」

ベッドで上半身を起こした有美さんが、ベッド脇の椅子に座る私に小さく頭を下げた。

「先生はやめましょう」と私は言った。「普通に名前で呼んでください」

有美さんがちょっと首を傾げた。

「高階、さん？」

「ええ、それで」

「高階さんにまでお世話になったみたいで」と有美さんは冗談めかした口調で言い直した。

さっきまで花梨ちゃんと藤田さんも病室にいた。しばらくしたら有美さんと二人にしてくれるよう、私は事前に藤田さんに頼んでいた。売店でアイスを買ってこよう。藤田さんが花梨ちゃんにかけた言葉を、有美さんも額面通りには受け取っていないだろう。

「昨日、夕飯におそばをご馳走になりました。そのあとで、飲んでいる薬があると花梨ちゃんが教えてくれて」

手の内を隠すつもりはなかった。私は持ってきたトートバッグを引き寄せ、中からファスナー付きの保存袋を取り出した。

「これが花梨ちゃんに飲ませていた薬ですね？　中身は大人用に市販されている風邪薬。錠剤をすり潰《つぶ》したものです。瓶のラベルには、十二歳未満には飲ませないよう注意書きがありました。一回に服用させていたのは、成人が飲む三回分。副作用として考えられるのは下痢や眠気でしょう。お腹を壊したり、頭がぼーっとしたり」

有美さんの視線が急速に温度をなくした。

「何の話でしょう？　私、わからないです」

代理ミュンヒハウゼン症候群。池谷医師に話せば、そんな診断が下るだろう。周囲の関心や同情を引くために、病気を装ったり、自傷行為に走るのがミュンヒハウゼン症候群。自分自身ではなく、自分の代理者を傷つけるのが代理ミュンヒハウゼン症候群。

有美さんは頑張ってきた。だから、それを認めてほしかった。そして、保育園の先生も、隣家の夫婦も、認めてくれた。『体の弱い』花梨ちゃんの世話を頑張ってしている、立派なお母さんだと。

それがかろうじて有美さんの毎日を支えていたのだろう。夫は家庭を、妻を、顧《かえり》みなかった。唯一、彼女を認めうる肉親であった実の父親は、認めるどころか見る気さえないと言わんばかりに遠くへ越してしまった。

有美さんはいい母親だと周囲に認められることで、どうにか今の暮らしと折り合っていた。そんな中、夫が不倫相手に殺された。

私は有美さんの左腕を見た。自殺未遂。そう聞いていた。私は当然、手首を切ったのだと思った。が、包帯が巻かれているのはもっと上。肘の近くだ。殺人事件被害者の遺族。そんな先入観から、自殺未遂だとみんな思い込んだ。けれど、今の私には、それは過剰な自傷行為に見える。かろうじて保たれていた彼女のバランスは、夫が殺されたことによって崩れた。満たされなくなった承認欲求は、より強い行動を彼女に促した。それで誰の関心を引きたかったのか。父親だろうか。現に彼女は意識が戻ったあと、父親に連絡を取るよう頼んでいる。あるいは私かもしれない。彼女は腕を切りつける寸前まで、私に連絡をするべきか悩んでいた。

有美さんは冷たく張り詰めた目で私を見ていた。薬の入った保存袋をトートバッグにしまい直し、私はその視線に微笑みかけた。

「今日、実は池谷先生の許可をもらっていないんです」

有美さんがわずかに怪訝《けげん》そうな顔をした。

「聞いてませんか？　私が有美さんに会うには、本当は池谷先生の許可がいるんです。だから、私が邪魔になったら、池谷先生を呼ぶようナースに伝えてください。たぶん野良猫より手ひどくつまみ出されます」

脇にあるナースコールを見た有美さんの表情が少しだけ和らいだ。その状況を想像したということもあるのだろうし、この場を終わらせる権限が自分にあると知ったこともあるのだろう。私は有美さんを責めるためにここにきたわけではない。仮にそんなことをすれば、すぐ有美さん自身に追い出される。少なくともそれは理解してくれたようだ。

「まずは謝らせてください」

有美さんを緊張させないよう、なるべく穏やかな口調で私は言った。

「面談のとき、私は有美さんが自傷行為に走るとは思いませんでした。そこまで苦しんでいるようには、いえ、そういう苦しみ方をしているようには見えなかったんです。もっと注意深くあるべきでした。すみませんでした」

私は深く頭を下げた。

「自傷行為？」と有美さんが呟《つぶや》いた。「ああ、これはやっぱり、自傷行為になるんですか」

さすがに意外な言い分だった。私は頭を上げた。彼女が戸惑うように薄く笑って、自分の腕の包帯を見ていた。

「それは自傷行為ではないんですか？」

有美さんが私を見た。しばらく私を観察したあと、また腕の包帯に目を移した。その視線が私の元に戻ったときだ。彼女の口が開きかけたときだ。ドアがノックされた。応答も待たずにドアが開き、池谷医師が顔を覗かせた。私の顔を認めると、彼の表情が強ばった。彼が言葉を発する前に、私は言った。

「面談中です。今はご遠慮ください」

瞬時、面食らった池谷医師は、すぐにきつい口調で言い返してきた。

「面談を許可した覚えはありません。そちらこそ、お引き取りください」

長いやり取りにしたくなかった。

「カウンセラーとして強く要請します。出ていってください」

「浜口さんは病気です。それは適切な投薬治療で治ります。けれど、病気から目を逸らし、小手先のカウンセリングで誤魔化そうとすれば、治るのにかえって時間がかかります。あなたの面談は、こちらには迷惑です」

今の彼女は病気だ。そうなのかもしれない。それは治すべきだ。そうなのかもしれない。だとしても、今の彼女が間違った彼女であるわけではない。治すにしてもその前に、今の彼女の言葉を誰かが聞くべきだ。

「お願いします」と私は言った。「出ていってください。面談の邪魔です」

「邪魔って……」

強ばった彼の表情が歪んだ。

「公認心理師の登録取り消しを要求しますよ」

「構いません。今はただ、出ていってください」

私たちの視線がぶつかった。あなたがそうであるように、私もこの人のためにここにいる。それをわかってほしかった。私は何の役にも立たないかもしれない。それでも、ここから引くわけにはいかない。今、自分にできると信じることを、精一杯やるしかない。それはあなただって同じでしょう？

時間と言葉を費やせば、説得できないことはないだろう。が、今はそんな暇はない。池谷医師が自分自身に費やしてきた時間と言葉に頼るしかなかった。彼は何を思って医師になり、医師としてどんな経験をしてきて、その経験から何を考えたのか。その時間と言葉とが私の今の思いとかみ合わなければ、私はここから追い出されるだろう。

しばらく無言でにらみ合った。絡んだ視線を外したのは、彼のほうだった。くるりと私たちに背を向ける。ドアが乱暴に閉じられ、足音が不機嫌に遠ざかっていった。

彼がどういうつもりで立ち去ったのかはわからなかった。思いが通じたのか、機嫌を損ねただけか。今は前者だと願うしかない。

視線を戻すと、有美さんはまた自分の包帯を見ていた。

「やはり、病気なんですよね。私、おかしいんですよね」

「人は誰だっておかしいです。普通の人なんて、実のところ、どこにもいません」

私が発した取るに足らない一般論は、彼女の胸には引っかからなかったようだ。さっきは何かを話そうとしたようにも見えたが、すでにその気配は有美さんから消えていた。

「その傷、自分で切ったのだから、自傷行為ではあるんですよね。でも、ただの自傷行為ではない、ということですか？」

有美さんは答えなかった。もう私に視線を向けようともしなかった。

「切ったことには特別な理由があったということでしょうか？」

重ねて問いかけたが、反応はなかった。

「私の名刺を持っていたと聞きました。私に何か話したいことがありましたか？」

そう促してみても同じだった。有美さんはただ自分の腕に巻かれた包帯を見ている。彼女の作った沈黙が逆に彼女を閉じ込めているかのようだった。分厚く、固い沈黙だった。

どうやったらそこから彼女を連れ出せるのだろう、と私は考えた。

カウンセラーとして、と池谷医師には言ったが、私はもうただの傾聴者とは呼べない。その領域はずいぶん踏み越えてしまった。かといって、有美さんの友人になれたわけでもない。では、今、私は何者なのか。何者であれば、有美さんの言葉を聞けるのか。

教科書的にはいわゆる「Ｉメッセージ」を発する場面なのだろう。あなたはこうするべきだとアドバイスをするような「Ｙｏｕ」を主語とする伝え方ではなく、自分の思いを、自分を主語にして伝える言葉は「Ｉメッセージ」と呼ばれる。私はあなたの言葉を聞きたいと思っている。あなたの言葉を聞けたら、私はうれしい。

けれど、そんなメッセージではこの沈黙を通り抜けて有美さんに届く気がしなかった。

有美さんは包帯から顔を上げて、自分の正面を見た。何もない。白い壁があるだけだ。その白い壁に彼女は、今、何を描いているのか。過去に見た思い入れのある情景か。ふと浮かんだ取り留めのない心象風景か。いずれにせよそれは、決して他者と分け合うことのない、彼女一人きりのものなのだろう。

不意に私は気づいた。

沈黙を破る必要などない。むしろこの沈黙を守ることが、今の私の仕事なのだ。

私は有美さんから視線をずらし、窓の外を眺めた。中庭の向こうにある別の病棟が見えた。そのまま有美さんが作った沈黙の中に身を沈める。

廊下を行き来する足音。ストレッチャーや医療用ワゴンのキャスターの音。抑えた話し声。無遠慮な笑い声。ナースコールの呼び出し。それに応える声。水面でさざめいていた雑多な音がふっと凪《な》いだ。

「罰です」

深い水底から水面にぽつりと浮かんで弾けたような呟きだった。私は有美さんに視線を戻した。

「罰、ですか？」

「ええ。罰です。私にはどんな罰がふさわしいのか。電話をして、高階さんに聞いてみようかとも思ったんです。高階さんの他に聞けそうな人が思い浮かばなくて」

けれど、結局は誰にも聞かず、彼女は自分を罰したということか。それにしても……。

「それは何の罪に対する罰なんでしょう？」

「何の罪？」

「罰の前には罪がありますよね？」

「それはあの人が、広也が刺された罪です」

おかしな言い方だった。刺した罪ならあるだろう。が、刺された罪とはどういうものか。

ふと思いついて、聞いてみた。

「広也さんが刺されたことについて、有美さんに罪があるということですか？」

「そうです。その通りです」

犯罪被害者やその遺族は、犯罪に巻き込まれたことについて、何ら非のない自分を往々にして責める。やりきれない思いで私は言った。

「広也さんを刺したのは清田梓です。有美さんではありません。清田梓が犯した犯罪のうち一パーセントだって有美さんに責任はありません。もちろん罪もありません」

断言した私を有美さんは奇異なもののようにしばらく見つめた。やがてその視線が私の目から離れた。

「だいたい有美さんは、広也さんの不倫を知らなかったんですよね？　清田梓の存在すら有美さんは……」

少し下に落とされていた有美さんの視線が私の目に戻った。

ああ、と私は思った。

「知っていたんですか。広也さんの不倫のこと」

「はい。広也が話してくれました。事件の三日くらい前です。気の迷いで昔の彼女に手を出した。しつこくつきまとわれて困っているって。相手がエスカレートしてきていて、ひょっとしたら私や花梨に何かをしてくるかもしれないって」

「そうだったんですね」

「気をつけてくれって言われて、私、ものすごく腹が立ちました。あなたが何とかしてって、私、言い返したんです。私や花梨に何かをしてくるようなこと、絶対させないように、お願いねって。でも、何だか頼りなくて。広也は流される人なんです。簡単に流される人で、私と結婚するときだって、私の言うがままに結婚したような人で。優しくて、自分の気持ちを強く持てない人で。たぶん、その人との関係だって、そうだったんだと思います。でも、今回は、これだけはちゃんと頑張ってってって、そう言いたくて、だから、私、ナイフを渡しました」

「ナイフ？　広也さんが刺された、あのナイフのことですか？」

「そうです。会社に持っていっている鞄《かばん》に私が入れました。ここに入れておくから、その女が花梨や私に何かをしそうなら、あなたが私たちを守ってって」

「凶器のナイフは……あれは有美さんが渡したものだったんですね」

「ええ。私が母からもらったナイフです」

母？

「それは、岩手のお母さんではないですよね」

「ああ。父から聞いたんですか？」

「有美さんの実の母親のことですね？　実刑判決を受けたという」

「最後まで反省はしなかったようです。身元引受人もいなくて、結局、刑を満期までつとめたそうです。出所後、私を捜し当てて、一度だけ会いにきました。六年前のことです。そのときの手土産です」

「手土産」

「私はもうじき結婚するっていうときでした。母は出所してから苦労したみたいです。ずいぶん惨めな恰好《かっこう》をしていました。後悔しているって母は言いました。あの女を殺せなかったこと、後悔しているって。でも何より後悔しているのは、あの人にやらせなかったことだって。あの女を刺すべきだったのは私ではなく、あの人だったって」

そりゃあ、そうでしょう、あんた。

久しぶりに会った母は、記憶にある母の面影を宿してはいなかった。見知らぬ醜い女が、彼女に言った。

あいつの間違いなんだから、あいつが正せばよかったのさ。

醜い女は、美しいナイフを一本、差し出した。

「何でナイフを？」

「母の母は、嫁入りのときに短刀を持っていったそうです。だからそれは……」

結婚するって聞いたからね。あんたの嫁入り道具だよ。

「それは、私の唯一の嫁入り道具でした」

頼りない夫をたしなめるために、有美さんはその嫁入り道具を渡した。夫なら、父なら、その女を、家庭を壊そうとする外敵を、追い払え。ましてやそれは自分で招いたものではないか。責任をもってどうにかしろ。そんな思いを込めて。いや、有美さんの生い立ちを知った今、それはもっと悲痛な叫びだったようにも思える。かつては、父も、母も守ってくれなかった。今、せめてあなたくらい、家庭を、私を守って。

女が男を待ち伏せたのは、そんな状況下でだった。感情的になった女を前にして、男は持たされていたナイフを取り出した。いったい何をするつもりだったのか。本気で刺すつもりはなかっただろう。女を脅《おど》すつもりだったのか。自分自身を鼓舞するつもりだったのか。自分の覚悟を示すつもりだったのか。が、凶器を出されて、女は猛《たけ》った。刺すなら刺しなさいよ、刺してみなさいよ。女が男に詰め寄る。男ともみ合いになったのなら、その痕跡が残るはずだ。女に詰め寄られて、男はなすすべなくナイフを手から離した。落ちたナイフを女は拾い上げた。もしくは男からあっさりとナイフを取り上げた。そのときにはもう女にもわかっていたのだろう。自分と男との先に未来などないことを。

「有美さんが渡したナイフで広也さんが殺されたのだとしても、その罪は犯人が背負うべきもので

「でも、刺されたときに広也が感じた痛みは、私の罪です。あれは私のナイフですから」

『痛い、痛いって思いながら死んだんですかね』

『ぐにゅって刃が入るようなものは、ダメです。切れなくなりました』

そうだった。有美さんが終始気にしていたのは、広也さんが死んだことではなく、広也さんが刺されたことだった。

その罰として、有美さんは……。

「だから、刺したんですね。罰として、自分の腕を」

誰かの気を引きたかったわけではなかった。彼女は、深夜のキッチンで、一人、静かに自分を罰したのだ。気を失うほどの痛みが、自分に与えた罰だった。

「刺してみてわかりました」

「わかった。何をですか？」

「刺されたとき、私と結婚したこと、広也はすごく後悔しただろうって。あんな女と結婚しなければ、こんな痛い目に遭わずにすんだのにって思ったはずです。私、腕に刃を押し込みながら、広也に何度も謝りました。ごめんねって。ごめんね、痛かったよねって」

有美さんは右手で左腕の包帯を覆った。たぶん本当に覆いたかったのは、広也さんの胸の傷なのだろう。

もしも父親が不倫をしなければ。もしも母親が不倫相手を刺さなければ。もしも多感な時期を父親と不倫相手との家庭ですごさなければ。そうだとしたら、広也さんに不倫を告白されたとき、有美さんは違う形でその問題と向き合ったのかもしれない。そしてそうだとしたら、広也さんが刺されることはなかった。けれど誰も『もしもの自分』になれたりはしない。そこにいるのはいつだって、『もしもじゃない自分』だけだ。

「もう有美さんは罰を受けました」

自分が今の自分であることの罰を彼女は下した。

「これで終わりにするべきです」

有美さんが私を見た。

「私はそう思います」と私は頷いた。

顔を伏せた有美さんの肩が震え始めた。小さな嗚咽は、少しずつ大きくなっていった。私はその様子をただ見守っていた。こんなにも簡単な言葉が有美さんの心にこんなにも響いた。ひょっとしたらそれは、有美さんが初めて聞いた赦《ゆる》しの言葉だったのかもしれない。私は人に赦しを与えられるような人間ではない。それでも私の言葉がそう響いたのなら、今はそれでよかった。

有美さんが泣き止《や》むまでにはしばらくの時間が必要だった。大きくなったときと同じように少しずつ嗚咽を収めていった有美さんは、やがて涙を拭って、私を見た。

「これから……どうしたらいいでしょう?」

「近いうちに検察から話を聞かれるはずです。今の話をするかどうか、決めておいたほうがいいです」

有美さんが意外そうに私を見た。

「しないのも、ありなんですか?」

「もちろん、ありです」

彼女がそうするなら私も誰にも言うつもりはない。仲上にも話すつもりはなかった。

有美さんはしばらく考え、聞いた。

「犯人は何で言わなかったんでしょう？　ナイフのこと」

「認めたくなかったんでしょう。広也さんが自分にナイフを向けたことを。あるいは、人には知られたくなかったのか」

だから最初は自分のものだということにした。それでは犯行に計画性が認められて刑罰が重くなると知り、それでも広也さんが持ち出したものだと認めることはできなかった。それであんな奇妙な供述を始めたのだろう。

「だったら、それ、認めさせたいです」

「そうですか」と私は頷いた。

「あのナイフは広也がその女に向けたもの。家庭を守るために、広也はその人にナイフを向けた。みんなの前で、それを認めさせてやりたい」

「刑期はたぶん、短くなりますよ。正当防衛とまでは言えないでしょうけれど」

「それでも、広也がそのとき、どんな風にナイフを手にしたのか、裁判で明らかになりますよね？　私は知るべきだと思うんです。そこには必ず私たちへの、私と花梨への思いがあったはずですから」

「そうですか」と言って、私は頷いた。「そうですね」

「他に私がやるべきことは？」と有美さんが聞いた。

「花梨ちゃんに関してはしばらく児相の支援があると思います」

有美さんの表情が沈んだ。

「母親の資格、ないですもんね。私、花梨に……」

確かに、ひどいことをした。が、今朝方、時間をかけて花梨ちゃんから聞き取ったところによれば、有美さんが花梨ちゃんに薬を与えた回数は数えるほどでしかない。むしろ、お腹の調子が悪いんじゃないか、頭はどうか、としつこく聞くことで、花梨ちゃんに暗示をかけてしまっていたような節がある。無論、それも含めて許される行為ではないが、今後の母子の生活を一概に否定するほどでもないだろう。どこにどんな報告を入れ、誰にどう動いてもらうか、ずいぶん頭を悩ませたが、教え子をはじめとする教授のコネクションを使えばどうにかできそうだった。

誤解なく伝わるよう私はゆっくりと有美さんに言った。

「心配しないでいいです。花梨ちゃんを取り上げられるようなことはありません。母親として、きちんと花梨ちゃんと向き合うためのリハビリのようなものだと思ってください。花梨ちゃんの母親は有美さんしかいません」

「それでいいんでしょうか。私、また花梨に……」

「そうならないために、有美さん自身のカウンセリングも継続しましょう」

じっくりと考えるような間を置いてから、有美さんが頷いた。

「わかりました。また、よろしくお願いします」

「ああ、いいえ。私は、もう有美さんを担当できません」

有美さんが傷ついたような顔をした。が、これは譲れない。今回、私は有美さんに対して、適切な距離を守れなかった。有美さんというクライエントに、カウンセラーとして向き合うことは、もうできない。

私は有美さんにそのことを説明した。理解できたかどうかは別として、そうせざるをえないことはわかってくれたようだ。

「私が未熟だったせいで、ご迷惑をかけてしまいました」と私は頭を下げた。

有美さんはゆっくりと首を横に振った。

「高階さんでなかったら、私、こんな話、できなかったと思います。たった二回、会っただけの人に、ここまで話したこと、自分でもびっくりしてます。高階さんは優秀なカウンセラーです」

それは違う。

私が優秀なカウンセラーだったら、今、彼女の腕に包帯はない。カウンセラーとしてではなく、私個人が持っている属性が彼女の中の何かと共鳴したのだ。罪悪感とも少し違う。この世界に自分がいることについて抱《いだ》く、どうしようもない違和感のようなもの。いや、だったらそれはやはり、罪悪感なのだろうか。

ふとそのことについて、彼女に話してみたい誘惑にかられた。

『私の父は、人を殺したんです』

そう切り出したら、彼女は何と応じるだろう。

もちろん、そんなことはできなかった。未熟で役立たずだったけれど、最後くらいはカウンセラーとして彼女の前を去りたかった。

「別のカウンセラーを派遣するよう、県警に伝えます。ここの池谷先生と協力して、有美さんのケアに当たることになると思います」

「わかりました」

「それでは」

最後に小さく笑みを交わして、私は有美さんの病室を出た。少し離れたところで、花梨ちゃんと
「ありがとうございました」

藤田さんが長椅子に座っていた。

「お待たせしました。話、終わりました」

二人が立ち上がった。レジ袋を手にした花梨ちゃんが「溶けちゃうよ」と言いながら病室に向かって駆け出す。その背を見送り、藤田さんは私に視線を向けた。

「有美は大丈夫でしょうか？」

「ええ、もちろんですよ」と私は頷いた。

……大丈夫って、何？

「藤田さんと花梨ちゃんがいれば、有美さんは大丈夫です」

「でも、私は……私は何から始めたらいいかもわからないんです」

「唐揚げが好物だそうです」

「え？」

「花梨ちゃんです。作ってあげたら、喜ぶと思います。まずはそんなところから」

「そうですか」と藤田さんは頷き、やがて微笑んだ。「そうですね。そうしてみます。ありがとうございました」

一礼した藤田さんに礼を返し、私は歩き出した。

人の心を氷山にたとえたのはフロイトだ。心は氷山のようなもの、その七分の一を水面の上に出して漂う、と。人の心の七分の六は他人にはおろか、自分にすら見えない。他者とわかり合えた。そう思ったところで、それは七分の一だけのこと。私たちはいつだって得体の知れない七分の六を抱えて生きている。それでも「大丈夫」と偽りながら、日々をすごしていくしかない。

病院の外に出た。今晩は贅沢《ぜいたく》な夕食を作ろう。ふとそう思い立った。そんなことだけで楽しくなっている自分がおかしかった。大学に戻るために駅へと歩きながら、どんなメニューがいいか、私は思いを巡らせた。

獣と生きる

羽田空港の飛行経路変更のせいだろう。耳をふさぎたくなるほどの轟音《ごうおん》を立てて、頭上を大型旅客機が通りすぎていく。

「あ、あれ。あの真ん中にいる子です」

私の耳に口を寄せて瑛華《えいか》が言い、私は大学の正門のほうへ視線を向けた。五人の若者が歩道をこちらに向かって歩いてくる。

「あと、任せても？」

瑛華が聞き、私は頷いた。塀《へい》から離れて、いったんは歩き出してから、瑛華はすぐに足を止めて、私を振り返った。

「私が警察に入った理由、唯子さんに話しましたっけ？」

私は空を見上げた。梅雨が明けたばかりの空は眩《まぶ》しく晴れ渡っている。

「女の一人暮らしを前提とした定年までのライフプランと、そこにおける安定した雇用の重要性なら、うん、前に一度、聞いた気がするな」と言って、私は視線を下ろした。「大丈夫。エイちゃんの公務員としての立場を脅《おびや》かすようなことはしない」

「そこんとこ、よろしくです」

いつもの口癖を口にすると、県警警務部警務課被害者支援室、唯一のカウンセラー、杉山瑛華主事は歩き去った。私は瑛華が去ったのとは逆のほうへと視線を戻した。

五人の若者が連れ立って近づいてくる。笑い、じゃれ合いながら歩く一団は、幼い犬のきょうだいを連想させた。真ん中の女の子が飛び抜けてスタイルがよく、ひときわ目を引く。縦ロールの茶色い髪。みんながノースリーブか半袖のTシャツを着ている中で、キャミソールの上に透け感の強い長袖のシアーシャツを着ている。下は長い脚にぴったりと張りついたようなタイトデニム。派手に見える顔立ちは、メイクでそう見せているのではなく、もともとの目鼻立ちがはっきりしているせいだろう。学生時代だったら、きっと声をかけるのをためらった。活動的で、仲間も多く、楽しくそつなく日々をすごせる子。特別なイベントがない日を退屈な日と呟く人。

私は大学の敷地を巡る塀から離れた。歩道の横幅いっぱいに並んで歩く彼女たちの前に立つ。彼女と仲間が足を止めた。私は真ん中にいる彼女だけに視線を向けた。

「臼井《うすい》さんですね？　臼井菜月《なつき》さん」

仲間に向けていた笑みを中途半端に残した顔で、彼女が首を傾げた。

「突然、すみません。私、高階と言います」

名刺を差し出す。菜月さんが受け取り、仲間たちも覗き込んだ。大学の研究室が書かれた私の名刺は恰好の比較対象に見えたようだ。

ヒエー、一流大学、と男の子の一人がおどけてのけぞった。自嘲とともに、わずかに敵意が感じられる。仲間内に広がった笑いにも、同じ色があった。

「えっと、前に会ってます？」

菜月さんが名刺から私に目を戻した。

「いいえ。初めてです。私、今、県警の仕事の手伝いをしています。少し話がしたいんですが、時間、いただけませんか？」

県警と聞いて、若者たちが鼻白むのを感じた。

「えーっと、それはいい話ですか？　それとも悪い話？」と菜月さんが聞いた。

「ああ、いえ。特にいいとか悪いとか、そういうことではないです」

「それじゃ簡単な話？　それとも難しい話？」

「え？」

「私、バカなんで、難しい話は無理ですよ」

「ああ、それは俺も保証します。こいつ、バカですよ」

肩を組むようにして、Tシャツ姿の筋肉質な男の子が菜月さんに腕を回した。途端に表情一つ変えず菜月さんが彼の腹に肘を入れる。おおう、と彼が体を曲げてうめいた。

「すげえ変な声、出た」

腹をさすりながら彼が言った。

上がった仲間たちの笑い声は、私からすれば少し大げさに思える。

「バカのくせに人のバカを保証しないでよね」と菜月さんが言った。

「いや、俺程度のバカでもバカを保証できるくらいにスーパーなバカだから、菜月は」

「バカがバカ同士で褒め合ってるよ」

別の男の子が寸劇のような掛け合いに加わる。

「褒めてねえし」と先の男の子が応じた。

閉鎖した関係の中での笑い声が響く。

「やめなよ。お姉さん、固まっちゃってるよ」と別の女の子が呆れた声を上げた。「すみませんねえ。頭、悪いのばっかりで」

私としては生ぬるい笑顔で応じるしかない。

「それって、時間、かかりますか？」

菜月さんが話を戻してくれた。

「私、六時からバイトなんですけど」

「どこでです？」と私は聞いた。

「エロリーマン御用達《ごようたし》のガールズバーです」

さっき菜月さんに肘打ちを食らった男の子がすかさず口を挟む。

「新橋《しんばし》です」と今度は笑いながら彼のお尻に膝蹴りをして、菜月さんが答えた。

ここからなら電車で二十分程度。余裕をとっても、あと一時間はある。

「十分《じゅうぶん》です。どこか近くに適当な喫茶店、ありませんか？」

「喫茶店」と菜月さんが考える素振りをし、芝居がかった上目遣いで私に聞いた。「っていうか、ストロベリーワッフルでも？」

過剰にあどけない仕草で首を傾げる。

「問題ないです」と私は笑った。「紅茶もつけます」

「うん。ここまでは、十分、いい話」と菜月さんがにんまりした。「駅のあっち側です。行きましょう」

仲間たちに、それじゃね、と手を振ると、菜月さんは私を先導して歩き始めた。残された仲間たちも、じゃーねー、と間延びした返事をあっさりと返す。連れ立って歩いた先に、特別の用事があったわけではないらしい。

「どんな話か知りませんけど」と歩きながら、菜月さんは言った。「大学の前で待ち伏せって、何だかなあ、って感じです」

「すみません。名前と顔と大学しかわからなくて」と私は詫びた。

「変な漏れ方をしてるんですね、私の個人情報」と菜月さんは笑い、聞いた。「私が見た、あれについての話ですよね、きっと」

そう思ったからこそ、菜月さんは時間をくれたのだろうし、仲間たちもその件を知っていて、だから不審に思わなかったのだろう。

「わかりません」と私は言った。「そうなのかもしれないし、違うのかも」

「んーっと、あれ？　さっき言いましたよね」と菜月さんは私の顔を覗き込んだ。「私、バカですよ。難しい話とか、ややこしい言い方とかは、なしで」

「そう努力します」と私は言った。

「そうお願いします」と菜月さんは笑った。

これから、菜月さんが見た事件に関する話をすることに間違いはない。ただ、本当に話すべきことがそれなのかどうか、私にはまだわからなかった。

午後も遅いこの時間でも、駅から大学へ向かう人たちがちらほらといた。すれ違う人の中に知り合いを見つけるたび、菜月さんは明るく声をかける。相手も同じ調子で返してくる。大方は健全で、たぶん少しだけ不健全な、ごく当たり前の学生生活。菜月さんとそう変わらない年齢の彼に、菜月さんのこの生活はどんな風に見えるだろう。菜月さんの隣を歩きながら、私はそんなことを考えた。

また轟音が聞こえた。仰《あお》ぎ見た青空で、旅客機が轟音を引きずりながら遠ざかっていった。


まだ明ける気配のない梅雨の空はどんよりしていて、私たち二人きりの部屋はしんとしていた。他と比べて壁が厚いわけでもないだろうが、署内の他の階はもちろん、同じ階の気配さえ感じられない。狭い会議室だ。最初に入ったときは、間違えて取調室のドアを開けたかと思ったほどだ。が、隣の運動公園を望める窓のおかげで意外に閉塞感はない。

私は右手の窓から左手に目を向けた。手に触れられそうなほど確かな静けさの中、私の斜め左に座ったアキラくんは心持ち顔を伏せて、先ほどからずっと黙りこくっていた。アキラくんの面談は二度目だ。前の面談のときには、ほとんど会話にならなかった。アキラくんは黙りこくり、私が発するごく基本的な質問にもほとんど答えてくれなかった。それは明らかに不信であり、拒絶だった。

人を信じるとはどういうことなのか。人から信じてもらうとはどういうことなのか。

この仕事をしていると幾度となく考えさせられる。

あなたの力になりたいと思っている。

そこに嘘はない。けれど、それはもちろん、程度による。同じデスクに向かっていても、クライエントの前に置かれているのは、人生そのものと呼べるほどに重大なものだ。一方で、私の前に置かれているのは、いつもやっている仕事の一つにすぎない。私がそこにどれだけの思い入れを持とうとも、事実としてそれは、いつもの仕事の一つだ。どんなに力になりたいと思っていても、私はクライエントの人生まで引き受けることはできない。当たり前ではある。クライエントは一人ではないのだ。そんなことをしていたら私の体がもたない。けれど、ではその前提で、私はどこまで真っ直ぐ、私を信じてくれとクライエントに言えるのか。もしクライエントの求める信頼が、熱量が、私の許容量を超えるものだったら、と考えると、こうして同じデスクについていること自体が、偽善めいた、ひどく思い上がった行為に感じられてしまう。

私は少し長く瞬きをした。

現実に、今、デスクの上に載っているのは、クライエントの人生でも、私の仕事でもなく、タトゥーの入った腕だ。鎖とツタが絡み合ったデザイン。よく見ると所々にシカやキツネやカバなどの野生動物が描かれている。前の面談の際にはよく見なかった。そのときの彼が六分袖くらいのだぼっとしたカットソーを着ていて、終始、腕を組むようなポーズをしていたせいだ。今日は半袖のTシャツを着て、腕をデスクに載せている。姿勢が変わったのは、少しは私に対する警戒を解いてくれたということか、それとも単にこの部屋と状況とに慣れたというだけか。

「かっこいいね」

タカか、ハヤブサか。ツタの葉の陰に猛禽類《もうきんるい》らしき鳥が隠れているのに気づいて、私は言った。

アキラくんが怪訝そうな顔をした。

「そのタトゥー」と私は付け足した。

アキラくんは自分の腕に目を落とした。左手で右腕のタトゥーをさする。この話題を拒絶している風ではなかった。

「どこで入れたの？」と私は続けて聞いた。

二十歳の青年が相手なら、丁寧語で話しかけるのが常だ。が、最初の面談の際、私はすぐに丁寧語で話すのをやめた。アキラくんに対してできるだけ壁を作らないようにするには、丁寧語でないほうがいいように思えた。

少し間を置いて、アキラくんが答えた。

「前にいたところ」

地名は言わなかった。三年前まで暮らしていた栃木の町のことだろう。

「高かったんじゃないの？　すごく凝《こ》ってるし、細かいし」

「いや。タダ。友達がやってくれたから」

「そうなんだ。デザインも友達が？」

アキラくんは頷いた。

「動物がいいね」と私は言った。「その鳥もかっこいい。タカ？　それともモズかな？」

「これはダイ」

私の目線を追い、その猛禽類を指して、アキラくんは言った。

「こっちが俺」

葉の後ろから顔を覗かせている別の鳥を指した。ほとんど目とくちばしだけだ。言われるまで、いることにも気づかなかった。

「それは……オウム？」

「なのかな。わかんない。でも、そんな感じのやつ」

何かに思いを馳せるようにアキラくんの視線が焦点を変え、表情がわずかに和らぐ。私たちの間にあった緊張が緩んだのを感じた。

「あんまりオウムっぽくないけど」

アキラくんの彫りの深い、男っぽい顔立ちをわざとまじまじと見ながら私は言った。アキラくんは手のひらで自分の頬を撫《な》でた。

「ふざけた顔でぎゃーぎゃー鳴いているだけだったから。俺、そのころ」

「ふざけた顔で、ぎゃーぎゃー？」

「うん。ダイの後ろで」

「頼りになるお兄さんだったのね」

「俺はダイに育てられたようなもん」

アキラくんはまた自分の腕を撫でた。その顔立ちを一目見れば、日本人でないことは直感的にわかる。流暢《りゅうちょう》に日本語を話すことが不自然に見えるほどだ。が、その直感を言葉で説明するのは難しい。どこに違いがあるのか。瞳の微妙な色合いか、目のくぼみ方か、顎《あご》のラインか、それとも肌の質感か。

「初めてだ。このタトゥー、褒められたの」

「そうなの？」

「ちゃんと見る人もいなかった。だいたいは、こう」

アキラくんは腕のタトゥーを見ると、ちょっと顔を突き出すようにしてから、すぐに目を背けた。

「ひどいものを見たみたいに、目を逸らす」

「見慣れてないから、びっくりしちゃうんだろうね」

意識してなぞらえたつもりはないだろう。私もそう意識して答えたわけではない。が、そのタトゥーはアキラくんたちそのものだ。見慣れてないから、目を逸らす。

タトゥーに目を向けたまま、アキラくんはしばらく黙っていた。今度の沈黙は先ほどまでのものとは違っていた。何かが転がり落ちてきそうな気配があった。私は口をつぐみ、転がり落ちてくるものを待った。

「殺してやりたいよ」

アキラくんの口から言葉がこぼれた。何か飲みたい。ちょっと眠たい。そんなごく自然な欲望を口にするかのような言い方だった。

「加害者のこと？」と私は聞いた。

「うん。殺してやりたい」とアキラくんは繰り返した。

事件に話が及んだのは初めてだった。

「加害者の運転手に対して、そういう風に思っているのね？」

「あの日からずっと思ってる。何度も何度も。朝起きて思って、ベッドから出て思って、トイレのドアを開けるときに思って、おしっこが出たときに思って、トイレを流すときに思って、一日中、何度も思ってる」

わき上がった怒りがあふれ出るたびに殺意に変換している毎日。苦しいだろう。

「そうだったんだね」と私は頷いた。

「あのじじいも同じ目に遭えばいい。俺がはね飛ばしてやる。そういうことを何度も想像する。あのじじいをはねるところ。ドンってぶつかったときの衝撃。あのじじいが倒れて、頭から血を流している。そういうこと考えてないと」

いつしか言葉に力がこもっていた。アキラくんはあえぐように息を吸って、吐いた。

「頭がおかしくなる」

まずいな、と私は思う。表情には出さない。それでもアキラくんの言葉に強く引き込まれる自分を感じる。私はアキラくんの言葉から身を守ろうと、心の中で鎧《よろい》をまとう。

共感的理解。相手の気持ちに共感しながらも、その感情に巻き込まれることなく、理解しようとする態度。カウンセラーにはそれが求められる。共感し、理解しながら、その感情を自らのものとはしないとは、いったいどういう心の形なのか。言葉で考えれば何となくわかるような気もするし、わかった体《てい》でこの仕事を続けてはいるが、実際にこういう強い感情で揺さぶられてしまうと、自分はやっぱりわかっていないないと思い知る。

「きっと踏み間違えたんじゃないんだよ。咄嗟に本音が出たんだ。殺そうとしたんだよ、あのじいさん。車の前に出てきたダイを一目見て、殺すか、避けるか、すぐに決めなきゃいけなくなって、殺すって決めて、アクセルを踏んだんだ」

到底、論理的とは言えない言い分だった。加害者には見知らぬダイくんを殺す理由がない。ただ、言葉に込められた怒りのエネルギーだけはダイレクトに伝わってくる。息苦しさを覚えるほどだ。が、急に怒りを放つことに疲れたように、アキラくんはそこで言葉を止めた。

「ずっとつらかったね」と私は言った。

「つらくないよ」とアキラくんは言った。もう言葉に力はなかった。「ただ殺してやりたいだけ」

仮に今、加害者がここにいても、アキラくんはその老人を殺さないだろう。アキラくんは、やり場のない憤《いきどお》りをそう表現しているだけだ。無理もない。今の彼には、この国のすべてが敵に思えているはずだ。被害者なのに、なぜこれほど責められるのか。せめて加害者を憎んでいなければ、やってられないだろう。

今から二週間前の夕方のことだ。一人の男性が路上で乗用車にはねられた。当初、報じられたニュースは簡単なものだった。

はねられた二十代と見られる男性は、病院で死亡が確認された。現場から逃走した車両は数キロ離れた国道沿いで発見され、警察は近くにいた車の持ち主で七十四歳の男性を自動車運転処罰法違反とひき逃げの容疑で逮捕した。男性は、一時停止の際にアクセルとブレーキを踏み間違えたようだと話している。

ニュースサイトのコメント欄やＳＮＳには、被害者に対する同情的な言葉がささやかに寄せられた。

『また若者が年寄りの犠牲に……もう運転免許は定年制にすればいい』

『事故のあとで救護しないことが問題。放って逃げたんだから殺人と同じ。厳罰を』

本来ならば、それ以上の詳細が報じられるような事件ではない。が、事件現場近くにあった防犯カメラの映像がメディアに流れたことで、世間の耳目《じもく》を集めるようになる。そこにはスケートボードに乗り、坂道を勢いよく下っていく被害者が映っていた。脇の道から出てきた乗用車が彼をはね、はね飛ばされた彼が路上に転がる。そのショッキングさもあって、映像はネット上に広く拡散する。

『路上でスケボーするほうも問題ありですよね。かなりスピード出てますし』

『公道でブレーキのない乗り物に乗んなよ』

それと同時に腕や首にびっしりとタトゥーの入った被害者の姿が多くの人に違和感を与えたようだ。被害者が近所に住むペルー国籍の男性だったことが報じられると、被害者を責める言説が一気に増え始める。

『これ、不法入国者が公道でウェーイして車に突っ込んだってことでOK？』

『薬でもやってたんじゃないの？　死体の検査しろよ』

その流れを受けてのこと、というのは私の邪推なのだろうか。大方のニュース番組は事故時の映像しか流していなかったが、あるニュース番組がさらにその後の映像まで流した。映像にはそのとき被害者と一緒にいたアキラくんの姿が残されていた。はね飛ばされた被害者に駆け寄ったアキラくんは、しばらく被害者のそばに屈《かが》み込んでいたが、やがて立ち上がり、何か怒鳴りながら車に近づいた。ボンネットを叩《たた》き、その後、運転席のドアに回って、ドアを開けようとする。この行動が徹底的に叩かれることになる。

『事故後に車を叩いてキレてるお友達は何なの？　怒る前に友達を救助するだろ、普通』

当たり前だが、ネットやSNSで拡散される情報には正確性を欠くものが多い。まず被害者の日系ペルー人、ダイ・アサガワは不法入国者ではないし、超過滞在者でもない。また事故当時はもちろん、被害者がその短い生涯の中で薬物に手を出した事実は確認されていない。さらに事故後に車のボンネットを叩いたのは被害者の友達ではない。実の弟、アキラ・アサガワだ。

流れた映像では、アキラくんの顔はぼかされていたが、腕にタトゥーが入っているのは見て取れた。被害者である兄ほどびっしりと入っているわけではないが、日本社会の日常では目にすることがあまりない程度のものではあった。さらに同じニュース番組で事故の目撃者の証言映像が流された。

「ボンネットをどんどん叩きながら、出てこいって、怒鳴ってました。運転手のおじいさん、怖くて動けないみたいでした。そうしたら、その男の人、運転席に回ったんです。ドアを開けようとしたけど、でも、鍵がかかってて、開かなくて。今度は窓ガラスを叩いて、さっさと出ろ。この車、寄越せって、大声で。そうしたら、車が急発進したんです」

腰から下だけを映された目撃者がそう語っていた。この目撃談により、SNS上では加害者を擁護するコメントが増えていく。

『あんなことされたら、誰だって、怖くなって逃げますよね。ひき逃げじゃなくて、事故のあと、運転手が身を守るために移動したっていうだけじゃないですか？』

『これやられたら、普通に当たり屋だと思うわ。俺でも逃げる。っていうか、本当は車、盗むつもりでやったんじゃないの？』

被害者は不良外国人という流れが完全にできあがり、できあがってしまえば、もう語る価値はないとばかりに、世間は急速に事件に対する興味をなくした。

悪く見えそうなところだけを取り上げて勝手に悪者にされた挙げ句、一方的に話を打ち切られた。アキラくんにすれば、そんな気分だろう。憤るのもわかるし、その憤りが加害者に向かうのも自然なことだ。

また沈黙に沈み込みそうになっているアキラくんに向けて、私は言った。

「アキラくんのその気持ちは、おかしくないし、隠さなくていいよ」

アキラくんが白けた顔で私を見た。私は言葉を重ねた。

「被害者は加害者を恨んで当たり前。憎いなら憎いって、殺してやりたいなら殺してやりたいって、誰に対してもそう言っていい」

アキラくんの表情は変わらなかった。

アキラくんを私のもとに連れてきたのは、所轄のベテラン警察官だ。ダイ・アサガワが死亡したひき逃げ事件の捜査に当たった小田雄一《おだゆういち》さんというその警察官は、アキラくんから証言を取ることに苦労していた。仲上がそれを知り、カウンセリングを受けられるよう、警務課を通して手はずを整えてくれた。

「目撃証言も必要なんですが、それ以上に、遺族調書を作ってやりたいんです」

アキラくんの面談を始める前、私を脇へ呼び出すと、小田さんは五分刈りのごま塩頭に手を当てて、そう言った。

被害者遺族から事情を聞き取り、供述調書を作成する。これが遺族調書だ。そこでは、客観的な事実だけではなく、家族としての思いや気持ちを語ることが許される。アキラくんの場合は、事故当時、現場にいた目撃者としての証言もある。が、それとともに大事なのは遺族として処罰感情を表明することだ。犯人にどんな処罰を求めているのか。それだけで判決が左右されることはないにしても、量刑を決める際の一つの要素にはなりうる。

「私が何を聞いても、答えてくれないんです。彼自身が後悔しないよう、きちんと話せる状態にしてやってください」

それが小田さんの望みだった。

そのためには、自分の怒りを、悲しみを、恨みを、許せないというその気持ちを、今のうちに言葉にしておく必要がある。

「今の言葉、小田さんにも伝えてみたら？」

アキラくんがじろりと私をにらんだ。

「じじいを殺してやりたい。そう言えって？　言っていいって？」

「そうだよ」と私は頷いた。

「ふざけるな。言えるわけない」

意味がわからなかった。アキラくんの表情はてんで話にならないと言わんばかりだ。

「言えるわけないっていうのは？」と私は食い下がった。「どういうこと？」

アキラくんは私を見もしなかった。その心はもう完全に閉じていた。少し考え、私は以前、担当したケースについて話すことにした。

「だいぶ前に、お姉さんを殺された弟さんのカウンセリングをしたことがある。お姉さんと付き合っていたのがたちの悪い男で、お姉さん、その男の暴力で死んじゃった」

アキラくんはやはりこちらを見なかったが、私は構わずに続けた。

「弟さんは、だから自業自得だって言ってた。あんな男と付き合ったお姉さんが悪いんだって。でも違う。お姉さんは被害者で、加害者であるその男が悪い。私はそう言い続けて、最後は弟さんもわかってくれた。加害者である男を憎むようになって、その弟さん、やっとお姉さんのことを受け入れられるようになったの。アキラくん。悪いのは加害者。殺してやりたい。そう思うアキラくんは間違ってない。ごく自然な、当たり前のこと。その感情を無理に消そうとしないで」

アキラくんが私を見た。一瞬、何かを言いかけたようにも思う。が、アキラくんはカーゴパンツのポケットからスマホを取り出し、画面に目を落とした。

「終わりだな。もう一時間、経った」

面談の最初に約束した一時間は、確かにもうすぎていた。私の返事を待たず、アキラくんは椅子から立ち上がった。

「また来週、同じ時間に、ここで」と言いながら、私も立ち上がった。「こられる？　それとも、都合悪い？」

「たぶん」

たぶんどっちなのかははっきりさせないまま、アキラくんは取調室のように狭い会議室を出ていった。追いかけようとして、やめた。次の面談は、しっかりとした約束にはしないほうがいいように思えた。


その日、残りの仕事も済ませて、自宅の賃貸マンションに戻ると、部屋に弟の祐紀がいた。何かが起こったときに備えて鍵を預けてはいるが、こうしてたびたび無断で部屋に入られるのはあまり歓迎しない。ただ慌ただしいだけの日常を覗き見られてしまった気分になる。

「何かあった？」

トートバッグをソファベッドの脇に放り、台所へ向かいながら、祐紀に聞いた。祐紀はテーブルでスマホをいじっている。

「いいや。別に何もない」

私は冷蔵庫から缶ビールとペットボトルの炭酸水を手にして、テーブルについた。缶を祐紀に渡す。私たちはお互いの飲み物を開け、軽く掲げてから口をつけた。

「ほら、先週、電話で、たまには飯を食いにこいって言ってたからさ」とビールを調子よく飲んでから祐紀は言った。「夕飯、作ってやるからって。あわよくばと思ったんだけど」

「あ、ごめん。今日の夕飯は、今し方、ラーメン屋で」

「女一人で夜にラーメン屋？」

「放っておいてよ。そっちは？　今日、お店はいいの？」

「いや、これから出るよ」

祐紀はまた缶を傾けた。何かを切り出しかねている様子だった。

「何よ？　気味が悪いな」

「んー、あのさ、特に問題はないよな？」

「問題？　何のこと？」

「先週の電話、調子がおかしかったから。変な男の話もしてたし。あの男、何？」

「え？　ああ」と意味がわかって、私は噴き出した。「違うよ。そんなんじゃない」

先週の面談で、アキラくんはほとんど口をきいてくれなかった。敵意とも取れるほど頑《かたく》なな態度にどう接すればいいかわからず、その夜、私はかなり落ち込んだ。店で祐紀は後輩ホストの指導もしていると聞いていた。だから、取っつきにくい男の子への接し方について聞いてみようと電話したのだ。次回の面談のヒントにするつもりだった。説明したつもりでいたが、端折《はしょ》っていたのかもしれない。

「あれは仕事の話。だって、言ったよね？　二十歳の男の子って」

「だからさ。えらい若いやつにいったなと思って。いろいろ手違いがあったんじゃないかって心配したんだよ」

「手違いって何よ」

「騙《だま》したとか、酔わせたとか」

「あ、基本、私が加害者なわけね？」

「だって十年前なら、小学生と大学生だ」

祐紀は笑ってビールを飲んだ。その実、私の様子を結構、本気で心配して、わざわざ訪ねてきてくれたのだろう。

「信用がないのね」と私も笑った。

何かつまむものでもないかと、立ち上がり、冷蔵庫を覗いてみた。

「ごめん。今、本当に何もないんだ。サバ缶ならあるけど、食べる？」

「非常食だろ？　いらないよ。もう一本飲んだら、行くし」

祐紀は言って、ホストらしく軽々と残りのビールを飲み干した。私は缶ビールをもう一本取って、テーブルに戻った。

「仲上さんとは？」

私から受け取った缶を開けて、祐紀は聞いた。

「最近、会わないけど、どうなの？　俺、あの人、好きだよ」

「好きって、彼のことなんて何も知らないでしょ？」

たまたまこの部屋で鉢合《はちあ》わせたことがあった。そのときは仕事で世話になっている刑事とだけ紹介したが、さすがに状況と雰囲気とで恋人だとわかっただろう。

「そりゃ何も知らないけど、何か、こう、しっくりきたんだよね。姉貴の旦那としてっていうか、義理の兄としてっていうかさ。刑事っていう仕事も、考えてみればむしろ……」

「仲上さんとはお別れしました。もう三カ月以上前のことです」

私はぴしゃりと言った。

「いいと思ったんだけどな。何がダメだった？」

「何もダメじゃない。いい人だったよ」

「それじゃ、私なんかにはもったいない人で的な自爆型自虐失恋？」

「何よ、それ」と私は言った。

「うまくいくと思ったんだけどな」と言って、祐紀はビールを飲んだ。

仲上と出会ったのは、ある殺人事件の遺族のカウンセリングをしていたときだ。仲上は捜査員の一人だった。どんな話の流れだったかは覚えていない。

「犯罪被害者や遺族にとって、一番の慰めは何だと思いますか？」

そう尋ねた私に、仲上は迷いなく即答した。

「そりゃ犯人逮捕でしょう」

言い方が違えば、ただの無邪気さに響いただろう。が、仲上の言葉には揺るぎない信念があり、その信念にかけるひたむきさがあった。その姿は私の目にとても眩しかった。ぶっきらぼうだが飾らない喋《しゃべ》り方も好ましく感じた。自分から男性を食事に誘ったのは、彼が初めてだった。

「やり直す気はないの？」と祐紀が聞いた。

「ないよ」と私は答えた。

そうする資格が私にはない。

それ以上、この話を続けたくなかった。私の気持ちは察したようだ。ビールを飲み干し、缶をくしゃりと潰して、祐紀は腰を上げた。

「じゃあ、まあ、新しいのができたら、今度はちゃんと紹介して。別れる前に」

「そうする」

玄関に向かう祐紀を見送りに立った。祐紀は、ピアスをしているし、他のアクセサリーも身につけていることが多い。が、タトゥーは入れていない。確認したことはないが、たぶん祐紀がタトゥーを入れることはないだろう。それを嫌がる人がいる。

「最近、母さんに会った？」

「いや、会ってないな。電話とか、メッセージならたまに。姉貴も連絡してやりな」

「でも、私とだとあんまり話もないから」

「話なんて、天気のことでも景気のことでもいい。姉貴から連絡がきたら、それだけで喜ぶよ」

スニーカーをはきながら押しつけがましくない程度にさらりと言うと、祐紀は手を上げて、部屋を出ていった。

テーブルに戻り、潰れたビールの缶を捨てると、私はノートパソコンを立ち上げて、アキラくんの面談記録をつけ始めた。面談直後とその日の終わりとの二度にわけて記録をつけるのはいつものやり方だが、今回は、直後に書いたこと以外に記すべきことがあまり思い当たらなかった。一度目の面談に比べれば、はるかに多くの言葉を聞けた。被害者に対する怒りも吐露していた。それなのに、聞けた言葉よりも、聞けなかった言葉のほうが気になった。

進展のない記録を書いている途中で雨音に気づいた。パソコンの前を離れ、カーテンを開けて確認すると、いつしか雨が降り出していた。祐紀は降られなかっただろうか。そんな心配をしながら、本を手にして、いつもベッドになっているソファベッドに転がる。日本の移民問題について書かれた本だ。

「最低限の知識はこれでわかるでしょう」

一週間前、アキラくんを連れてきた警察官の小田さんが、そのときに貸してくれた。アキラくんや他のクライエントの面談準備に忙しく、まだちゃんと読めていなかった。小田さんから聞いた話と、アキラくんの経歴を頭の隅《すみ》に置きながら、目を通してみる。

アキラくんの両親は、ともに日系三世だ。父親はともに日系人の両親から、母親は日系人の父とペルー人の母との間に生まれている。ペルーでの面識はなかったらしい。二人は九十年代にほぼ時期を同じくして日本にやってきた。本によれば、日本では八九年に『定住者』という在留資格が新しく作られ、九十年以降、南米日系人の多くに与えられている。この『定住者』という資格でやってくれれば、どんな仕事にも就くことができた。当時の人手不足を埋めるため、産業界の要望に応えた政策だったという。『広く世界中から労働者を募るより、同じ文化や価値観を持つ日系人を招いたほうがいいはずだという、確かな根拠を欠く政治判断があったのだろう』と本は皮肉を込めて記していた。

本によれば、南米日系人の多くは、大量の日系人を雇い入れた大手企業の工場で働き、工場がある町で同胞と閉鎖的なコミュニティーを形成して生活していたとされている。が、アキラくんの両親はともに小さな金属加工工場に雇われていた。工場にも、町にも、ペルー人はおろか、外国人労働者そのものが多くはなかった。二人が親しくなったのは必然だったのかもしれない。二人は結婚し、やがて子どもを授かる。ひき逃げ事件の被害者であるダイくん、ダイ・アンドレス・アサガワ・ヨシダだ。両親は帰国せず、日本で子どもを生み育てる道を選ぶ。八十年代に沸いたバブル景気が去ったとはいえ、当時の日本はまだ外国人労働者にとって稼ぎやすい国だったのだろう。その三年後には、二人目の子どもであるアキラくん、アキラ・エンリケ・アサガワ・ヨシダが生まれる。このころには、一家にとって、帰国する理由のほうが希薄になっていたのではないだろうか。両親は日本での生活が長くなり、生まれた長男も日本で育っている。経済的にも豊かで、安定した国での生活を選んだのも無理はない。ただ、出生地主義をとらない日本では、この国で生まれただけでは国籍を取得できない。ペルー国籍の両親から生まれた兄弟は、当然、ペルー国籍となる。兄弟は異国で生まれて、母国を知らないまま、異国で育つことになる。

両親は真面目な人だったようだ。その後も同じ工場で地道に働きながら在留資格を更新し、やがて永住権を取得する。永住権を取得して『永住者』となると、『定住者』と違って在留期間に制限がなくなり、資格取得の更新も不要になる。一家は完全に日本に根を下ろした、つもりだっただろう。

二〇〇八年、リーマンショックが起こり、状況は一変する。日本の製造業は大きな打撃を受け、生産現場で働いていた日系人の多くが解雇される。日本政府は、解雇された日系人を救済するどころか、お金を支給し、帰国を促した。政府も、企業も、『簡単に調整できる労働力』として彼らを扱ったことに、本は強く抗議している。兄弟の両親もリーマンショックの余波で職を失う。それでも一家は帰国しなかった。おそらく、子どもたちのためだ。見知らぬ母国に連れて帰るより、兄弟が生まれ育った異国で生きていくと一家は腹を決めたのだろう。

両親を解雇した工場は、父親だけには、何とか次の仕事を斡旋《あっせん》してくれたそうだ。取引先の資材置き場の管理人のような仕事だと小田さんが教えてくれた。無論、小田さんがそこまで知っているのには理由がある。

父親が新しい仕事に就いた直後、その資材置き場に泥棒が入り、中にあった銅線や鉄板など大量の金属が盗まれた。後に日本人の窃盗《せっとう》グループが逮捕されると、彼らを手引きしたとして、兄弟の父親も共犯の疑いで逮捕される。父親は無罪を主張したが受け入れられず、懲役《ちょうえき》一年半が言い渡される。被害額が大きかったことと、最後まで罪を認めなかったことで執行猶予《ゆうよ》なしの実刑判決となった。

「罪を認め、反省を示していれば、執行猶予もありえた事件です。そう考えると、果たして、法廷での対応が正しかったのかどうか」

小田さんはそう嘆いた。

執行猶予がつくかつかないかで、実際に刑務所に入るかどうかが決まる。そういう意味では、日本人にとっても大きな差がある。が、『永住者』である父親にとっては、それ以上の違いが出てくる。一年を超える懲役もしくは禁錮《きんこ》に処せられることは退去強制事由となり、永住許可が失われるのだ。永住許可を失えば『永住者』ではなくなり、『永住者』でなくなれば日本で十五年余り暮らしていた父親も、ただの『外国人』になる。

「それを知っていたから、父親は無罪を求めて最後まで罪を認めなかった。その結果、改悛《かいしゅん》の情なしとして執行猶予がつかず、一年を超える懲役刑になってしまった。もしそうなら皮肉なことです。すべての事情を汲んで対応してくれるような弁護士がついていなかったのかもしれません」

刑期をつとめて釈放されると、父親はそのまま収容され、退去強制令書に従って帰国させられてしまった。そのときアキラくんはまだ十一歳。兄のダイくんでさえまだ十四歳だ。

「それから家族はどんな生活を？」と私は聞いた。

「さあ、そこまでは。知りたければ人を紹介しますけど……」

なぜ本人に聞かないのか。そう訝《いぶか》ってから、納得したのだろう。

「アキラくんは、難しいですか」と小田さんは言った。

「私の力不足です」と私は頭を下げた。「すみません」

私たちは長椅子に座っていた。かつては喫煙所だったのかもしれない。廊下がそこだけくぼむように幅広になったところに長椅子と自動販売機が置かれていた。

今日、私はアキラくんが面談にきてくれることを期待していた。前回の面談で、信頼とは言えないまでも、それにつながる関係性の基礎は築いたと感じていたのだ。が、先週と同じ時間になっても、会議室のドアが開くことはなかった。予定した一時間、待ってみたが、結果は同じだった。手ぶらで帰っては事態は動かない。何でもいいからきっかけがほしくて、私は下の階にある交通課交通捜査係に小田さんを訪ねた。

「唐突に家族を失うというのは、つらいものです」と小田さんは言った。「交通事故には前触れもないですから。ある日、突然、何の理由もなく大切な人がいなくなるんです。それはつらいものですよ」

私たちの背後の窓を細かな雨粒が叩いていた。小田さんはコーヒーの缶に口をつけて、飲み干した。買ってもらった烏龍茶を私はもう飲み終えていた。

「ましてや外国籍であるアキラくんにとって、兄の存在はとてつもなく大きかったでしょう。その無念を公判に刻みたいんです。遺族調書もそうですが、できれば公判で意見陳述もしてほしいと思っています」

できますか？

そう問うように、小田さんが私を見た。

お任せください、とは言えず、全力を尽くします、では言うだけ無駄な気がして、私はただ「はい」と頭を下げた。

「当時のアキラくんの生活でしたね」と小田さんは言って、スマホを取り出した。「栃木で警察官をしていた人がいます。所轄の少年課に在籍していて、今はもう退職されていますが、当時のアキラくんとは少し関わりを持っていたようです。ただ、私も話をしたんですが、あまり愉快な人物ではないですよ」

「ええと、それはどういう……」

「これが電話番号です」

私の質問には答えず、小田さんはスマホの画面を掲げた。名前は『前野俊宣《まえのとしのり》』。私は画面の番号を自分のスマホに記憶させた。

「連絡をして、高階さんのことを話しておきましょうか？」

「そうしていただけると助かります」

小田さんが立ち上がった。私から空き缶を受け取り、自分の缶とともにゴミ箱に捨てる。勤務中の警察官をあまり長く引き留めるわけにもいかない。が、どうしても気になって、私は尋ねた。

「ずいぶんアキラくんに肩入れしているように思いますが」

交通捜査官として遺族に対する思いやりはあるだろう。が、以前、住んでいた土地の警察官にまで話を聞くのは、通常の捜査手順だとは思えない。小田さんはやりすぎている。

やはりそこには何かがあるようだ。小田さんは窓へと視線を逸らした。そのまましばらくガラスに降りかかる雨粒を眺める。私もそちらへ目をやり、小田さんの次の言葉を待った。しばらくの沈黙の間に、小田さんの思いは時間をさかのぼったようだ。小田さんはやがて訥々《とつとつ》と切り出した。

「人々の何でもない、当たり前の生活を守るために。どこにでもある小さな、ささやかな幸せを守るために。官職を拝命して、最初に胸に刻んだことです」

「ええ、はい」と私は頷いた。

「ずいぶん前、交番勤務をしていたころのことです。深夜、様子のおかしい若い男に職質をかけたんです。男は日本語がうまく話せませんでした。それで外国人だとわかりました。在留カードではなく、まだ外国人登録証明書だった時代です。私はその提示を求め、身分を確認すると、彼を解放しました」

「ええ」

「翌朝、彼は遺体で発見されました。自殺です。近くの橋から飛び降りたんです。勤め先でひどい扱いを受けていたようです」

「そうでしたか」

「職務として、落ち度を咎められるようなことはありませんでした。けれど、もし、彼が日本人であったら、私は身分証の提示を求めるより前に、今の事情を尋ねたはずです。どうかしましたか、と。体の調子でも悪いのですか、と。ところが、彼が外国人であったことで、私はまず犯罪性を疑ってしまった。外国人登録証明書を持っていなかったり、提示を拒んだりすれば、それだけで彼を引っ張れます。私はそうするつもりでした。けれど、彼は登録証明書を提示した。引っ張る理由がなくなり、私は彼を解放しました。せめてそのあとにでも事情を聞いていれば、彼は死ぬのを思い留まったかもしれないのに」

「そうですか」

「守ることが職務だったはずなのに、そのときの私は咎めることしか考えていませんでした。今でも悔やんでいます」

「はい」

「アキラくんには、何も心配しなくていいから、証言をしてほしいと、私がそう言っていたと伝えてもらえますか」

「わかりました」

小田さんは私に視線を戻すことなく、小さく頭を下げると、職場へと戻っていった。

私が初めて見たときから古びていたお気に入りの革のバッグを提げて研究室に入ってきた安曇教授は、自分の席へと向かいかけ、私の席の前で足を止めた。右の眉だけを上げた表情が小憎たらしくて癪《しやく》に障る。

「たとえば、こっぴどく恋人にふられたとします」と私は言った。

「ほう」と教授が頷いた。

「その恋人には腹が立つんです、もちろん。何せ、こっぴどくふられてますから」

「それは、ええ、そうでしょうねえ」

「けれど、その恋人のことを悪く言われると、やっぱり腹が立つんです。あんたに、あの人の何がわかるのよって」

「なるほど」と教授がまた頷く。

「今、そういう状況です。で、これ」

私は中腰になって、残ったモナカを差し出した。

「これはどうも」

デスク越しに受け取って、教授は自分のデスクへと向かった。椅子に座り、モナカの包みを開け始めたのを見て、お茶を入れようと私はそのまま席を立った。

「栃木ですか」

振り返ると、教授は片手にモナカを、もう片方の手にモナカの包装紙をつまみ、目を細めていた。

「はい」

栃木の老舗和菓子店のモナカだ。二個入りだったが、一つは自分で食べてしまった。腹が立ったときには、気分を落ち着かせるためにチョコレートを食べるのが常なのだが、今日は買い置きを切らしていた。代わりになるかと買ってきたお土産に手を出したが、和菓子の甘さではインパクトに欠けるらしい。食べても、腹立ちは収まらなかった。

「県警に委託されたクライエントの件です。クライエントのことをもっと知りたくて、彼が前に住んでいた栃木の町に今日、行ってきたんですが、いろんな意味で無駄でした」

「いろんな意味でとは？」

「話を聞きにいった元警察官は、今時珍しいくらいに無邪気な馬鹿野郎でした。腹を立てて帰ってきたら、県警から連絡があって、クライエントがもうカウンセリングは必要ないと言ってきたと言われました」

ポットからお湯を入れて、急須のお茶を湯飲みに注ぎ、教授のデスクへと持っていった。

「さっきの話と順序が違う気がしますが？」

もそもそとモナカを食べながら、教授が言う。

確かに、それなら、悪く言われたあとにふられたことになる。けれど、面談にこなかった時点で私はアキラくんにふられていたのだ。

「そこは、いいんです。些末《さまつ》なことです」と私は言って、席に戻った。

「前から思っていたんですが」と教授は言って、ふうふうと湯飲みに息を吹いた。「あなたは人の心に沿おうとする思いが強いようですね」

「はい？」と意外な思いで、私は聞き返した。カウンセラーなら、誰だってそうだろう。「それが悪いことですか？」

またふうふうとして、そう嚙《か》みつかなくてもよいでしょうに、と教授は笑った。

「別に嚙みついたつもりはありません。そう聞こえたなら、すみません」

教授は慎重にお茶をすすってから湯飲みをデスクに戻した。

「人は自分の視座から地平を眺めて地球の丸さを知るのです。地球の丸さを確認するために、地平に向けて歩き出したら、それこそきりがないでしょう？」

それはそうなのだろう。私のほうからどんなに歩み寄っても、クライエントの形がわかるわけではない。そもそも歩み寄れるものでもないだろう。だからといって……。

「それなら、私はどうすればいいんですか？」

途方に暮れて尋ねると、どうしようもないでしょう、とあっさり返された。

「それはあなたの武器です。カウンセラーになろうとする人間に、あなたのような人は意外に少数です。自分の視座に固執《こしつ》する人のほうが実は多い。あなたは、その武器を大事にして、ただそれが諸刃であることを知っていればよいのですよ」

「諸刃ですか」

「今、傷ついてます」

「まあ、確かに」と自分の胸のうちを確認して、私は頷いた。「そうですね」

「それでは身がもちません。人対人の話です。合うときもあれば、合わないときもあります。その人に何をしてあげられるかではなく、自分に何ができるのかを考えるというのも、職業人には必要なことです」

「今回のクライエントは相性が悪かったと諦めろ、と？」

およそ教授らしくない言い分だった。

「そこまで突き詰めたなら、無論、そうするしかないと私は思いますよ」

さらっと言われて、ぐっと言葉に詰まった。ぐじぐじと取り留めない思いを持てあますのは、そこまで突き詰めていないということ。そう言っているのだろう。結局、この人はいつだって、人の尻を蹴飛ばすのだ。

「出かけます」と私は席を立った。

「いってらっしゃい」と教授は言って、また湯飲みにふうふうと息を吹いた。

緩やかな坂道が真っ直ぐに続いている。車通りはなく、人通りもほとんどない。確かに、スケボーをするにはいい坂だ。

私はだらだらとした坂を下った。左を見下ろすと、数メートル下に線路が並行して走っている。右手には間隔をあけて道路が延びているが、どれもが細い。この坂道のほうが優先道路で、坂道に突き当たる手前にはどこにも『止まれ』の文字が書かれている。それは事故現場の道路も同じだ。道には白く『止まれ』の文字がある。その脇に立ったやはり『止まれ』の道路標識の根元に置いてあった花を取り、代わりに持ってきた花を置いた。昨日、一日、雨に打たれていたのだろう。しおれた花を新聞紙にくるんでトートバッグにしまってから、両手を合わせて目を閉じる。それから私は坂道を横切ってガードレールに両手をつき、目の粗いフェンス越しに下を走る線路を眺めた。三分くらいおきに上りか下りか、どちらかの電車がやってくる。今日は雨が降っていないし、時間もある。多めに十五本分待ってみようか。そう思って数え始めた六本目だった。上り電車がすぎ去ると、ガーという音が背後に聞こえてきて、私のそばで止まった。私は振り向いた。

「ああ。あんた」

スケボーに乗ったアキラくんが言った。予想はしていたのだろう。驚いた様子はなかった。降りながら端を蹴りつけるようにして起こしたボードを手にすると、私の隣にきた。

「毎日、きてた？」

ガードレールに腰を下ろして、アキラくんが言った。

「まだ五日目。毎日ってほどでもない」

線路に目を戻して、私は言った。この事故現場には、教授に尻を蹴飛ばされた日に初めて訪れて、それ以降は朝の同じ時間に訪れることにしていた。毎日、違う花を供えていれば、近所に住むアキラくんは気づくだろうと思った。気づいて、避けるか、会いにくるか。取りあえず半月ばかり試してみようという気長な計画だった。

「暇なんだね」とアキラくんが言った。

「いやいや、そうでもないんだよ」と私は言った。

今度は下りの電車が左から右へと通りすぎていく。私はそれを目で追った。電車の行く手に線路をまたぐ古びた歩道橋があった。

「この前、ごめんな」

電車の音が消えると、私を少し振り返るようにして、アキラくんが言った。

「すっぽかした」

「きてくれたらうれしかったけど、約束したわけじゃないから仕方ない」

「そうだったか？」

「うん」

「そう」とアキラくんは頷いた。「そうだったっけな」

私は体を反転させた。アキラくんと同じようにガードレールにお尻を預ける。坂道の向こう側に私が供えた赤い花があった。

「この前、栃木に行って、話を聞いてきたよ。アキラくんやお兄さんのこと」

「話？　誰から？」

「昔の友達。あとは前野何とかっていう、元警察官」

「あんなやつ」とアキラくんが吐き捨てた。「あいつがダイのことを喋ったと思うだけでムカつく」

「その言い分はよくわかる」と私は頷いた。「話を聞かせてくれってお願いした私が言うのも何だけど」

ろくでなしだよ、ろくでなし、と前野さんはそう切り捨てた。

「外国人にろくなやつはいねえ。観光客とかは別だぞ。日本に住み着いてるやつらのことだ。何で自分の国じゃないところで暮らそうとするんだって話よ。あいつらの親だって、真面目なふりしてたが、本性はろくなもんじゃなかった。窃盗団を手引きした話は、知ってるのか？　だいたい自分の国でちゃんとやれるやつは、わざわざよその国まで行かんだろうよ」

定年退職して二年が経つという。くちゃくちゃと音を立てて前野さんはガーリックライスを食べた。メインのステーキはもう食べ終えている。

前野さんには、小田さんから連絡先を聞いたその日に電話を入れていた。電話で話を聞かせてもらうつもりだったのだが、当然、話を聞きにくるのだろうという前提で会話を進められてしまった。

翌日、電車で二時間以上かけてその町まで行き、正午に駅前の喫茶店とも洋食店ともつかない店で落ち合った。時間からして一緒にお昼を食べるつもりかもしれないと予想はしていたし、その場合、お代がこちら持ちであることも覚悟はしていたが、わざわざそれを確認された上に、一番高いステーキセットを頼まれると、それがたいした額ではなくたって腹立たしくはなる。電話で話したときには、年を取って話の理解が鈍くなった人なのかと微笑ましくも思ったが、こうして会ってみれば、最初から私を呼び出してご飯をたかる気だったのだと合点がいった。考えてみれば、前野さんが最初に希望したのは、夕飯の時間帯だった。

「自分の国でどうにもならないから、よその国に行くんだろ？　そういうもんだろ？」

前野さんはそう言って、残りのガーリックライスを口に詰め込んだ。反論ならいくらでもありえたが、どうやら話題をこちらで狭めていかないと、不愉快な話を取り留めなく聞かされそうだった。私は兄弟二人に話を戻すつもりで言った。

「ダイくん、アキラくんの兄弟はこの町で生まれていますから。ここが故郷です」

「故郷じゃない。いずれ出ていくつもりで暮らしてたんだ。こんな町のこと、どうでもよかったんだろ。好き放題やってたよ」

二人は町の不良グループのメンバーだった、と前野さんは言った。

「こんなちっこい、ガキのころからよ。グループ最年少だった。言ってみりゃ、エリートだな。エリート不良兄弟だよ」

前野さんの言葉について確認すると、アキラくんもそれを認めた。

「父さんも、母さんも、工場で忙しかったから、俺たちに構っている暇なんてなかった。俺たちは町で大きくなったんだ。昼間っから町をふらふらしているようなやつらにろくなやつはいない。わかってたって、そういうやつらとしか知り合う機会、ないもん」

「昼間っからって、学校へは？　通ってなかったの？」

「ダイは小学校は卒業した。お前も卒業するまで通えって、ダイに言われたけど、俺は無理だった」

「何があったの？」

電車が一本、私たちの背後を通りすぎた。その音が消えてから、アキラくんが言った。

「何もない。何もなく、普通にいじめられた」

「普通にって？」

「ダイから聞いてたから、学校に行けばいじめられるのはわかってた。でも、たいしたことないだろうって思ってた。俺、強いと思ってたし。でも、行ってみたら、一年生の最初の日からいじめられた。俺のことなんて、誰も知らないのに、それでも普通に俺がいじめられた。椅子に座っているだけで、後ろから蹴られた。味方もいない。最初はやり返す元気もあった。でも、父さんが捕まってからは、さらにひどくなって。泥棒の子のくせにって言われちゃうと、やり返しにくくもなったし」

「お父さん、無実を主張してたんでしょ？　信じてあげることはできなかった？　真面目な人だったんでしょ？」

「真面目な人だよ。真面目な人だから、工場をクビになって、傷ついてたんじゃないかな。工場にいる日本人の誰よりも真面目に働いてたのに、工場の中の誰よりも先にクビになったって。それはもっとあとになって母さんから聞いた話だけどさ。だから、父さん、やったかもしれないなって。

母さんもそういうつもりで言ってたんじゃないかな。本当のところは、今でもわかんないけどね。まだガキだった俺からすれば、何だかよくわからないうちに父さんが捕まって、刑務所に入れられて、出所したはずなのに、何だかよくわかんないけどペルーに行っちゃってって感じだった。それきり、一度も会ってないし」

「そう」

「父さんが捕まったのが、四年生のとき。ちょうどダイが卒業しちゃったあとだったから、もうひどい。ひどかった。このまま通い続けたら、みんなに殺されるって思った。俺が殺されても、みんなで誤魔化して、誰も悪くなかったみたいになるんだろうって思った」

「先生たちは？　助けてくれなかったの？」

アキラくんは乾いた笑い声を上げた。

「いや。必殺の解決策を教えてくれたよ」

「必殺の解決策？　どんな？」

「じゃ辞めたら？」

「え？」

「そう言われた。ああ、まだ覚えてる。ぶくぶくした顔のおじさん。副校長だったっけな。みんなで俺をいじめる、もうこんな学校にきたくないって。四年生のとき。泣きながら俺が言ったら、そいつ、じゃ辞めたらって」

子どもに教育を受けさせる義務があるのは、日本人の親だけだ。外国籍の子どもでも、住民票があれば、就学案内の通知は届くが、無理に入学や通学を求められることはない。同じ理屈で、学校側には外国籍の子どもを無理に通学させる義務はない。もちろん、外国籍の子どもに対しても、きちんと熱意をもって教育に当たる先生はいるだろう。が、学校側から考えると、「じゃ辞めたら」というのは、最も簡便な、確かに『必殺の解決策』ではある。

「そんな感じだったから、だんだん通わなくなって、五年生のときにはもう辞めてた」

「そう」と私は頷いた。

ごめんね、と思わず続けそうになった。その人たちが日本人のすべてではないにしても、同じ日本人としてはいたたまれない気持ちになる。

困った人が助けを求めるのは、最初のわずかな時間だけだ。そのときに手が差し伸べられなければ、人は助けを求めることをやめる。誰だって、長い間、プライドを殺して頭《こうべ》を垂れてはいられない。それは子どもでも同じことだ。その間にひどい言葉を投げられ、あるいは無視され続けていればなおのこと、助けを求めたその人は、密かに強く拳を握る。助けを求めることをやめたとき、その人は胸の中に凶暴な獣を飼うことになる。

「お母さんは？　何も言わなかったの？」

「父さんがいなくなって、母さんは朝から夜までずっと働いてた。家にはほとんど帰ってこなかった。そんな面倒なこと、話さないよ。しばらくして、俺が学校に行ってないのは気づいただろうけど、何も言われなかったな」

「そう」

「やることもないからさ、ダイにくっついて、町をふらふらしてた。働きたくたって、まだ十歳とか十一歳とかじゃ働けないし。ダイだって、中学も出てないからね。十五をすぎても、働くところなんてなかった」

中学にも行っていない、外国籍の未成年者。働き口はそうはないだろう。

「町をふらついているときに、その連中と知り合った。ろくなやつらじゃないのはわかってたけど、俺たちを相手にしてくれた。ずっと年上だったし、ダイも、俺も、いいように使われてたけど、他に友達になれるやつ、誰もいなかったから」

てらいのない言葉に胸を衝《つ》かれる。

仲間と町でたむろしながら、ダイくんはアルバイトを転々とした。普通よりも安く使われていたようだ。やがて働ける年になると、アキラくんも同じ道を歩むことになる。バイト先では安い時給でこき使われながら、年上の仲間たちに都合よくあしらわれる。そんな日々が続いた。

前野さんから、当時の不良グループのメンバーについて聞き出し、会いに行ってみた。みんな、兄弟より十くらい年上で、みんな、兄弟について多くを覚えていなかった。

「ああ、いた、いた。そう言えば、いつの間にかいなくなったな。ビール取ってこいや、って蹴飛ばすと、走って、コンビニとかから盗んでくるんだよ。まだガキだったから、使えた。あいつらなら、捕まっても、泣いて謝れば許してもらえるから、便利だったな」

今は自分がコンビニで働いているドレッドヘアの男性はそう言って、笑った。蒸れるのか、癖なのか、しょっちゅう指先で髪を掻く。

「そのあとも、ちょろちょろ絡みにきてたけど、大きくなっちゃうとなあ、憂さ晴らしにビンタするくらいしか使い道なかったな」

ダイくんが事故で死んだと知っても、嘆きや悲しみを表す人はいなかった。

「冴えねえ兄弟だったもんな。そう。死んじまったか。墨入れて、イキってたけど、あいつら、結局、何だったの？」

　パチンコ屋で働いている男性はそう言った。欠けた歯が気になるのか、会話の合間にシーシーと隙間から息を出し入れする。

「餌《えさ》がほしくてついてくる野良犬みたいだったな。足下にじゃれついてきて邪魔臭かった」

　そんなことはもちろん、アキラくんには言えなかった。ガードレールにお尻を預けたまま、私はなるべく差し障りのない言い方で彼らの言葉を伝えた。

「リュウさんには会えた？　このタトゥー、入れてくれたリュウさん」

　私に向けて、アキラくんがタトゥーの入った右腕を突き出す。

　ドレッドヘアからも、歯欠けからも、その名前は聞いた。

『あいつらのことなら、リュウさんがよく知ってんじゃないかな』

『リュウさんに一番、懐いてたよ』

「ああ、うん。会ったよ。よろしく伝えてくれって」と私はアキラくんに言った。

　会った中で一番年上に見えるリュウさんというその人は、駅近くでやっていたタトゥースタジオを畳み、今は国道沿いに、古着屋ともアンティークショップともつかない半端な店を出していた。

　兄弟のことは覚えていなかったが、私がタトゥーの柄を説明すると、ようやく思い出してくれた。

「兄貴のほうには、いっぱい練習させてもらったな。まだ下手《へた》くそだったころな。っつっても、はがき大で二、三万は取ってたんだっけな。ひどいな、俺もな。ああ、それでだいぶうまくなって、最後にタダで入れてやるよって言ってやったのが、それだな。自分はいいから、弟に入れてやってくれってな。そうだったな。それ、よかったろ？　な？」

会ってみて、この人に兄弟が懐いた理由がわかった。リュウさんは父親がボリビア人だった。母親は日本人だが、風貌《ふうぼう》には南米の色が濃い。ただ、リュウさん自身は日本国籍だったし、兄弟に何の思い入れも持っていなかった。底抜けに明るく、屈託ない人ではあるが、それは無責任さと裏表だ。

「二羽の鳥は、兄弟のことなんでしょう？」と私はリュウさんに確認した。

「ああ、そうだったかな。俺が、そう言ったって？　そこまではな、覚えてないな」

リュウさんは最後まで兄弟の名前を思い出せなかった。

私が供えた花の脇に自転車に乗ったおばさんがやってきた。花に気づく様子もなく、右に曲がって、坂道を下りていく。キキーという甲高《かんだか》いブレーキ音が響いた。

リュウさんから話題を変えるつもりで私はアキラくんに聞いた。

「あの町を出たきっかけは何だったの？」

リュウさんにも、他の仲間たちにも聞いてみたが、それを知っている人はいなかった。知らないうちにいなくなった、というのがおおよその答えで、中には今でも町にいると思っていた人もいた。

「母さんに男ができた」とアキラくんは言った。「俺たちがいると目障《めざわ》りだろうってなって。ダイはいい親方と知り合って、屋根を修理する職人になろうとしてたんだ。その親方が独立して店をやるから、お前もこいってダイを誘ってくれて。それで俺もくっついて、こっちにきた」

それが三年前のことだ。二人はこの近くのアパートで暮らし始める。

「その親方はよくしてくれてたけど、だんだん店がうまくいかなくなって、それで、ダイに辞めてくれって。あの事故のちょっと前」

「そう。そうだったんだ」

「俺は腕がいいから、どこででもやっていける。だから親方は俺をクビにしたんだって、ダイは言ってた」

真面目に働いていたのに真っ先に工場をクビになった父親のことを思い出さなかったわけがない。ダイくん自身、そう言い聞かせて自分を励ましていたのだろう。

「ダイはそういうやつなんだ。人を悪く言ったり、泣き言を言ったり、絶対しなかった」

「うん」

「これからも、二人で頑張ろうなって。俺なんて、足を引っ張るだけなのに。ダイの力になれたことなんて、一度もないのに。でも、二人で頑張ろうって、ダイは言ってくれた」

「お父さんを頼る気はなかった？　ペルーにいるんでしょ？」

「父さんが捕まったときにはまだガキだったし、そのあと、会ったこともなかったし。俺たち、スペイン語も喋れないし」

「喋れないの？　だって、ご両親とはスペイン語で話してたでしょ？」

「だから、二人とも忙しかったから。そりゃ、聞くことはできるし、まったく喋れないことはないけど、俺も、ダイも、生活できるほどじゃない。第一、ペルーには行ったこともないんだ。父さんを頼ってペルーで暮らすなんて、考えもしなかった」

「そう」

誰も助けてくれない。温かい手を差し伸べてくれたこともない。いつでも異端者で、ときに冷たく、ときに軽く扱われて、それでも彼らはこの国で生きていくしかなかった。

「ダイと二人なら大丈夫。やっていけるって、思ってた」

「そういうこと、話せばいいと思うよ。小田さんから、連絡、あるでしょう？」

アキラくんは目を逸らして、答えなかった。

「どうして？　事故のときのことさえ、ほとんど証言してないって？」

「カメラがあったんだろ？　俺が証言しなくてもいいだろ？」

アキラくんはそちらを見た。私たちのはす向かい。そこのマンションの入り口にあるのが、事故の様子を捉えていた防犯カメラだ。

「事故の様子は映っていたけど、どうやって事故が起きたかっていう話じゃないから。事故のあと、加害者は救護活動をしないで、車で逃走した。黙っていると、アキラくんが怖くて逃げたっていう話にされちゃうよ？　あのとき、何があったのか、アキラくんはきちんと話すべきだよ」

「俺が怖かったたって言うなら、そうなんだろう。俺、頭にきてたし」

「車を叩いて、そのあと運転席に回って、ドアを開けようとした。それも映ってた。何でそんなことをしたの？」

「車を寄越せって。あのじじいを運転席から引きずり下ろして、それでダイを乗せて病院へ行こうと思ったんだ」

そうなのだろう。あのときの状況とアキラくんの行動を照らし合わせれば、それしか考えられない。けれど、疑問も残る。

「何で救急車を呼ばなかったの？」

「車で運んだほうが早いと思ったんだ」

「どこの病院へ向かうつもりだった？」

「え？」

「車にはねられて頭を強く打ったダイくんを、どこの病院に運ぶつもりだったの？」

「どこって、どこか大きな病院に」

「どこかもわからないのに、自分で車で運ぼうとしたの？」

「そんなの、スマホで調べればすぐにわかると思ったんだよ」

頭を打った怪我人だ。自力で運ぼうとするより、救急車を呼ぶほうが自然だろう。病院に心当たりがあったのならともかく、それもなかったという。だったら、スマホで適切な病院を探すより、同じスマホで救急車を呼んだほうがはるかに早い。

「救急車を呼べない理由があったのね？」

そうとしか思えない。

アキラくんはうつむき、足で踏みつけたボードを前後させた。私は口をつぐんだ。アキラくんの足が小さくボードを前後させるたびに、がっがっとボードの車輪が鳴る。私たちの背後で、上りと下りの電車がすれ違った。やがてアキラくんは、ぐっと顎を引いたまま、横にいる私をにらんだ。

「ダイは頑張って職人になろうとしていた。でも、俺は何でもなかった。栃木のときと同じ。安い時給で、どうでもいいバイトをやっているだけだった。カラオケ屋で一緒にバイトしているやつから、話を持ちかけられたんだ。薬をさばけるルートがあるなら、仲間に入れてやるって」

「薬？」

「こんな錠剤」と人差し指と親指でアキラくんは小さい丸を作った。「笑っちゃうよ。インド人ならカレーが好きだろって。黒人なら足が速いだろって。日系ペルー人なら薬をさばくルートぐらいあるだろって」

そんなところにまで偏見が追いかけてくるのか。

「こっちじゃ無理だけど、栃木のときの仲間を使えば何とかなるかもしれないと思った。それでサンプルとして五錠もらった。チャック付きのポリ袋に入ったやつ。あの日、ダイに相談したんだ。誰に話を持っていけばいいと思うかって。そしたら、ダイにすごく怒られた。犯罪はダメだ。全部ダメだけど、特に薬と売春だけは絶対にやめろって」

その意味を少し考えて、私は頷いた。

「永住許可ね」

犯罪を犯し、執行猶予なしで一年を超える禁錮、懲役に処せられたら、永住許可が失われる。ただし薬物事犯と売春は別だ。前者は有罪となった時点で、後者は関係する業務に従事しているとばれた時点で、永住許可が失われる。執行猶予がつく判決であっても、直ちに退去強制手続きが始まることになる。

「父さんには帰る国があった。俺たちにはそれさえないんだ。ダイはそう言った。ここを追い出されたら、俺たちはどこにも行くところがないんだって」

「うん」

「ダイは俺から薬を取り上げた。こんなもんのことは忘れろって。ほら、飯食いに行くぞって言われて、二人で出かけた。この坂道の上で、ダイ、俺が持ってたボードに乗ったんだ。もともとダイが教えてくれたんだけど、ダイ、下手なんだよ、ボード。無理すんなよ、って俺が笑ったら、見てろよって。あそこの歩道橋のところまで、電車より早く着くからって。電車がくるのを待って、ダイ、勢いよく滑り出して。いつもは車なんてこないんだ。それなのに、よりによってあんなときに、あんなじじいの運転する車が」

おそらく丁字路の突き当たりを前にして、どちらにも足をおかずに惰性《だせい》で車を進めていた老人が、ブレーキとアクセルを踏み間違えたのだろう。ダイくんをはねた直後にブレーキを踏んだようだが、遅かった。

「ダイに駆け寄った。すぐに救急車を呼ぼうと思ったけど、あの薬のことを思い出した。見つかったら、俺もダイも国から追い出される。俺はダイの服を探した。どこかに持っているはずなのに、どこにあるのかわからなかった。シャツのポケットにも、ジーンズのポケットにもなかった。車の中からじじいがこっちを見ているし、通りがかりの知らない女の子もこっちを見てた。しょうがないから、ここで探すのを諦めて、ダイを車に乗せて、誰も見てないところで探してから、病院に連れていけばいいと思った」

運び込まれた怪我人がポリ袋に入った錠剤を持っていたところで、おそらく病院の誰も気にはしなかっただろう。それなのに……。

そう考えてから、私はその考えを打ち消した。おそらく誰かは気にしたのだ。日本人離れした顔立ちの、タトゥーだらけの青年が、ポリ袋にむき出しの錠剤を持っていたら、これは何だと、誰かが疑いの目を向けた。少なくとも、その可能性は、私が考えるほどには低くはなかった。

「じじいが逃げ出して、どうしようもなくなって、救急車を呼んだんだ。結局、あの薬、どこからも見つからなかった。はねられたときに吹っ飛んだのかと思って、そのあと、ここらを何度も探したけど、なかった」

アキラくんが周囲を見回した。

「そうだったんだね」と私は言った。「そういうことだったんだ」

「ああ」

「ずっと苦しかったね」

アキラくんがうつむいた。また電車がやってきた。鋼鉄の車輪が鋼鉄のレールを踏みつける音が近づいてくる。背後にやってきたとき、その音にかぶせるように、アキラくんが道路に向けて吼《ほ》えた。車両が通りすぎる間、アキラくんはずっと吼え続けた。長く吼えたアキラくんは、くたびれたようにうなだれていた。やがて電車の音が完全に消えると、顔を上げて私を見た。

「薬のこと、警察に言うか？」

「最初に伝えたと思うけど、私には守秘義務がある。アキラくんが望まないことを誰かに話すことはない」

「俺は自分で話すべきか？」

私はガードレールから立ち上がった。そのときはわからなかったが、今ならその意味がわかる。

「小田さんからの伝言。何も心配しなくていいから、証言をしてほしい」

「え？」

問い返してから、その意味を察したらしい。アキラくんが目を見開いた。

「小田さんに連絡するんだよ」

アキラくんがためらいながらも頷くのを確認して、私は歩き出した。

「もう一回だけ言いますけど、私、バカですから」

紅茶のカップをソーサーに戻して、臼井菜月さんは言った。パステルカラーが基調となったワッフル専門店の店内には、夕方の中途半端な時間のせいか、客の姿はまばらだった。

「今の話が、だから、何だっていうんです？　私が見た事故の、あのはねられた人も、連れの人も、見かけは悪いけど、本当はいい人だった。そういう話ですよね？」

「ええ。そうです」と私は頷いた。

薬の話はしていない。二人の兄弟のこれまでのことを話しただけだ。

「でも、私が見たことも事実です。連れの人、その、弟さんっていう人、車に向かってブチ切れてました。ものすごくブチ切れてて、運転手のおじいさんが怖がって固まってたのも本当です」

「はい」

「だから、証言を撤回しろっていうなら、それはできません。裁判で証言とか、あるんですか？　もしあるんだったら、私は私の見たままを証言します」

「見たままを証言する」と私は言った。「テレビに向けて喋ったときのように？」

「そうです」

「あの証言が見たままを言っているつもりだったとしても、聞く人には誤解を与えるように感じます。まるで被害者の弟さんが、事故にかこつけて、車を強奪しようとしたかのように聞こえます」

「そうでしょうね。そう言ってますから。だって、そう見えたんです。それを偏見とか言われたって、そんなの、知らないです。私には、私にそう見えたっていうことだけが真実ですから」

「声を覚えている人がいました」と私は言った。

「声？」

「一度だけ、被害者としてカウンセリングをしたそうです。クラブでお酒を飲み、酔ってしまった。知らない外国人の二人連れに、知らない部屋に連れ込まれ、意に沿わない性行為をされた。そう被害届を出そうとしていたはずの彼女は、なぜか被害届を出しませんでした。被害届を出さない以上、被害者支援室としてもできることがなくなり、カウンセリングは最初の一度きりとなってしまいました。その彼女の声が、一年ほどあと、まったく違う事件で、一見して外国人である被害者の連れを責める証言をしていた」

腰から下と肘から下だけの映像だったが、声は加工されていなかった。瑛華はその声を聞き分けた。

菜月さんが奥歯を噛み締めたのがわかった。

「わかりました。もういいです」

絞り出すように菜月さんは言った。

「偏見なんですね。そうかもしれません。私は外国人が嫌いなんです。だから、レイプされたって嘘をついて、今回も、タチの悪そうな外国人が被害者面しているのが許せなくて、悪者にしようとしたんです」

菜月さんが隣の椅子に置いていたバッグを手にした。

「裁判では証言しないことにします。それでいいですか?」

菜月さんが席を立った。私もすぐさま腰を浮かせ、立ち去ろうとした菜月さんの手首を取った。きっとなって菜月さんが私を振り返る。その視線を受け止めて、私はゆっくりと言った。

「臼井さんが公判で証言を求められることはありません。優秀な捜査員もいますし、防犯カメラの映像と、弟さんの証言から、事故時の様子は明らかになっています。加害者も今では救護義務違反を認めていますし、加害者の弁護士もそこを争うことはないでしょう」

「じゃあ、何なんですか」

ほとんど叫ぶように菜月さんが言った。遠くにいた店員がこちらを気にしたが、私と目が合うと、すぐに視線を逸らした。私は菜月さんに視線を戻した。

「一年前、被害者としての臼井さんをカウンセリングしたのは、杉山瑛華という職員です。テレビで証言する姿を見たあと、彼女は臼井さんへの署の対応を調査しました。そして臼井さんへの対応が不適切であった可能性が高いと判断しました」

菜月さんの目が力を失った。

「もし不適切な対応があったなら、臼井さんがそのために被害届を出すことをためらったのなら、心からお詫びしたいと彼女は言っています」

つかんでいた手首を通じて、菜月さんの体から力が抜けるのがわかった。菜月さんは目を伏せた。手首を離したら崩れ落ちてしまいそうだった。閑散とした店内に流れていた気だるげなボサノバが終わり、代わりにゆったりとしたハワイアン音楽が流れ始めた。その間も、菜月さんは口をつぐんだままだった。沈黙が冷たい空気の層になって菜月さんを包んでいるようだった。私は手首を握ったまま、菜月さんが顔を上げるのを待った。が、菜月さんは顔を上げず、呟くように話し出した。

「何を飲んだか。何杯飲んだか。何を話したか。どんな服装をしていたか。酔っていたと言うが、そのとき服装はどのくらい乱れていたか。酔っていたなら、あなたのほうから彼らに触れたことはなかったか。どこまで記憶があるのか。いつまで意識があったのか。それは意識がなかったのではなく、記憶が抜け落ちているのではないのか。何度も聞かれました。繰り返し、繰り返し。話せば話すほど、自分も悪かったような気がしてきました」

聴取した警察官は慎重を期したつもりだったのかもしれない。けれど、傷ついたものが助けを求めてきたら、まずは手を差し伸べなければいけない。さもなければ、その人は胸の中に凶暴な獣を飼うことになる。握った菜月さんの手首が震えていた。

「その弟っていう人に怒鳴られて、運転席で固まっているおじいさんを見たとき、思い出したんです。男たちに怒鳴られて、恐怖で固まった自分を」

悪夢のフラッシュバック。

私は悪くない。悪いのはあの男たちだ。

菜月さんの証言は、閉じ込められた心の悲鳴だったのだろう。

手にした菜月さんの手首を引き寄せた。透け感の強いシャツの袖のボタンを外し、少しだけめくる。それで十分だった。ファンデーションで隠してはいたが、傷痕は確認できた。生まれた凶暴な獣は、今、菜月さん自身に牙《きば》をむいている。菜月さんがテレビで証言する映像を見たとき、このリストカットの痕に瑛華は気がついた。連絡先を調べようとしたが、すでに終わった件としてファイルされた個人情報に、捜査員でもない瑛華がアクセスすることはできなかった。たった一度のカウンセリングの際に出た大学名を頼りに、私たちはもうひと月近く、仕事の合間に正門横での張り込みを続けていた。

「被害届、出しませんか？」

ボタンを留め直して、私は言った。

そうしてくれれば、公務員の瑛華も正規の職務として動くことができる。同じ轍《てつ》は踏まないよう、力を尽くしてくれるはずだ。

「今更……もう、いいんです」

確かに、もう一度、その手続きを菜月さんに強いるのは酷なのかもしれない。少なくとも今は無理だろう。

「だったら、その話」

菜月さんの目を真っ直ぐ見て、私は言った。

「私に聞かせてくれませんか？」

生まれてしまった獣をすぐに殺すことはできない。せめてその獣を少しでも飼い慣らせるようにと、私はそっと願うことしかできない。だから知ってほしい。小田さんのような人も隣にいることを。瑛華のような人も隣にいることを。

「お願いします」と私は言った。

店内にはまだゆったりとしたハワイアン音楽が流れていた。

「お願いします」と私は繰り返した。

しばらく透明な目つきで私を見たあと、菜月さんは私に向けて小さく頷き返してくれた。

夜の影

九月も終わりの太陽は、ひと月前とは違って刺すような鋭さを失っている。私たちはどこか丸みを帯びた日の光を背にして歩いていた。影が私たちを先導している。

——影が薄くなったような気分だよ。

自分の影法師を眺めていたら、かつてそう言われたことを思い出した。

「生きていれば、おかしくなるときも、楽しくなるときもある。大声で笑うときだってあるし、気づかないうちに鼻歌を歌っているときだってある。でも、その笑い声も、鼻歌も、前とは違って聞こえる。ふと見ると、足下にある影が少し薄くなっている。前とおんなじ体がここにあるのに、影だけが薄くなっている。そんな感じがする」

それがもし、犯罪被害者遺族にどこかしら通底する感覚だとするのなら、私の隣を歩く老女は、まるで影が薄まったかのような時間を二十五年も生きてきたことになる。

私は隣の影法師に目を移した。日傘で覆われた影法師は、見られることを嫌がって表情を隠しているかのようだ。娘を失い、二十五年。その間に思わず笑ったことが、思わず鼻歌を歌ったことが、何度あっただろう。ふと我に返ったとき、直前の自分の笑い声を、自分の鼻歌を、彼女はどう感じただろう。

病院の建物が近づき、自動ドアの前で隣の老女、小峰季衣《こみねとしえ》さんは日傘を畳んだ。雨傘をそうしたときのように、畳んだ傘を小さく払う。私は思わず微笑んだが、季衣さんは自分の仕草に違和感を覚えなかったようだ。突然の私の笑みにきょとんとした表情を見せた。

「あ、これです」

私は手を振って見せた。それでも通じなかったらしく、季衣さんが首を傾げる。

「いいんです。たいしたことではないです」と私は言った。

曖昧な笑顔を返し、病院の自動ドアへ向かいかけてから、わかったようだ。

「ああ、これ」と季衣さんが畳んだ日傘を振る。「今、気づいたわ。いやね。こういうのも年のせいかしら」

習慣的な仕草をついしてしまうことか、思い当たるのに時間がかかったことか、どちらを嘆いたのかはわからなかったが、その言い方と表情が可愛らしくて、私はまた笑みを誘われた。

行きましょう、というような仕草で季衣さんが自動ドアに向かい、私は季衣さんのあとに続いて病院に入った。

病床数は、県下で四、五番手に当たるはずだ。私たちは、混み合う受付や会計を素通りして廊下を進み、奥にあったエレベーターに乗り込んだ。二人だけを乗せて扉が閉まる。季衣さんが六階のボタンを押し、箱が静かに上昇を始めた。

「カウンセリングでは、どういう話をするものか、わからないですけど」

季衣さんが扉に向けて口を開いた。ずっと言おうとしてためらっていたことを、ついに今、口にした。そんな話し口だった。

「きっといつか犯人は捕まるなんて、あの人には、どうぞ言わないでくださいね。私たち、もうそんな望みは捨てていますから」

私は無地のベージュのニットに覆われた小さな背中を見つめた。

「いいえ。捨ててるなんて嘘よね。ただ怖いの。その希望を認めることが」

わかります、とは到底言えなかった。かなえられたからといってどうなるものでもないものを希望と呼び、その希望の存在を認めることは痛みになるという。安易な理解や共感を許さない彼女の二十五年がそこにはあった。いや、彼女たち夫婦の、というべきだろう。同じ年月を、これから会う彼女の夫、春雄《はるお》さんもすごしている。

「そうですか」と私はただ頷いた。

エレベーターの扉が開いた。季衣さんが先に立ち、私は半歩後れて斜め後ろにつく。

「だから、想像するんです。ああ、想像というより妄想ね。警察に捕まらず、罪を償う機会がなく、一人、苦しんでいる犯人の姿を」

そう言ってから、季衣さんはうつむいた。

「苦しんでいるのかしら」

そっと呟き、やや振り返るようにして私に尋ねた。

「犯人は苦しんでいると思う？」

そう思います、と言いたくなる気持ちをぐっと堪《こら》える。季衣さんの耳にそれが軽々しい同調に響くことを恐れた。

「苦しんでいるかどうかはわかりませんが」と私は歩きながら言葉を選んだ。「人を殺して、平常心でいられる人間がいるとは思えません。忘れられもしないでしょう。お嬢さんを殺したという事実の重さは、今でも犯人の上にのしかかっていると思います」

「そうかしら」と季衣さんは少し首を傾げてから、曖昧に頷いた。「そうなのかしらね」

ナースステーションで面会の手続きを済ませ、さらに廊下を進んだ。右手にあった病室の戸をノックすると、季衣さんは返事を待たずにその引戸を開けた。

個室のベッドに横になっているのが、夫の春雄さんなのだろう。眠っている、と私が思った次の瞬間、目を開けた。ただ目を閉じていただけだったようだ。ぼんやりした様子はなく、しっかり覚《かく》醒《せい》していた。たった一人の病室で目を閉じ、思いを馳せていたのは長い過去か、短い未来か。その思索を邪魔したのなら、申し訳ないような気がした。

季衣さんに促され、私はベッドの脇へと進んだ。肩にかけていたトートバッグを手に移す間に、それとなく春雄さんを観察する。顔色は悪く、入院着から覗く鎖骨の周囲も二の腕も痩せこけている。肌はざらついていて、生気がない。

「県警からカウンセリングを委託された高階唯子と申します」

一礼して、自分の名刺を差し出した。

「小峰です」

春雄さんが微笑みながら応じた。少しかすれているが、力のある声だった。

「小峰春雄です。お世話になります」

余命宣告された時間も残りわずかだと聞いていたが、思ったより状態はいいようだ。ふと人が人に余命を宣告することのおかしさを思った。そもそも人知を超えたところにあるのが命というものではないのかと。

「本来なら適当な面談場所を用意するのですが、ご体調のことをうかがい、こちらにお邪魔させていただくことにしました」

季衣さんに勧められるまま、私は折り畳み椅子に腰を下ろした。

「トシさん、スイッチ、どこだろう。上げてくれないか」

春雄さんが季衣さんに言った。季衣さんがベッド脇に垂れていたスイッチを押し、背もたれが上がっていく。

「呼びつけたようになってしまって、申し訳ない」

持ち上がる上半身に姿勢を整え直しながら春雄さんが言った。腕に刺さった点滴はただの栄養剤だと聞いている。春雄さんに積極的な治療として使える薬はもうないと。

「この体ですから、助かります」

「どうぞ気にしないでください。どうせどこかへは出向くのですから」

「それはそうでしょうが」と春雄さんは笑った。思いがけず、若々しい笑みだった。「普段は、こういうことはどこで?」

「だいたいは警察署の会議室を借ります」

なるほど、というように春雄さんは頷き、聞いた。

「あの先生とは、長いんですか?」

話題が少し飛んだせいで、一瞬、誰のことかわからなかった。

「あ、池谷先生ですね」とすぐに思い当たり、私は苦笑した。

当初、気鬱《きうつ》にふさぎ込んでいた春雄さんに辛抱《しんぼう》強く声をかけ、面談にまでこぎ着けたのは、この病院のカウンセラーだった。が、病院カウンセラーは、病気の悩みを聞くことには長《た》けていても、犯罪被害の苦しみを聞くことには慣れていない。春雄さんの気鬱の原因が、回復の見込みがない自身の病気ではなく、四半世紀前に起きた未解決事件だと知ったカウンセラーは、週に一度、病院にきている精神科医にそのことを相談した。話を聞き、自身も春雄さんに会って状況を確認した精神科医は、別の病院で会ったカウンセラーのことを思い出し、県警に連絡することにした。

「担当医のご指名ですので、唯子さん、よろしくです」と被害者支援室の杉山瑛華から連絡がきたときには、いったい何の話かと戸惑った。それが、少し前にクライエントを挟んで辛らつな言葉をぶつけ合った精神科医のことだとわかったときには、思わずにやりとしてしまった。

「いいえ。池谷先生とは、お会いして、まだ四、五カ月ほどです」と私は春雄さんに言った。

その際に喧嘩のようなやり取りを交わしただけの間柄です、とまではさすがに言えない。

「そうですか。ずいぶん高階さんのことを買っているようだったから、古い知り合いかと」

先週、事前カンファレンスのために、私は池谷医師と再会していた。そういう知り合いが他にいなかったので、と本人はむしろ不本意そうに言っていた。が、どうであれ、担当医師から患者を任されたことに違いはない。今日の面談のために、私は病院のカウンセラーと池谷医師から入念に話を聞き、ネットや図書館で事件の詳細をできる限り調べた。

「あら、このお菓子は？」

ベッドの周りを片付けていた季衣さんが声を上げた。箱詰めのお菓子を手にしている。

「ああ。さっき古い知り合いがきてくれた」

「古い知り合いって？」

「タケベさんといってね、トシさんは知らない人だ。会社員時代に少し世話になった。入院しているという話をどこかで聞いたらしいんだが、詳しい病状までは知らなかったらしい。この姿を見て、お菓子もないもんだと、自分で笑っていたよ」

「お礼状、送っておきましょうか？　どちらのお知り合い？」

「いいんだよ。暇潰しにきたようなもんだ。礼状なんか送ったら、調子に乗る」

季衣さんはそのことについてもう少し喋りたそうだったが、私に遠慮したのだろう。手早くベッドの周囲を片付け、ゴミと洗濯物をまとめると、私に目を向けた。

「コーヒーでよろしいかしら？」

「いえ」と私は自分のトートバッグからペットボトルの水を出した。「私はこれで」

私は春雄さんに目を向けた。今回のクライエントをどう呼ぶか、すぐには決められなかった。家族の事件を扱うのだから『小峰さん』では通じにくい場面も予想される。初回のこの日、病院の最寄り駅で奥さんと待ち合わせたのはそのためだ。道すがらの会話で、奥さんはご主人を『ハルさん』と呼んでいると知り、面談では下の名前で呼ぼうと決めた。

「春雄さんはどうされますか？」と私は聞いた。

「俺もこれでいいよ」

春雄さんは季衣さんに向けてベッドテーブルにあったプラスチックのコップを掲げた。先ほど見た限りでは、中身はほうじ茶か麦茶らしかった。

「新しいの、買ってきますよ？　何か温かいもののほうがいいんじゃありません？」

私と春雄さんを見比べながら季衣さんが聞く。

「ありがとうございます。でも、大丈夫ですから」

「俺もいいよ」

「そうですか」とどこか物足りなそうに季衣さんは言い、私にとも春雄さんにともつかずに聞いた。

「私は外したほうがいいのでしょうね？」

面談の際にはそうしてくれるよう、あらかじめ伝えてあった。だから、それは私に尋ねたのではなく、そうしても大丈夫かと春雄さんに確認したのだろう。

「ああ」と春雄さんが頷いた。

「外の廊下にいますので、何かあったら、声をかけてくださいね」

私に向けて言うと、季衣さんは病室を出て行った。

「何かあったらって、何があると言うんだ」

閉まった戸に向けて春雄さんが苦笑し、私に改めて頭を下げる。

「わざわざ申し訳ないですね。あの先生には、無用な気遣いだと言ったんだが、他に何もできないんだから、無用な気遣いぐらいさせてくれと言われましてね」

「池谷先生がですか？　そんなことを？」

意外な思いで聞き返した。癌《がん》は春雄さんの全身に及んでいて、治療としてできることはほとんどないと聞いてはいる。だとしたところで、ずいぶん大胆な発言だ。それだけの信頼関係を春雄さんとの間に築いているということか。ああ見えて、存外に患者さんとの関係を大切にしている医師なのかもしれない。

「ええ。そういう言い方をされるとこちらも弱い。受けなければ、あの先生に悪いような気がしてしまってね」

「そうですか」

頷いて、いつものクライエントとの角度と距離に近くなるよう、座っていた椅子の位置をずらした。私がカウンセラーの位置についたのを察したのかもしれない。さあ、始めてくれ、というように春雄さんが私を見る。あまり後ろ向きに接せられても困るが、こういう態度も少しやりにくい。マジシャンがマジックをやるのとは違う。カウンセリングではカウンセラーが何かをするわけではない。

「季衣さんとご結婚されて、どのくらいになるんです？」

春雄さんの気勢をそぐつもりで、私は当たり障りのない話題から面談を始めた。真意を探るような表情を見せたあと、春雄さんの目線が上に向いた。

「……四十八年。そうだな。もうそんなになるか」

「金婚式ですね、もうじき」

「あと二年。どうやら厳しいようです」

不満や嘆きは見えなかった。ないはずはないが、しっかりと自制している。

「恋愛ですか？　お見合い？」

「恋愛、というのも気恥ずかしいな。まあ、見合いではないから、恋愛だというしかないですが」

私が二人のなれそめについて尋ねると、春雄さんは照れながらも話してくれた。

二人が出会ったのは、春雄さんがまだ学生のころだったという。片や身なりに構うことさえなく、研究室にこもる生活をしていた薬学生。片や大学近くの食堂で働いていた少しお節介な女の子。

今日は揚げ物じゃなくて焼き魚にしなさい。

それが季衣さんが最初に春雄さんにかけた言葉だという。

「声をかけたのは、あまりに身なりがひどかったかららしいです。誰かが面倒を見なきゃ、この人は死んじゃうんじゃないかという義務感だと」

不器用な二人が始めた不器用な恋愛は、五年半の歳月をかけて結婚までたどり着く。

「しばらく子どもができなくてね。私たちには授からないのかもしれないと思い始めたころに、ひょっこりと」

結婚して四年目。春雄さんが二十九歳、季衣さんが二十八歳の冬のことだった。

「ハツミ、と名付けました。初めての初に美しいで、初美。物事にすれることなく、人生に高をくくることなく、初々しい気持ちで生きていってほしい。そんな思いでした」

初美ちゃんはすくすくと成長し、お母さんそっくりの少しお節介な、そしてかなりおませな女の子になった。

「小学校に上がるころにはね、もう妻が二人いるようでした。いや、母親が二人いる感じだったかな。おとう、そろそろ髪を切りなさいとか、おとう、ネクタイはそっちよりこっちのほうがいいとか」

思い起こして微笑む春雄さんに胸が痛くなる。それは残酷な終わりの始まりだ。

両親の愛情を一身に受けて、初美ちゃんは大きくなっていく。中学は吹奏楽部。そこでクラリネットと出会い、高校でも続けた。友達の間ではしっかり者で通っていたが、親の目から見ればいっつまでもあどけなさの抜けない少女のような娘だったという。

「それがうれしいようでもあり、もどかしいようでもあり」

「そうですか」と私は頷いた。

そう見ていた春雄さんにとっては意外なことに、将来の進路に初美ちゃんが迷うことはなかった。おとう、おかあ、と夕食前に神妙に切り出されたのは、初美ちゃんが高校三年に上がってすぐだったという。

「初美は幼稚園の先生になりますってね。あれは相談ではなく宣言だったな。それは構わないが、どうして幼稚園の先生なんだと聞いたら、子どもたちに綺麗なものを見せてあげたいからって言ったんですよ」

世の中には悪いこともある。ひどいこともあるし、ズルいこともある。それを避けて生きていければいいけれど、いつかはみんなそういうものに出会う。だから……。

「だから私はそれに負けない綺麗なものを子どもたちに教えてあげる、そういう人になりたいってね」

「そうですか」と私は頷いた。

「それは、子どもっぽい、幼い言い草ではありました。けれど、何と言うんだろうな、ああ、この子はこういう風に育ったのかと、そのとき、そう思ったな」

初美さんは高校を卒業すると、短大へ進み、幼稚園教諭二種免許状の取得を目指す。事件が起こったのは、短大の二年目。免許状取得の見通しもつき、就職活動を終え、翌年から働く幼稚園が決まったころだった。夜になっても帰らない娘に、夫婦がそわそわし始めたのは十時すぎだったという。携帯電話が爆発的に普及し始めた時期ではあったが、初美さんはまだ持っていなかった。「十時半をすぎ、十一時になっても帰らない。連絡も寄越さずにそんなに遅くなることは、それまでにないことだった。けれど、あと数カ月もすれば社会人になる娘の帰りの遅さを親としてどこまで心配するべきなのか、迷った。でも迷うべきではなかった。のんきに迷っていないで、即座に騒ぐべきだったんです」

その日、同じように内定をもらっていた友人たちとささやかなお祝い会をした初美さんは、二次会を断って、八時すぎには一人、家路につく。その日が、春雄さんの誕生日だったからだ。

おとうの四十九回目の誕生日を祝うため、友人たちと早々に別れた初美さんは、いつもの一つ手前の駅で電車を降り、花屋に寄る。花を買ったあと、駅には戻らず、家を目指して歩き出したのは、もともとそうするつもりだったのか、心地よい秋風に誘われた気まぐれか。普通に歩けば三十分ほどの距離を初美さんは歩き出した。おとうの好きな一輪のコスモスを片手に。

花屋を出て、駅前商店街を抜け、県道を歩いていたところまでは、いくつかの防犯カメラと目撃証言とで確認が取れた。が、県道をそれ、細い住宅街への道に入ったのを最後に、初美さんの姿は消える。再び見つかるのは、翌朝、そこから十数キロ離れた廃屋の中でのことだ。取壊しのための下見にきた解体業者が初美さんの遺体を発見した。家まで歩いている途中、車で拉致《らち》され、暴行を受け、殺されたと思われた。犯人は初美さんを組み敷いたまま、何度も顔を殴りつけた。遺体の状況からそう考えられた。血まみれの石は初美さんの遺体のすぐ脇に転がっていたという。発見された遺体の顔は、両親ですらすぐには娘だとわからないほどの損傷を受けていた。

「ざっと聞けた話はこんなところだ」とメモ帳を確認しながら、仲上は言った。「捜査上、本当に話せないことは俺にも伏せているだろうがな」

私は深く息を吐いた。

どこにも救いはなかった。非道だと思っていた事件が、より醜悪になっただけだ。

春雄さんとの第一回の面談を終えると、その後の面談に備えて、私は報道には載らなかった、事件についてのより詳細な情報がほしくなった。が、春雄さん本人に尋ねることはしたくなかった。私はその日のうちに仲上に連絡を取った。

「犯人は何で捕まらなかったの？」

メモ帳をしまった仲上に、私は聞いた。つい食ってかかるような口調になってしまった。

「俺に怒るなよ」

仲上は私が住んでいるマンションの玄関の上がり框《かまち》に腰を下ろしていた。夜の遅い時間だった。できるだけ早く、という私の希望に応じて、仲上は一日おいた今日、わざわざ報告にきてくれた。確かに、電話で話すような内容でもなく、外で話すような内容でもない。仕事で遅くなったと詫びた仲上に、中に入るよう勧めたが、仲上はすげなく断った。仲上が最後にここにきたのは半年以上前で、そのとき、私たちはまだ恋人同士だった。そう考えれば確かに気まずくはある。が、いい年をした大人がそこまで遠慮し合うこともないだろうと私は思う。けれど、この妙な生真面目さこそが仲上らしさだといえば、それもその通りで、私も中に入るよう無理に強いることはしなかった。飲み物も断られたので、さながら玄関口で飛び込みセールスに応対しているかのような図になる。

「あなたに怒ってはいない。でも警察には怒ってる。捕まえるべき犯人だし、捕まるべき犯人でしよ？」

「まあ、確かにな」と仲上は頷いた。「凶悪犯がこれだけの物証を残していったんだ。何と非難されても仕方がない」

凶器の石は遺体のすぐ隣にあった。犯人のものとおぼしき足跡も残っていたし、廃屋の前に乗りつけた車のタイヤ痕も見つかった。何より、犯人は初美さんの体内に体液を残していた。初美さんの爪からは犯人の皮膚組織も検出された。容疑者として浮上しさえすれば、有罪にできる決め手はいくらだってあった。それなのに、犯人は二十五年経った今も捕まっていない。

「被害者の交友関係に怪しい人物はいなかったらしい。おそらく通り魔的な犯行だろう。足跡についても、タイヤ痕についても、当時の捜査班が調べ上げた。該当しそうな前歴者もすべて当たった。今ほど防犯カメラがあったわけじゃないが、付近にあったものはすべてチェックして、映っていた車両をできる限り追いかけた。事件後に捕まえた性犯罪者のＤＮＡも確認した。それでも犯人は見つからなかった。容疑者らしい容疑者すら挙げることができなかった」

「そんなことが……」

あるの、と聞きかけ、言葉を呑んだ。犯人の思惑がどこまで働いたのか、偶然がどこまで犯人に味方したのか、それはわからないが、そういうことだって起こりうる。悔しいけれど、起こりうるのだ。私は言葉を換えた。

「そんなことが、許されるの？」

「許しちゃいないさ。誰も許しちゃいない」

「じゃあ、今も捜査してる？　専従の捜査員は何人いるの？」

殺人罪の公訴時効は廃止されている。形式上、初美さんの事件は今でも捜査中だ。が、実際の捜査はされていないに等しいだろう。もちろん、仲上個人にどうにかできることではない。それでも、私は誰かに毒を吐かずにはいられなかった。

あの日が私の誕生日でなければ……。

友達と楽しむことより父親の誕生日を祝おうとするような子に育てなければ……。

春雄さんはそう言った。そんなことで人が傷ついていいわけがない。

「珍しいな。あんたが仕事でそこまで荒れるのは」と仲上は言った。

いたわるような視線に、冷静さを取り戻した。仲上に甘える資格など、私にあるわけがない。

「ごめんなさい。このところ、ちょっと重い仕事が続いたから」と私は言い訳した。その無様さも恥ずかしかった。「完全に八つ当たりでした。本当にごめんなさい」

「以前、言ったこと、覚えてるか?」

「以前、何?」

「犯罪被害者や遺族にとって、一番の慰めは何だと思いますか?」

「ああ、うん」と私は頷いた。「覚えてるよ」

「そりゃ犯人逮捕でしょう。そう言った俺に、あんたはこう返したんだ。ええ、そうですね。それと同じくらい大事なのが時間です。その時間を一緒にすごすのが私の仕事です」

特段、思い返したことはなかったが、そう言ったことは覚えてはいる。

「あのときのあんたは、覚悟のある、いい顔をしてた。人に寄り添うっていうのは、そういうことなんだと感心したよ。被害者にとっては、そういう事件の終わりもあるんだと教えられた気がしたな」

　仲上がそんな風に感じていたとは、意外だった。私にとってそのときの記憶には、ただ仲上の真っ直ぐな眩しさしか残っていない。

「被害者のお父さんの時間はもう残り短いのかもしれない。でもその時間にはあんたがいる。しんどいだろうけど、それはあんたの仕事だ」

「そうね」と私は頷いた。「そうだね」

「大丈夫。あんたなら寄り添えるよ」と言って、仲上は立ち上がった。「また何かわかったら連絡する」

「ありがとう」と私は言った。

　仲上が部屋を出ていった。玄関の扉に手をかけ鍵をかける。

　あんたなら寄り添えるよ。

　仲上の言葉がまだ玄関先のがらんとした空間に漂っていた。

　もう秋だ。冬がきて、年が明ければ、じきに父が出てくる。その日が近づくにつれ、胸の中が重くなっていく実感があった。仲上には、付き合い始める前に、父が起こした事件のことを話していた。だから、ああいう言い方で励ましてくれたのだろう。

「あなたのお父さんは、どんな人ですか？」

　一昨日、病室を去る前、私は春雄さんに聞かれた。

　クライエントにプライベートなことを聞かれたら、答えははぐらかすべきだ。けれどそのとき、私にはそれができなかった。

「弱い人でした」と私は答えた。「私が高校生のときに両親が離婚して、それ以来、父とは会っていません」

「そう。それは寂しいですね」と春雄さんは応じた。

十五年前、私の父は人を殺したんです。

あのとき、そう言っていたら、春雄さんは何と応じただろう。

それはあなたのお父さんの罪であり、あなたの罪ではない。

そう言ってくれただろうか。

そんなあなたがいったいどんなつもりで犯罪被害者のカウンセリングをしてるのだ。

そう憤ってお茶をかけられただろうか。

春雄さんの残り短い時間の中に、私はいる資格があるのだろうか。

当時は大きく報じられたが、今では覚えている人も少ないだろう。多くの年寄りから大金を巻き上げていた詐欺的な投資会社の社長が仲間である社員に殺された。

事件後、加害者の家族である私たちは世間からの非難にさらされた。父は会社で一番多くの出資者を集め、それにより法外ともいえる高給を得ていた。私たちの生活は父のその高給で成り立っていたし、父が社長を殺してしまったことで事件全体の真相解明に時間がかかることになった。どう非難してもいい犯罪者がいて、その家族がいた。容赦《ようしゃ》はなかった。家は報道陣に囲まれ、コードを差しておけば電話は始終鳴り響き、私たちの個人情報がネットにさらされた。家にはときに石が投げられ、知らない間に落書きもされた。近くにいた人たちは私たちの様子から目を逸らし、おざなりな慰めの言葉を残して私たちから離れていった。そうできない人たちは、私たちのほうから遠ざかるよう求めた。近所の人たちは引越を、学校の先生たちは転校を、訳知り顔で勧めてきた。この人は大丈夫だろうと信じていた近所の幼馴染《おさなな じ》みも、学校の親友も、先生も、事件後、当たり前のように態度を変えた。それまでの私との関係などなかったかのように、私との間に壁を築き、距離を置いた。それまでの自分のすべてを否定された気持ちになった。

そんな中で甘い顔をしてくる人もいた。今ならば警戒する。が、そのときは救われた気がした。私は差し出された手にすがり、もちろん裏切られた。これは個人としての会話だから。そう微笑んだ女性記者にこぼした私の嘆きは、加害者の家族の身勝手な甘えた主張として週刊誌に載った。親なんか関係ねえよ、気にすんな。そう言ってくれた同級生は、私が最後までは許す気がないと知ると、ひどい言葉を投げつけて去っていった。

同じようなことが母にも祐紀にも起こったのだと思う。事件から半年後、騒動が少し収まるのを待って、私たちは持ち家だった戸建てを売り、何の縁もない土地のアパートに引っ越した。母は父と離婚して旧姓に戻し、私と祐紀もそれに伴って姓を変えた。そうしなければ、私たちは生きられなかった。けれど、そうしたからといってもちろん、私たちが加害者の家族でなくなったわけではない。

病室に入ると、コスモスが目に留まった。窓辺に一輪、生けられている。初美さんが最後に買った花がコスモスだ。が、当時の捜査情報を教えてもらったことは、春雄さんに話すつもりはなかった。予備知識を持っていると知られると、面談に無用な影響を与えてしまうおそれがある。

「コスモスですか。綺麗ですね」とだけ私は声をかけた。

「ああ。何てことのない花だが、昔から好きなんですよ。この、いかにも花らしい感じがいいのかな」

「いかにも花らしい感じ、ですか？」とベッド脇の椅子に座りながら私は聞いた。

「こういう感じじゃないですか、子どもが花の絵を描くと。円の周りに、こう、はっきりとした花弁が並んでいるような」

「ああ」と私は頷いた。

私が椅子に落ち着いても、春雄さんはコスモスを眺めていた。何か言葉が出てきそうな気配を感じて、私は黙って椅子に座っていた。前回の面談からわずか一週間。だが、春雄さんの顔からはさらに生気が失われている。

「小さなころね」

コスモスを眺めたまま春雄さんが言った。

「はい」と私は頷いた。

「初美が花の絵を描いたんです。これは何のお花かなって、何の気もなく、私が聞いたら、初美は黙ってしまった。何の花ということでもなかったんでしょう。私も困ってしまってね。その絵は、チューリップにもバラにもヒマワリにも見えない。他に浮かんだ花の名前がコスモスくらいしかなかった。だから、これはおとうが大好きなコスモスだろ、って聞いたんですよ。そうしたら、初美がうれしそうに、うんって。おとうの大好きなコスモスを描いたんだって。別にコスモスが好きってわけじゃなかったけれど、不思議なもんでね、それ以来、この花が好きになった」

「そうですか」と私は頷いた。

「詮無《せんな》い昔話です」と春雄さんが言った。

「いいえ。素敵な思い出だと思います」

照れたような笑みを浮かべ、春雄さんは曖昧に頷いた。

「奥様が飾られたんですか？」

季衣さんは、今日は、面談後、夕方に見舞いにくると聞いていた。が、花は先ほど生けられたようにみずみずしい。

「いや。さっき知り合いが見舞いにきてくれて。ああ、前のときに話しましたよね。場違いな菓子折を自分で笑っていた、タケべという男です」

病人の見舞いにしても、男性が男性に花を贈るというのはなかなかないことのように思えた。ましてや偶然、コスモスであったとは考えにくい。タケべという人は、春雄さんにとってのコスモスがどんな花なのかを知った上で、持ってきたのだろう。

「親しい方ではないんですか？」

それにしては、「知り合い」という言い回しが引っかかり、私は聞いた。

「一時期、親しかったのですがね。ここのところずっと疎遠になっていました」

「そうですか」

私の倍以上の人生だ。そこにはいろんな付き合いがあったのだろう。

それからしばらく、前回は聞かなかった家庭生活の細かな話を聞かせてもらった。初美さんのことを話すのは負担かもしれないと思ったが、先ほどのコスモスの話をしたときと同様、春雄さんは懐かしそうに娘と暮らした日々を語った。

「犯人に対しては？」

頃合いをはかって、私は聞いた。聞きづらかったが、避けて通れる話題でもない。

「今、どう感じてますか？」

それまで淀《よど》みなく話していた春雄さんの口が閉ざされた。コスモスを見ていた視線は、逃げるように窓へ向けられた。長い沈黙になりそうだった。私はコスモスからも春雄さんからも視線を逸らし、透明な点滴のバッグを見つめた。様子からすれば、食事は十分にとれていないだろう。水のようなこの液体で春雄さんは生かされている。バッグから伸びた管の中で、ぽつりぽつりと溶液が落ちていた。

「本当にいたのかな」

やがて窓のほうを見たまま、春雄さんが口を開いた。

「本当にいたのか？」と私は聞き返した。

「犯人なんてものが本当にいたのかと、そんな風に感じるときがあります。実は犯人なんていなかったんじゃないか。初美は人ではない何かに襲われたんじゃないかと」

「人ではない何か」

「ええ。獣とか、宇宙人とか、妖怪とか、そういうものです」

いつまで経っても犯人が逮捕されないという受け入れがたい現実から生まれた防衛機制だろうか。春雄さんの心は、そう考えることで底知れぬ憤りを表面化させないようにしているのかもしれない。

「そうですか」と私は頷いた。

「死んだらね」と春雄さんが続けた。

「ええ。死んだら」と私は応じた。

「初美に会えるだろうって、そんな話をね、トシさんがしたんですよ。私もじきに行くから、ハルさん、初美と待っていてねって」

「奥様が。ええ」

「そんなわけないのにね。初美に会えると思ってるなら、とうに二人して死んでますよ。トシさん、馬鹿なこと言うな。死んだって初美に会えたりしないんだから、トシさんは長生きしろって」

「ええ」

「でもね……でも、トシさんは死んだら初美に会える気がするな」

「そうですか」

頷いたが、春雄さんが言わんとすることを理解できたわけではなかった。犯人の話からなぜそこに話が流れたのかも、私はわかっていなかった。


春雄さんとの二度目の面談を終えると、病院の食堂に向かった。面談記録は面談直後につけたかったが、まさか春雄さんの病室でやるわけにはいかない。いろいろと探して見つけたのが、地下にあるこの食堂だった。病院で食事ができる場所はもう一つ、最上階にカフェテリア調の明るいお店がある。そちらは時間を問わずに客がいたが、一昔前の社食のような、長テーブルとパイプ椅子が無愛想に並んだだけのこちらには、昼の食事時が終われば、客はほぼいなくなる。私は、前回と同様、一番隅の席に腰を据え、持ってきたノートパソコンを開いた。ここならば、電源を拝借できることも、前回、学んでいた。

対角線上の隅に、もう一人だけ、客がいた。前回きたときもその席にいた、七十代と思《おぼ》しき男性だ。額に大きなほくろがある。前回はそれが何だかわからずにまじまじと見ていて、顔を上げたその人と目が合ってしまった。今回は失礼のないよう、そちらには目を向けずにパソコンに集中する。

今日の春雄さんの様子を思い出しながら、私はキーボードを叩いた。前回と変わった点としては、明らかな顔色の悪化がある。が、これは体調のせいで、カウンセリングでどうにかなるものではない。心持ち、話し方がなめらかになっていたが、それも単純に私や面談に対する慣れのせいと考えるべきだろう。その他に気になった変化はなかった。前回同様、今回も、綺麗にひげを剃《そ》っていたし、薄くなった髪にもクシが入っていた。入院患者にしては身綺麗にしているほうだろう。

キーボードを打つ手を止めて、私は申し訳に買ったサンドイッチに手を伸ばした。

どうにもしっくりこない。

前回の様子、今回の様子、両方を思い浮かべながら考えるが、その据わりの悪さの理由が、自分でもよくわからない。カウンセリングの方針に行き詰まるということは、必要な情報が足りていないということだ。つまり私は何かを聞き逃している。そう考えるのが常だ。けれど春雄さんのケースには当てはまらない気がした。もっと根本的なところで何かが違う。そんな直感があった。それについてじっと考え、不意に思い当たった。

そもそも春雄さんにカウンセリングが必要？

「そう。それ」

びっくりするほど明白な疑問に行き当たって、私は思わず小さく呟いた。

二度の面談の限りでは、春雄さんに被害者遺族としてのカウンセリングが必要だとは思えなかった。けれど、もともとは春雄さんがカウンセリングを必要としたのではなく、病院のカウンセラーと医師が必要だと判断したケースだ。クライエントの思い込みと片付けるわけにはいかない。彼らが何か勘違いをしたのだろうか。

たとえば、春雄さんは病気について気に病んでいた。が、病院のカウンセラーが声をかけたときはうまく話せず、もう一つのわだかまりである、初美さんの事件について話した。カウンセラーはこれは職分外であると判断して、私に声がかかった。けれど、その間に、春雄さんは自身の病気と折り合いをつけ、回復していた。そういうことだろうか。

「お邪魔ですか」

不意に声をかけられ、私は顔を上げた。

「ああ」

驚いた。池谷医師だった。会って確認したほうがいいかもしれないと、今まさに考えていたその人だ。

「いいえ。どうぞ、どうぞ」と私はノートパソコンを畳んで、脇によけた。

「ここに通うようになって四年目の医師として、忠告します」

手にしていたお盆をテーブルに置き、私の向かいに座りながら、池谷医師が言った。

「ここで食べていいのは、きつねそばだけです」

「え？」

「どうしてもそばの気分でなければ、カレーライス。譲れるのはそこまでです。パスタは壊滅的。サンドイッチも論外」

「あ、ああ」と私はサンドイッチの皿を見た。

「ぱさぱさでしょう？」

箸を割り、池谷医師が笑った。

「ですね」と私も笑って頷いた。

池谷医師とは、春雄さんの面談のための事前カンファレンスで、二度、顔を合わせた。その際の会話から、患者のことになるとムキになるタイプの医者なのだとわかった。そういう意味では私はこの人と最悪の出会い方をしたのかもしれない。当初に思ったよりいい人かどうかという評価は留保しているが、少なくとも当初に思ったより柔らかい人ではあるようだった。

「小峰さんですね？」と池谷医師が言った。

「そうです。今日、二度目の面談でした」

「だいぶ落ち着いたようですね、小峰さん」

池谷医師はそう言って、そばを勢いよくすすった。咀嚼《そしゃく》しながら話し続ける。

「ここのカウンセラーが感心していましたよ。やはりこういうことは専門性がものをいうのだと。仲介した私まで株を上げたようです」

どんぶりに口をつけて汁を飲むと、また猛烈な勢いでそばをすする。

「私からすれば、面談の手応えを感じられずにいるのですが」

春雄さんは本当にカウンセリングが必要な状態だったのでしょうか、という質問は、相手の判断に疑義を呈しているようで、うかつには言えなかった。池谷医師と私との間に何のわだかまりも残っていないと言えば、それはさすがに嘘になる。

「ご謙遜でしょう。見違えるようだとここのカウンセラーは言っています。私から見ても、小峰さん、重石《おもし》が取れたような顔をしてますよ。先ほど、ちょっと病室に寄らせてもらいました」

「そうでしたか」

「話を聞いてもらっただけでも、違ったんじゃないですか。あなたはいいカウンセラーですよ」

池谷医師は少し照れ臭そうに言うと、またそばをすすった。

病院のカウンセラーも池谷医師も、私の面談の前後で明らかな違いを感じているという。けれど、二回の面談にそれほどの効果があったとは、やはり思えなかった。それともそれは考えすぎで、クライエントの状態がよくなったというなら、私はもっと無邪気に喜べばいいのだろうか。

「次回の面談は？」

口元をぬぐって池谷医師が聞いた。そばはもうなくなっている。

「来週です。ちょうど一週間後に」

「では、それがこちらでの最後の面談になるかもしれません。小峰さん、ホスピスに移る手続きが進んでいます。こちらでできることはもうないので」

来週の面談の約束をしたとき、小峰さんが何か言いたそうな顔をしていた。無理に聞き出すことはないと思っていたが、そのことだったのだろう。

「そうでしたか」と私は頷いた。

ホスピスに移ることはカウンセリングをやめる理由にはならない。けれど、犯罪被害者に対するカウンセリングは、心をただ落ち着かせるだけではない。乱して、整えるという側面もある。ホスピスに移った春雄さんに、なおカウンセリングを続けるかどうかは、判断が難しいところだ。

「あとどのくらい……ああ、いえ、余命ということではなく、問題なく会話ができるのは、あとどのくらいでしょう?」

「私はもちろん専門外ですが、あそこまで病状が進むと、誰にも何とも言えないでしょう。今日、話せない状態になっても、おかしくないです。ペインコントロールで薬を使う回数も増えるでしょうし、その副作用で会話をできる時間が減るということも考えられます」

「ああ、なるほど」

「面談はもう終わりにしてもいいと思いますよ。もう……」と少し言葉を考え、池谷医師は言った。

「もうそういうことではない段階だと思いますし」

カウンセリングを軽んじてそう言っているわけではないのはわかった。

「そうですか」

「いずれにしろ、小峰さんの件で何かありましたら、私のほうでも、病院のカウンセラーのほうでも」

「わかりました。ありがとうございます」

励ますように私に笑いかけると、池谷医師は盆を持って席を立った。

今後の方針について相談すると、さすがの安曇教授も表情を曇らせた。

「二回の面談で打ち切るというのは、少々、乱暴な話ですが、事情が事情ですからねえ」

「ええ」

面談がかける心理的な負担もある。それ以上に、春雄さんにとっては貴重な時間だ。もし本当に不要ならば、面談に割いてほしくはなかった。

私がそう言うと、教授は、そうですねえ、と頷いた。

「あなたの思い残しはどうなんです？」

「私のですか？　そういう基準でいいんでしょうか？」

「そういう基準しかないと、むしろ私は思っていますよ」

体の病気や怪我とは違う。クライエントとの関係をいつ、どのように終わらせるのかは、カウンセラーがその責任において主導して決めていく。思い残し、という言い方で捉えたことはなかったが、今回、私の思い残しを考慮していいのなら、確認しておきたいことが一つだけあった。それを確認した上で、今後の面談について判断しようと決めた。悪いとは思いながらも、私は再び仲上に連絡を取って、調べ物を頼んだ。

「これも、どうせ急ぎだな？」

電話の様子からすると、どうやら署内ではなく外らしかった。

「ごめんなさい。めちゃくちゃ急ぎ」

「まさかうちの課長より人使いの荒いカウンセラーがいると思わなかったよ」

冗談めかしてはいたが、確かに現職の刑事にやたらと調べ物を頼むべきではない。忙しいという以上に、仲間内で個人的な調査をしているとなると、仲上自身の信用に関わる。

「ああ、そうだよね。これきりにする。ごめんなさい。今度、お昼でもおごるわ」

「よせよ。金欠のカウンセラーにおごられたんじゃ、何を食っても食った気がしない」

警察官だって高給取りではないだろうが、中央値を取れば、それはカウンセラーのほうが収入はずっと低いだろう。

「じゃあ、どうすればいい？」

「弁当を作ってくれ」

「お昼のお弁当？　わかった。今度、作って届ける。いえ、お作りして、お届けさせていただきます」

「今度じゃない。毎度だ」

「んん？　ずいぶん高くつくのね」

「俺のかみさんにならないか？」

ぽかんとしてしまった。聞き返すことさえできなかった。

「調べがついたら連絡する」

我に返ったときには、電話は切れていた。

「おお？」とスマホを気味悪いもののようにデスクに置いて、私は思わず声を漏らした。

「どうかしましたか？」

自分のデスクから教授が声をかけてきた。

「すみません。今、それどころじゃないので」

「はい？」

「しばらくおたおたしますけど、放っておいて大丈夫です」

「そうですか」と教授が少し考え、頷いた。「わかりました。ご存分に」

「恐れ入ります」

私はデスクの引き出しから買い置きの板チョコを取り出した。こういうときには甘い物に限る。慌ただしく包みを破り、一口かじる。何かを聞き違えただろうか、と考えてみたが、あんなこと、聞き間違えようがない。仲上が酔っていたのだろうか、とも思ったが、昼前の午前十一時だ。職務中の刑事が酔っているわけがない。

「いやいやいや」と呟いて、板チョコをがりがりかじる。

こういうのって、そういうもの？

考えるまでもなく、そういうもののはずがない。手順がだいぶすっ飛ばされている。そもそも私たちは今、恋人同士ですらない。別れてもう半年以上が経つ。

気持ちだけでも落ち着かせようとアザラシ動画も眺めてみたが、いつものようにモフモフした気持ちにも、ゴロゴロした気持ちにもなれなかった。私はすぐにブラウザを閉じた。

取りあえず、誰かに相談するべきだ。

教授のほうをちらりと見た。何でもきなさい、という鷹揚《おうよう》な目で見返してきたが、人生相談ならばともかく、教授がこの手の相談相手にふさわしいとは思えなかった。

「しばらく留守にしても？」と私は聞いた。

「構いませんよ」

少しふて腐れた顔で教授が頷いた。

祐紀の部屋にくるのは、ずいぶん久しぶりだった。歌舞伎町にある店まで、徒歩で通える小綺麗なマンション。ここの家賃だけで、私のひと月の生活費を上回るだろう。

「明日にでも、そっちに行こうかと思ってたんだ」と祐紀は言ってテーブルにつくと、私が買ってきたおにぎりにかぶりついた。「あ、うまいね、これ。どこの?」

私が鳴らしたインターフォンで起きたらしい。シャワーを浴び、今はだぼっとしたスウェットを着ていた。銀からいつの間にか金に戻っていた髪は濡れてくしゃくしゃになっている。

「大学近くの店。前にも買ってきたし、前にも同じことを聞かれた。そっちに行こうかって、うちに?　どうして?」

祐紀がシャワーを浴びている間に作った水菜と根野菜の味噌汁をテーブルに運び、私は祐紀の向かいに腰を下ろした。

「あー、怒らない?」

味噌汁のお椀《わん》に手を伸ばしながら、祐紀が上目遣いに私を見た。それで察しがついた。私と祐紀がもめるのは、だいたい親のことだ。

「怒らない。不機嫌になるのは許して」

「怒るのと不機嫌になるのとの違いって、何だろう?」

「言いなさいよ」

「父さんが出てきたら、母さん、一緒に暮らすって」

衝動的な感情のピークは六秒間と言われる。その六秒をやりすごすのがアンガーマネージメントの基本だ。が、基本を守り通すことが、いつだって一番難しい。

「それはどういうこと?」と私は声を荒らげた。

味噌汁をすすり、祐紀はことさらのんびりとした口調で答えた。

「どうもこうもないよ。父さんが出てきたら、それは母さんはそうするだろうなって、俺は思ってたよ。姉貴だって思ってたろ？」

その通りだ。わかっていたけれど、いや、わかっていたからこそ腹が立つ。十五年間、母は変わらなかった。

「あんたは？　それでいいと思うの？」

「俺がどう思うかは関係ない。二人がそうしたいんだったら、そうするだろうよ」

「お金、送ってるでしょ？　あんたの言うことなら母さんだって聞くでしょ？」

「一緒に暮らすなって？　言って、それでどうするの？」

「あんたは母さんを助けてた。そう思ってたけど、違うの？　母さんにお金を送ってたのは、あの人を助けるため？」

事件以来、母は被害者の奥さんに毎月、可能な限りのお金を送っていた。無論、遺族に対する損害賠償の支払い義務は父が負うものだ。だから、家を売った、貯蓄をなくした、そこまではいい。それは父が稼いだものだ。けれど、父の刑が決まり、父と離婚して姓を変えても、母はすべてを節約して、毎月のわずかな稼ぎの中から少しでも被害者の奥さんに渡るようお金を工面していた。当初はその姿に反発はなかった。加害者の家族として、当然の贖罪《しょくざい》だと思っていた。私のわずかなバイト代を差し出すことも、当然だと思っていた。高校でかかる費用をそこから差し引いていることに申し訳なささえ感じていた。が、あるとき、バイト代を渡した私に母は言った。

「ごめんね。遺族の方には、できるだけのことはしておかないと。父さん、仮釈放とか、まだずっと先のことだけど、そういうこともあるから」

くらりと目眩《めまい》がした。

将来の仮釈放のために、被害者遺族の心証をよくしておこうと、母はお金を払っているのか。そうわかって、私はひどくショックを受けた。

「父さんは、人を殺したのよ」

絞り出した声が震えた。そのあと母をどうなじったか、もう覚えてはいない。高校を卒業すると、私は逃げ出すように母と暮らしていたアパートを出た。

味噌汁を飲んでいた祐紀が、お椀と箸を置いた。居住まいを正して、私を見る。

「俺がお金を送っていたのは、母さんを助けるためだ。パート代、ほとんど全部、被害者の奥さんに送っちゃってるからね。それじゃ本当にかつかつだろうと思って送ってた。でも、俺が送ったお金も被害者の奥さんに送っているのは知ってたよ」

それは私もわかっていた。今更、そこに文句を言うのは筋違いだ。

「父さんは罪を償ったんだ。国だって、法律だって、それを認めてる。だから出てくる。そうだろ？　そりゃ、世間がそれで許してくれるかどうかはわからない。でも、誰かが受け入れてやらなかったら、父さん、この先、どうにもならないじゃないか。それをするのは家族の役目だろ？」

「どうにもならなくて当然じゃない？　人を殺したのよ？　そこから何が起こったか、忘れたわけじゃないでしょ？」

祐紀の顔が引きつった。

「娘さんが自殺したことを言ってるの？」

私は頷いた。祐紀はため息をついて、テーブルに肘をついた。

「こういうこと、本当は言っちゃいけないんだろうけど、でも、相手だって悪かったんだよ？　詐欺みたいなことをしてお金を巻き上げていたのはもともとあっちで、父さんは雇われていただけなんだから」

「だから殺されてもいいってこと？　殺したほうは悪くないってこと？」

「そうじゃないけど」

「一人の人間の未来を、あの人は完全に閉ざしたのよ？　そのおかげで、もう一人、命を絶った。そんな人が自分の未来を語っていいわけないでしょ？」

「父さんに、死ねって言ってんの？」

「そこまでは言ってない。ただ」

言いかけて迷った。そこまでを祐紀に言ったことはなかった。が、言葉は留まることよりも出ることを望んでいた。

「ただ、死ぬべきだったと思ってる」

ぎょっとしたように祐紀が私を見た。その目がすぐに悲しみに曇る。

「犯した罪は絶対に許されないってこと？」

「失われた命は絶対に戻らないってこと。事故や過失じゃない。明確な意志で人を殺したなら、その人は自分の命も差し出すべきよ」

「親だろ？　親に対してそんな言い方って……」

「親だからでしょ？　あの人が死刑になっていたらよかった。それなら、私はここまで世間に申し訳なく思いながら生きてこなくてよかった。あの人が払うべき代償を払わない限り、この窮屈《きゅうくつ》な思いを一生、し続けなければならない。私はずっと、そう感じてきた」

祐紀が目を伏せた。それ以上の言葉は耐えがたいというように。けれど私は言葉を重ねた。

「事件のあと、自分を守るような供述をした。それはまだ許せる。事件直後だったから、そういうことだってあると思う。でも、判決から一年以上経って、あの人から届いた手紙、覚えてるよね？　出所したら、またみんなで一緒に暮らせたらいい。あの人、そう書いてたのよ？　人を殺した人が、刑務所の中で、自分の幸せについて考えてたのよ？　あの人は何も償ってなんかいない」

祐紀が手のひらを上げた。

「もうやめよう。このことで、姉貴と言い争いたくない。この話を伝えれば、俺はそれでいいんだ。母さん、言いたくても言えないみたいだったから」

ここのところ母に連絡するようさりげなく繰り返していたのは、そのせいだったか。

「ごめん」と私は言った。「あんたが一番、苦労してきたのに」

高校を卒業すると、私は祐紀を置いて家を出た。その後も祐紀は母と暮らし、私との連絡も絶やさず、自分が高校を出てからは、稼ぐために夜の街に身を投じた。母に送るお金は、実のところは母を通じて被害者の奥さんに送っているつもりなのかもしれない。それが祐紀の選んだ贖罪だったのかもしれない。幼いころは獣医さんになりたいと言っていた。今はどんな未来を望んでいるのか、私にはわからない。

「苦労なんて」と笑顔を作った祐紀は、改めておにぎりにかぶりついた。「それで、そっちの話は？　何か話があってきたんだろ？」

「ああ、話。何だっけ。忘れちゃったよ」

「忘れるなよ」

「その程度の話だったんでしょ。もう大学に戻らなきゃ。洗い物、ちゃんとしといてよ」

くしゃくしゃの金髪をくしゃくしゃとしたかったが、やめておいた。私は祐紀の部屋をあとにした。

それからしばらくは意識して仕事に没頭した。担当するカウンセリングの他に、教授が参加する学会のシンポジウムが近づいていて、その資料作りの手伝いもあった。

何を浮かれていたのか。自分を殴りつけたい気持ちだった。普通の人のように、普通に誰かの「かみさん」になるなんて許されるわけがない。祐紀のところへ行った下心も、今となってみれば明らかだ。祐紀なら、それでいいと言ってくれるから。私はその言葉を聞きに行ったのだ。

自分が恥ずかしかった。自分が何者か、正しく諭してくれる言葉を今は聞きたかった。

ソファベッドの上で膝を抱え、私は時計を見た。夜の十一時を回っていた。電話をするには、常識的に考えて失礼な時間だろう。が、そもそも常識や礼儀とは違うところでつながっている相手だった。私はスマホを手にした。相手の電話番号を画面に呼び出す。その番号に私からかけたことはなかった。前にかかってきたのは、半年以上前、今年の春先のことだ。その直後に、私は仲上と別れた。

画面に番号を呼び出してみたものの、本気で電話をかける覚悟まではできていなかった。それなのに呼び出しが始まっていて、私は慌てた。知らぬ間に指が触れたか、ゴーストタッチによる誤動か。すぐに電話を切ったが、心臓のどきどきは収まらなかった。ふうと息を吐いて、スマホをソファベッドに放り出した直後、着信があった。おずおずと画面を確認すると、相手は仲上だった。

「遅くに悪い。だいたい調べがついた。報告に行きたいんだが、今から大丈夫か」

「ああ、今から？　ここに？」

落ち着きがなかったのは、まださっきのどきどきを引きずっていたせいだが、仲上は先の電話の件のせいだと誤解したらしい。

「前と同じだ。玄関口で済ませるよ」

「ああ、玄関で。うん。わかった。待ってる」

仲上がやってきたのは、それから二十分ほどあとだった。言葉通り、上がり框に腰を下ろし、仲上は報告を始めた。

「タケベだったよな、お問い合わせの男は。だが、当時の捜査員にそういう名前の男はいなかったようだ」

二度目の面談のあと、私はもう一度、当時の記事を当たってみた。が、事件当日、初美さんがコスモスを買ったことに言及している記事は、どの媒体にもなかった。『タケベ』はコスモスが持つ意味を知っている。にもかかわらず、春雄さんとは『知り合い』という関係で、季衣さんが知る友人でも親戚でもない。だとするなら、『タケベ』は当時の捜査員ではないだろうか。だから、コスモスが持つ意味を知っていた。そう考えたのだが、当てが外れたらしい。

「ただ、捜査員でなくていいなら、当時の関係者にタケベという男が一人、いる」

「関係者？」

「という言い方もおかしいな。週刊誌の記者だ。都市圏で起こった刑事事件を独自に取材して、社会学的見地を交えた記事を書いていた。その調査能力は警察も一目置くほどだった。彼の記事から捜査が進展したケースがいくつかあったらしい。通称、ぶっさん」

仲上が手帳から古びた名刺を取り出した。『竹部謙一《たけべけんいち》』とある。『竹部』の『部』で、『ぶっさん』なのだろう。今でも有名な週刊誌と出版社の名前があった。

「今も、ここに？」

「いや、もう退職している」

「この竹部さんが、初美さんの事件を書こうとしていたのね？」

けれど、私が調べた限りでは、初美さんの事件に関して、この週刊誌に目を引くような記事はなかった。

私がそう言うと、仲上は頷いた。

「当時、その竹部と親しかった刑事から話を聞けた。事件からしばらくあとに、竹部が連絡してきたことがあったそうだ。犯人らしき男を見つけたと」

私は驚いて顔を上げた。

「ただの記者じゃない。あのぶっさんなら、あながち与太話でもないんじゃないかと、彼は竹部を問い詰めたそうだ。そのときはもう少し調べてからと言って逃げられた。ところがその直後に、あれは勘違いだったと竹部のほうから言ってきたそうだ」

「記事にしようとして調べたけれど、勘違いの方向に調査が進んでしまって、結局、記事にはできなかった。そういうこと？」

「その刑事もそう納得していた。ただ、そのすぐあとに、竹部は会社を辞め、記者であることも辞める。定年になっても、フリーで死ぬまで書くとうそぶいていた男が、急に事件報道から身を引いた。その刑事はかなり意外に感じたそうだ。ベテラン記者とは言え、竹部は当時、まだ五十歳くらい。定年まであと十年はあった。それが会社まで辞めるというのは、ずいぶんな心境の変化だと」

「そのとき竹部さんに何かがあった」

「今から思えば、そんな気がする、とその刑事は言っていたよ」

そして二十五年後、竹部さんは、死を目前にした春雄さんに会いにきた。さらに春雄さんはそのことについて季衣さんに嘘をついた。会社員時代に少し世話になった人だと。

竹部さんと話してみたかった。また春雄さんの見舞いにくるだろうか。病院で張り込んでいれば、会えるかもしれない。

「その竹部さんの顔写真って手に入らない？　昔のやつでいいから」

「写真はどうかな。当たってみるが、少し時間がかかるかもな。ただ顔はわかりやすい人だ。ここにな、大きいほくろがあるらしい」

仲上は自分の眉間《みけん》を指した。

「ぶっさんは、『大仏さん』が縮んだものだそうだ」

食堂にいた男性を思い出した。思えば、私の二度の面談と同じ日に『タケベ』は春雄さんを訪ねている。あの人が、ぶっさん、か。

「以上で報告は終わりだ」

「あ、ああ。ありがとう。とても役に立った」

「そりゃよかった。働いた甲斐《かい》があったよ」

仲上が苦笑しながら立ち上がった。私を見る視線が期待していた。今、仲上を引き留めれば、私の人生は変わるだろう。そんな予感があった。変えたいと思った。衝動的な強い感情だった。これも六秒我慢すれば収まるのだろうか。そんなことを考えた。その六秒を待たずに口を開こうとしたとき、着信音が鳴った。私のスマホだった。

出ろよ。待つ。

仲上の視線がそう言っていた。私は頷き返して、スマホを構えた。

「さっき電話をもらった」

野木《のぎ》雅弘《まさひろ》さんの声が聞こえた。こんな遅い時間ならどうせ祐紀だろうと、着信相手を確認しなかった間抜けさを呪った。

「ああ、ええ」と私は言った。

「気づかなくて、ごめん。君から電話をくれるのは珍しい。何だったかな?」

いつも通りだ。この人の声を聞くと、体がシンと冷えてくる。この人の声は自分が何者であるかを教えてくれる。

「間違えたんです。間違えて、指が触れてしまったみたいで。ごめんなさい」

「ああ、間違いだったんだ。それならいいんだ。妹の命日が近いから、その話かなと思った」

「ああ、そうですね。ええ、もちろんそれは覚えています」

もうすぐ妹の命日。この前、妹の命日。もうすぐ父の命日。この前、父の命日。ちょうど半年離れたおかげで、彼は上手にそれを使い分ける。たぶん、無意識に。

「また会える？　一緒にお墓参り、行ける？」

「ええ。もちろんです」

「じゃあ、今度、そっちに行っていいかな?」

私は仲上に手を掲げた。ごめん、この電話、長くなる。そう伝えたつもりだった。

「はい。大丈夫です」

私が置いた一瞬の間を雅弘さんは気にした。

「ああ、迷惑ならいい。お墓参りは、俺、一人で行く。無理に誘う気はない」

「いえ、そんなことはないです」

私は、ごめん、と口を動かして、もう一度、手で拝んで見せた。仲上に帰ってほしかった。が、仲上は動かなかった。

「本当に迷惑じゃない?」

「ええ」

「そっちに行ってもいい?」

「ええ。いいですよ」

深夜近くの玄関は静かすぎた。何を言っているかまではわからなくとも、男の声であることくらいはわかるだろう。その口調が事務的な用件を告げているわけではないのもわかるだろう。

「いつでもいいかな?」と雅弘さんが聞いた。

「いつでもいいですよ」

私は目を閉じた。

「部屋に行っていいんだね?」

しつこく雅弘さんが確認する。

「ええ。いつでもきてください」

私は目を閉じたままゆっくりと答えた。

「待ってますから」

扉が開き、閉まる音がした。私は目を開けた。玄関には誰もいなかった。

「じゃ、また今度。近いうちに行く」

電話は切れた。


病院のカウンセラーから、春雄さんの容態の急変を知らされたのは、その翌日の午後だった。研究室に電話があり、私はすぐに大学を出て、病院へと向かった。

春雄さんの病室の戸は開いていて、看護師が慌ただしく出入りしていた。中を覗いたが、カーテンが引かれていて、様子はわからない。中からカーテンがまくられたとき、季衣さんが体を強ばらせ、祈るように口の前で手を組んでベッドを見ている姿が見えた。カーテンから出てきた看護師が私を見咎めた。

「ご家族の方ですか?」

「いえ。私……」

「でしたら外でお待ちください」

押し出すように追いやられた。私は看護師が歩き去った廊下の先を見た。長椅子に人の姿を認め、そちらへ歩き出す。

その人の隣に私は腰を下ろした。

「こんにちは」と私は言った。

両膝に肘をつき、祈るように両手を組んでいた老人が顔を上げ、私を見た。

「ぶっさんですね？　竹部謙一さん」

額のほくろを除けば、大仏にたとえるのは無理がある。細面の、つり目の老人だった。

「高階と申します。小峰春雄さんのカウンセリングをしているカウンセラーです」

ああ、というように竹部さんが頷いた。カウンセリングのことを春雄さんから聞いていたのかもしれない。

「ここで、何をしているんです？」と私は聞いた。

「何をしているように見える？」と皮肉っぽく唇を歪めて、竹部さんが聞き返した。

「春雄さんが亡くなるのを待っているようにしか」

竹部さんが目を細めた。

「彼から、何か聞いたのかな？」

「いいえ。何も聞けませんでした」と私は正直に答えた。「私は自分が聞くべき言葉を竹部さんに盗まれたと思っています」

「僕が、盗んだ？」

「はい。おかげで、何の効用もなかったはずの面談が、さも効果的なものだったかのように医者からも誤解されています。春雄さんを救ったのは、私の面談ではなく、竹部さんの訪問だった。私は、そう思っています」

たまたま竹部さんの訪問と、私の面談とが重なった。だから傍目《はため》には、私の面談が効果を上げたように見えてしまった。そういうことだったのだろう。

「そう」と竹部さんは呟いた。「それで君は僕に怒っているのかな?」

「まさか。春雄さんにとって、それがいいことだったなら、私は感謝する立場です。ただ、春雄さんが楽になった代わりに、竹部さんが重荷を背負ったなら、私は責任を感じます」

ふふふ、と息を漏らすようにして、竹部さんは笑い声を立てた。

「それで、僕を助けにきてくれたのかい?」

「何かの助けになるのかはわかりませんが」と私は言って、竹部さんの顔を覗き込んだ。「お話、聞かせてもらえますか?」

「何の話を?」

「初美さんを殺した犯人の話」

そう切り込まれて、表情一つ変えないのは、逆に不自然だった。

「そんなことは知らない。犯人は捕まらなかった」

「ええ。だから、春雄さんが気に病んでいるのはそのことだろうと、季衣さんは、奥さんはそう思っていました」

きっといつか犯人は捕まるなんて、あの人には、どうぞ言わないでくださいね。

だから、面談前、季衣さんは私にそう釘を刺した。

「けれど、春雄さんは面談のときに、犯人については何も語らなかった」

犯人なんてものが本当にいたのかと、そんな風に感じるときがあります。

まるで超常現象で娘が消えたかのように語っていた。

「恨みも、憎しみも、捕まらないことの悔しさも、無念さも、春雄さんは語らなかった。私の前では封じ込めているのかとも思いました。けれど、強い思いは、封じ込めていてもどこかで漏れます。春雄さんにはそんな気配がなかった」

だから私は訝しんだ。春雄さんに被害者遺族としてのカウンセリングが必要なのかと。

「竹部さんのことを知り、調べてもらいました。犯人らしき男を見つけた。当時、刑事にそう言ったことがあったそうですね」

「よく調べたね」と竹部さんは感情のない声で言った。「たいしたジャーナリストだ」

「竹部さんは、本当に犯人を見つけた。私はそう思っています。最初は警察に突き出すつもりだった。現場に物証を大量に残していった犯人です。容疑者として挙がれば、警察は犯人として特定できる情報をいくらでも持っていた。竹部さんは犯人の目星はつけていたけれど、決定的な証拠はつかめていなかった。刑事に話をしたのはそのためです。竹部さんは、自分の言い分で警察がどこまで動いてくれるものか、当たりをつけた。どうやらまったく相手にされないこともなさそうだ。そう思った竹部さんは、犯人を突き出す準備を始めたんでしょう。けれど、結局は犯人を警察に突き出すことをやめた」

「なぜ？」

いつしか竹部さんは組んだ手を解いて、体ごと私のほうを向いていた。

「決定的な証拠を見つけてしまったから。警察に突き出すまでもなく、その人が犯人であるという決定的な証拠を竹部さんは見つけてしまった」

「そうして僕は、どうしたんだ？」

「春雄さんに話した」

「それで？」

「春雄さんは犯人を殺した」

竹部さんの眉がぴりっと震えた。私から視線を外し、竹部さんはもとの姿勢に戻った。

「何か確証があっての話かな？」

「何もないです。そうであったなら、すべてが腑に落ちる。それだけです」

「僕はジャーナリストだ。犯人がわかったなら、それを記事にするのが仕事だ。その僕が、被害者の復讐《ふくしゅう》に付き合った理由は何だ？」

「小峰さんに同情したから」

「甘いな。そんな記事じゃ読者は腑に落ちないよ。記者の独りよがりだ。もっと具体的な理由は？」

「わかりません」

「たとえば僕が以前、似たような事件を取材していたら？　似たような事件を起こした犯人が、被害者に非道の限りを尽くした犯人が、死刑にならなかったことを無念に感じていたら？　そんな僕に、初美さんとまったく同じ年の娘がいたら？」

「そうなんですか？」と私は聞いた。

それが記者を踏み外した理由か。記者を踏み外し、竹部さんは自ら記者を辞めた。

「ただの妄想だよ。そう思って聞くといい。その日は一日、初美さんが姿を消した界隈を取材で歩き回っていた。くたびれて僕は見かけた飲み屋に入った。カウンターに座った僕の後ろでは、男たちが三人で飲んでいた。どうやら近くの現場で働いていた産廃処理の作業員らしい。ひどく酔っていてね、下卑《げび》たことを話していた。自慢話なのか何なのか、それまでに抱いた女の話だ。体がどうだったとか、具合がどうだったとか。聞きたくもないから、聞かないようにしていた。が、あの男の一言が、突然、耳に飛び込んできた」

『おとう』

私ははっとした。竹部さんは淡々と続けた。

「声色《こわいろ》をまねたつもりだったんだろう。甲高い声で男がそう言っていた」

『あの女には参った。具合はよかったけど、おとう、おとう、って、何度もな、耳元でやられちゃ、うるさくてかなわねえ。あまりにうるさいから、ひと突き毎《ごと》に一回、引っぱたいてやったよ』

「男はそう笑っていた。それ、どこの女だよ、と仲間に聞かれた途端、男は我に返ったように話を変えた。僕は必死に気持ちを抑えて、振り向かないようにした。杯を持つ手が震えたよ。僕はさりげなく金を払って店を出た。店の前で待ち、出てきた男をつけて、住処《すみか》と名前を確認した。この程度の情報で、警察が動いてくれるかどうか、知り合いの刑事に当たってみた。警察の捜査も行き詰まっていたようだ。刑事は強く興味を示した。男の周辺を取材したのは、本当に犯人だったときに備えてのことだ。そのとき、僕はまだジャーナリストだった」

「それが?」

「男の住処を張り込んでいたときだ。男が仕事に出かけた。僕は男の部屋に近づいた。台所の明かり取りの窓には鍵がかかっていなかった。僕はその窓を開けて、部屋を覗いた。何か男を象徴するようなものがないかと思った。何でもいいんだ。モデルガンやボーガンでも、特定のアイドルの写真でも、キーボードやギターだっていいし、野球のグローブやサッカーボールでもいい。記事にしたときに、読者の印象に残るような何かを探した。そのときに見つけた。部屋の片隅に放り投げられたようにあった、小ぶりの手提げ袋を」

「小ぶりの、手提げ袋？」

「警察は発表しなかった。けれど、初美さんの遺体の周辺からは、攫《さら》われたときに初美さんが持っていたはずのものが見つかっていなかった」

「それがその手提げ袋ですか？」

竹部さんは頷いた。

「中にはコスモスをあしらったネクタイピンが入っていた」

私は強く目を閉じた。おとうへのプレゼント。花屋で買った一輪のコスモスはそれに添えるものだったか。

「矢も楯《たて》もたまらずに、僕は男の部屋に侵入した。ろくな鍵もついていないアパートだ。簡単に入れた。手提げ袋の中にあったのは、間違いなくコスモスのネクタイピンだったよ。男が何でそれを持っていたのかはわからない。攫ったときに、初美さんが車の中に落としたのかもしれない。それを記念のつもりで取っていたのかもしれないし、処分するつもりで放っておいたのかもしれない。

僕は会社に戻った。編集部でチームを組んで、男が逮捕される一部始終を記事にしようと思った。けれど、会社に帰った僕に、一本の電話がかかってきた。二年前、初美さんと同様、行きずりの男に攫われ、無残に殺されたお嬢さんの父親からだった。その日、犯人に判決が下ったんだ。無期懲役だった。電話をしてくれた父親は、生きてていいということなのかと、悔しそうに言っておられた。娘を残忍に殺した男に対して、この社会は生き延びていいと言っているのかと。私に対して、生き延びるに値する男に更生させるから見ててくれと言っているのかと。ならば娘の死は、男を更生させるきっかけでしかないのかと」

「そうでしたか」

「僕は考えた。初美さんを殺したあの男が、あれだけずさんな犯行をしながらも、警察に捕まらなかったこと。僕が奇跡的な確率で彼を見つけたこと。確かな証拠を見つけた日に、別の事件の判決が出たこと。それは本当にただの偶然なのだろうかと。僕にはそれが運命を示しているように感じられた。僕は小峰さんに電話をかけた。事件後に何度かお話をうかがったことがあった。二人だけで内密に会って話したいことがあると僕は伝えた」

「それで？」

私が尋ねたとき、私たちの間にあった熱がふっと冷めた。

「それで話は終わりだよ。読者が納得する記事というのは、たとえばこういうものだという話だ」

これ以上は話さない。竹部さんはそう言っていた。語りたかったのは、自らの行為の理由だったのだろう。春雄さんがそうだったように、竹部さんもまた二十五年、その記憶を一人で封じ込めていた。その記憶を共有するたった一人の人をなくしかけている今、このタイミングで、私という聞き手が現れ、封じ込めていた一端が漏れた。それを主張と取るか、言い訳と取るかは聞く側の問題だ。竹部さんにとっては、たぶんどちらでもない。

竹部さんが語るべき言葉を語り終えてしまった以上、私がどんな聞き方をしても、その先を話してくれることはないだろう。犯人はその日、消えた。それにどこまで竹部さんは関与したのか。あるいはむしろ竹部さんが主導したのか。最終的に二人は犯人をどうしたのか。私が知ることはない。いつしか体が強ばっていた。私は息を吐き、体から力を抜いた。事件のことはそれでもいい。けれどカウンセラーとしては、確認しなければならないことがまだ残っていた。

「春雄さんを見舞ったのはなぜです？」

「未解決事件の特集記事を組みたいから、小峰さんとつないでくれないかと、昔の仲間から連絡があった。それは断ったが、小峰さんが、今、どうしておられるのか、知りたくなった。調べて、入院されているのを知った。会うのは、二十五年ぶりだったよ」

「春雄さんは竹部さんに何を託したんです？」

「何だと思う？」

私の力量を測るように竹部さんは聞いた。

「季衣さんですよね」

それしかない。春雄さんがずっと思い悩んでいたのは、自身の病気のことでもなく、未解決事件のことでもなく、犯人がいまだ罰せられないことに煩悶《はんもん》している妻のことだった。自分が死ねば、妻はその苦しみを抱き続けたまま、残りの人生を生きることになる。

「自分の死後、季衣さんに真実を語るよう竹部さんに頼んだ。憎むべき犯人は、もういないのだと。ずっと前に自分が葬ったのだと」

「カウンセラーというのは、たいしたものだな。たいした想像力だ」

「竹部さんはそれを季衣さんに話すつもりですか？」

その罪をともに背負わせないために、これまで季衣さんには決して話さなかった。春雄さんにすれば、一人で罪を抱いて死んでいくつもりなのだろう。けれど、春雄さんの死後、それを知らされたら、季衣さんは何を思うだろう。それは季衣さんにとって、本当に救いになるのだろうか。

「仮にそうだとして、君ならどうする？」

あるいは同じように悩んでいたのかもしれない。竹部さんの質問に含みはないようだった。

私ならどうするだろう。

答えあぐねたそのとき、病室から季衣さんが出てくるのが見えた。途端に竹部さんは、赤の他人であるかのように私から目を逸らした。私は立ち上がり、季衣さんに歩み寄った。

「春雄さん、いかがですか？」

「ああ、高階さん。わざわざきてくれたの？」

思わずというように、季衣さんが私の手を取る。

「突然だったから、びっくりしちゃって。でも、ええ、もう大丈夫みたい」

「そうですか。それはよかったです」

季衣さんの視線が私の脇に飛んだ。私の背後から廊下を歩いてきた竹部さんは、ただ通りすがりの人のように私たちの横を通りすぎていった。季衣さんがそれ以上の注意を竹部さんに向けることはなかった。

「春雄さんと、少しお話、できますか？」と私は聞いた。

「ええ。今、少しなら。お薬で、もうあまり長くは話せないと思うけど」

話すなら急いで、というように季衣さんが病室に目をやった。

「ありがとうございます」

私は季衣さんに頭を下げると、戸を開けて、春雄さんの病室に入った。春雄さんはベッドで目を閉じていた。が、私が近づくと、目を薄く開いた。私は椅子に座った。春雄さんが呼吸をするたびに、酸素マスクが曇った。

「今、竹部さんと話しました」と私は春雄さんの耳に口を寄せ、小さな声で言った。「竹部謙一さん。ぶっさんです。教えてください。犯人を殺して、どうでしたか？ それで少しは救われた気持ちになりましたか？」

重そうだった瞼《まぶた》が、わずかに見開かれた。眼球が私を捜して横に向く。

なぜそんなことを聞く。

そう問われたように感じた。

「私の父は十五年前、人を殺しました。その父がもうじき出所します。人を殺した父が、生きて刑務所から出てきます」

見開こうとしていた瞼がまた落ち始めた。春雄さんが口を薄く開けた。何かを言おうとしているようだった。私はマスクを上げ、口元に耳を寄せた。が、聞こえてきたのは、小さな寝息だった。

私はマスクを戻した。

私が病室の戸を開けると、季衣さんが入ってきた。中を覗き込み、私に笑いかける。

「寝ちゃったのね。話、できた？」

「いいえ。ほとんどできませんでした」

私はいつもの名刺を取り出して、そこに自分の携帯の番号を書いた。

「春雄さんが話せる状態になったら、ご連絡ください。こちらの携帯番号のほうへ」

「ええ。わかりました」

「よろしくお願いします」

私は頭を下げて、病院をあとにした。


その後、季衣さんからの連絡はなかなかこなかった。私はもやもやを抱えたまま、数日をすごした。仲上は、あの日以来、一切連絡してこなかった。教授の資料作りの手伝いで忙しくなったことは、むしろ慰めだった。

その日、私はいつもより遅くまで研究室に残って仕事をしていた。マンションに帰ってくると、エントランスの前に人影があった。近づく私を待ち構えているように見えて、私は目を凝らした。長身、猫背。それで誰だかわかった。私は近づきながら、黙って頭を下げた。

「やあ、きたよ」

雅弘さんが小さく手を上げた。会うのは今年の春先以来だ。四つ年上だが、年齢よりずっと若く、もしくは幼く見える。相変わらず無精のようだ。前髪がずいぶん伸びて、ほとんど目が隠れている。ジーンズに、作業着のようなジャンパーを着ていた。

「こんばんは」と私は言った。

弱い街灯の光の中に雅弘さんの淡い影があった。以前、薄くなったと言っていた影の残りが、これなのかもしれないと思った。

「よかったかな？　迷惑じゃなかった？」

雅弘さんの目がおどおどと泳ぐ。

「迷惑なんてことはないです」

「本当に？　俺、きてよかった？」

「待ってますって、電話で言いましたよね？」と私は雅弘さんの目を見て、きっぱりと言った。

「本当に待ってましたよ」

嚙んで含めるようにはっきり言わないと雅弘さんは疑う。本当は迷惑なんじゃないか、本当は嫌われているんじゃないか。いつまでもそう猜疑《さいぎ》する。無理もない。あの事件が起こると、野木家は私の家と同様、ひどい混乱に襲われた。

詐欺で大金を巻き上げていた男ではないか。被害者面するな。

当初に巻き起こった非難は、加害者である父に対してよりも、むしろ強かったかもしれない。遺族としては、耐えがたかっただろう。それは、人間不信にもなる。

「晩ご飯は食べましたか？」と私は聞いた。

「ああ、いや」

「じゃ、何か作ります。あり合わせのものになりますけど」

「いいのかな？　迷惑じゃない？」

「迷惑じゃないです。私も夕飯、まだなんです」

一緒にエレベーターに乗り、部屋の前にきて、鍵を取り出そうとしたとき、バッグの中のスマホが鳴った。確認すると、知らない番号だった。タイミングからして季衣さんだろうと察しがついた。

「ごめんなさい。仕事の電話。すぐすみます」

雅弘さんに許可を取り、私は雅弘さんに背を向けて、スマホを構えた。相手はやはり季衣さんだった。

「遅くに、ごめんなさいね」

そう切り出した声がすでに普通の様子ではない。私は次の言葉を待った。

「ハルさんが、たった今」

電話口で季衣さんが嗚咽をかみ殺した。

「そうですか」と私は言った。「残念です。お悔やみ申し上げます」

しばらくぐすぐすと洟《はな》をすする音がした。私は季衣さんが落ち着くのをじっと待った。

「ああ、それでね」とやがて洟をすすりながらも、季衣さんは気丈に言った。「最後に少し話ができたの。そのときにね、高階さんに伝えてほしいって言われて」

「私にですか？」

「他に何ができたでしょう」

「え？」

「そう伝えればわかるって。わかるかしら？」

「ああ、春雄さんが。そうでしたか。ええ。わかります」

「ごめんなさいね、遅くに。お伝えしておかないと、これから葬儀の準備とか、いろいろありますから、あとになってしまいそうで」

「とんでもないです。わざわざありがとうございました」

この先、竹部さんが季衣さんに話をするつもりなのかどうか、わからなかった。仮にしたとして、それを季衣さんがどう受け止めるのかもわからなかった。電話を切りかけた季衣さんを私は呼び止めた。

「あの」

「はい」

「春雄さんと季衣さんのこと、私は、とても素敵なご夫婦だと思っています。それをお伝えしておきたくて」

「いえ」

「ありがとうございます」

「それでは、ごめんください」

「はい。失礼します」

電話を切り、私はスマホをしまった。

他に何ができたでしょう？

覚悟を決めた人の行為の大半はそういったものなのかもしれない。その後にどうなるかなんて、その時点では問題ではないのだろう。

「大丈夫？」

雅弘さんが声をかけてきた。

「大丈夫です」と私は雅弘さんを振り返った。「問題ないです。さ、どうぞ」

私は鍵を開けて、玄関の扉を開いた。私が押さえた扉の前で、雅弘さんが足を止めた。

「今日、泊まってもいいのかな？」

雅弘さんが私のところにくるのは、何かに傷ついたときだ。会社をクビになった。友達にだまされた。恋人に裏切られた。そんなとき、雅弘さんはおそるおそる私に近づいてくる。今回は私が誘ったような面もあるが、これだけあっさりと訪ねてきたからには、また何かに傷ついたのだろう。

「いいですよ。そのつもりでした」と私は微笑んだ。「どうぞ」

私は雅弘さんとともに冷えた暗い部屋の中に入った。

迷い子の足跡

県立高校のブレザーの制服を、彼女は崩すことなくきちんと着ていた。さほど小柄でもないのに華奢《きやしや》な印象を受けるのは、首が細く、手足が長いせいだろう。すっとした鼻筋に薄い唇、切れ長の目。それらが小さな顔にバランスよく配置されている。端整なその顔立ちは、楚々《そそ》とした日本人形を思わせた。

所轄署の少し広めの会議室。彼女は真正面に窓がくる椅子に座っていた。九十度の位置に置いた椅子に座る私の正面には、グレーのスチールキャビネットが並んでいる。空調がうまく効かず、室内は少し肌寒い。

少女が顔を上げ、一呼吸置いてから、右斜め四十五度の私へと視線を向けた。

「これ、録音はしないんですか？」

今回の事件について、今はどう思っているのか。

私がそう尋ねてから、少し時間が経っていた。気詰まりな沈黙を挟んで、並木莉子《なみきりこ》さんがようやく口を開いてくれた。

「録音は、うん、しない」と私は頷いた。「そうだね。そこは説明してなかったね。今回だけでなく、面談を録音することはまずない」

莉子さんを特別扱いしているわけではなく、この面談に録音する価値がないと考えたわけでもない。そう伝えたつもりだった。

「カウンセリングって、そういうものなんですか？」

「カウンセラーによるかな。毎回、必ず録音するっていうカウンセラーもいるよ」

「でも」

私に目を向けることで「あなたは」という言葉を省略し、莉子さんは聞いた。

「しないんですね？」

「うん。そうね。私はしない」

「どうして？」

妙なところにこだわるんだなと少し戸惑いながらも、私は答えた。

「消えてしまうからこそ言える言葉ってあると思うから。この場限りだと思うから言える言葉、誰にも繰り返しては聞いてほしくない言葉っていうのもあると思うし」

「消えるからこそ、言える言葉ですか」

呟いて、莉子さんはそのことについて考えているようだった。

面談において私が待ち受けるのは、意味を載せた言葉ではない。むしろ意味から切り離され、口から発せられることなく胸に留まった感情こそを宿した言葉だ。長らくその人の内側にしまい込まれた感情は、凝縮され、腐り果てていることも少なくない。そんな感情を宿した言葉は往々にして腐臭とともに口から放たれる。それを記録してほしい人などいないだろう。

かえって混乱させそうで、そこまで詳しくは説明しなかった。だから、私の言葉を莉子さんがどう受け取ったのかはわからない。

「でも、忘れないですか？」と莉子さんは聞いた。

「忘れないよ。ちゃんと聞いてる。あとで記録もつける」

「そういうことではなくて……」

莉子さんはその先の言葉を濁した。

「そういうことではなくて？」と私は聞いた。

「いえ」と莉子さんは小さく首を振った。

また沈黙が落ちた。私は無意識に少し前のめりになっていた姿勢をもとに戻した。黙ってまた少女の沈黙を見守る。

うつむいているせいで長い髪が垂れ、右斜めにいる私からは莉子さんの顔の大半が隠れて見える。沈黙が似合う少女だった。饒舌《じょうぜつ》に喋ったり、朗らかに笑い転げたりする彼女の姿を私はうまく想像できない。その静けさの中心にあるのは、穏やかさではなく頑なさだ。学校では友達がいないと聞いたが、それも頷ける。単にそういう年齢だからというだけではない、易々《やすやす》とは人を近づかせない雰囲気が、莉子さんにはあった。同世代の、特に同性の集団からは距離を置かれるだろう。

廊下から咳払《せきばら》いが聞こえた。一度では収まらず、二度、三度と続いた。廊下にいる莉子さんの母親だ。空気が乾いていただけかもしれない。が、私にはその咳払いは違う意味に受け取れた。

先ほどから会話が滞っていますが、面談ははかどっていますか？

内容まで聞き取れる距離ではないが、話しているかどうかだけなら、廊下の少し離れた椅子に座る母親にもわかるだろう。本来ならば、母親には、面談中、存在を感じられる場所にいてほしくない。が、最初は同席を希望したのだ。それが駄目なら、せめて部屋の近く。唯一の保護者としてこれ以上は譲れない。そう頑張られてしまえば、抗《あらが》うのは難しかった。母親は長らく外資系のコンサル会社で働いているという。仕事内容が『M&Aアドバイザリー業務』と聞いて、それ以上詳しく知るのは放棄したが、頭の回転が速く、我を通すのがうまい女性に思えた。下手に説得を試みれば、カウンセリング自体をやめてしまうおそれを感じた。

莉子さんが何かを呟いた。あえて聞き返しはしなかったが、唇は「帰ればいいのに」と動いたように見えた。

「……いいのに」

質問の主軸を今回の事件から親子の関係へ移行しようか。一瞬、そうも考えた。実際、関係者のほとんどは、今回の事件を刑事事件とは捉えていない。これは単なる高校生の問題行動であり、本質的には家庭で話し合うべきもの。それが大方の人の思いのようだ。起こったことを客観的に見てみれば、そう考えても仕方がないところはあった。が、カウンセラーの私までがその立場に立ってしまうと、犯罪被害を申し出ている莉子さんを裏切ることになる。私はやはり、犯罪被害者としての莉子さんに向き合うべきだろう。

また不安と不満を同時に伝えるような咳払いが聞こえた。

今日の莉子さんのカウンセリングのために、母親とは何度か事前に面談を重ねていた。母親は、話しながら自分の思考を整理していくタイプの人らしく、細かな情報まで盛り込みながら、かなり饒舌に今回の事件について話してくれた。おかげで私は、担当刑事よりも詳しく、一連の流れを知ることができた。

莉子さんが、突然、家からいなくなったのは、先月の半ばのことだ。夜の七時に母親が勤めから戻ると、家に莉子さんの姿はなかった。玄関には靴が、覗いた部屋のベッドには制服と鞄があったので、学校から一度、戻ってきていることに間違いはない。近くのコンビニにでも出かけたのだろうと思い、母親は夕食の支度にかかった。が、それから三十分経っても莉子さんは戻らなかった。スマホに電話をかけても留守電が応じるだけ。メッセージを送っても読まれる気配がない。所属するバスケ部で特別な活動があったのか。それとも、友達と一緒にいて帰るタイミングをつかめずにいるのか。誰かに状況だけでも確認したかったが、連絡先を知っている娘の友達など一人もいなかった。夜の九時を回り、心配を募らせた母親は、行先の手がかりを求め、改めて莉子さんの部屋を探る。そこで、大きめのトートバッグとよく着ていた服がいくつかなくなっていることに初めて気づく。母親は慌てて莉子さんのスマホにメッセージを送る。どこにいるのか、すぐ連絡をくれなければ、警察に届ける。同じ内容を留守電にも吹き込んだ。夜の十時になろうとするころ、ようやく莉子さんからメッセージがきた。

『友達と一緒にいる。今日は帰れそうにないけど、心配しないで』

それまで、帰りが遅くなることは滅多になく、ましてやそんな風に外泊したことなど一度もなかった。今、どこにいるのか。友達とは誰なのか。問いただすメッセージを送ったが、返ってきたのは、とにかく大丈夫だから心配しないで、という答えになっていない返事だけだった。不安はあったが、一応の連絡が取れた以上、騒ぎ立てるのはよくないと母親は考えた。父親のところへ行ったのではないか。そのとき母親の頭にはそんな考えがあったという。夫婦が離婚して三年が経っていた。会ってはいなかったが、父親の現在の住所や携帯番号は隠さず娘に伝えてあった。むやみに父親を頼るような娘ではないと思っていたが、母親には話しにくいことを相談しにいった可能性はあった。たとえば、男の子のこと。恋愛について。セックスについて。まさか、妊娠？　様々な想像を巡らせて眠れない夜をすごし、翌朝から母親はまた何度も莉子さんにメッセージを送る。学校には風邪で欠席すると連絡したがそれでいいのか。今日中にはちゃんと帰ってくるのか。が、やはりはぐらかすような返事がたまに返ってくるだけだった。午後も遅い時間になり、しびれを切らした母親は仕事の合間に元の夫に電話をかける。が、元の夫のところに莉子さんはいなかった。元の夫によれば、これまで莉子さんから連絡がきたことは一度もないという。

「そのメッセージ、本当に莉子が送ったものか？　誰かが莉子のふりをして返事をしていたんじゃないのか？」

短いメッセージにだって、文章や言葉の選び方にその人らしさは出る。まさかとは思ったが、それまで考えていなかった可能性を指摘され、胸騒ぎを覚えた。母親は会社を早退し、自宅の地区を管轄する警察署に赴く。が、未成年者とはいえ、分別が期待できる年齢であること。衣服を持ち出しているのだから、数日間の留守は自分の意思だと思えること。メッセージでは連絡が取れていること。それらのせいで警察の反応は鈍かった。

「現状、行方不明者とまでは言えないですね。届は出さずに、様子を見ませんか。こちらからも娘さんのスマホに電話をかけてみますので、お母さんもかけ続けてみてください」

が、その日、何度かけても莉子さんは電話には応じず、警察に相談したというメッセージを送っても返信はこなかった。夜になると、莉子さんのスマホは電源すら切られた状態になってしまった。

翌日、出勤前に母親はまた同じ警察署に出向く。スマホの電源が切られたことは警察も確認していた。前日と同じ警察官が今度は行方不明者届を出すように促し、生活安全課の刑事が担当についた。その刑事に勧められ、母親は、莉子さんの友達の連絡先を学校に問い合わせてみる。前日同様、その日の朝も、娘は風邪で休むと連絡していたが、もう体裁は気にしていられなかった。昼休みの時間を狙って学校に電話をかけ、莉子さんの担任の先生を呼び出してもらった。

「ハヤムラチカゲ、カイナルミ、マキタナナオの連絡先ですか？」

英語を担当している、莉子さんの担任の若い女性教師が、戸惑ったように応じた。

「個人情報になるんでしょうが、実は、娘が一昨日《おととい》の夜から帰らないもので。連絡先を教えるのがまずいのなら、その生徒さんたちに、電話をくれるよう伝えてもらえませんか？」

「個人情報は、まあ、その通りなんですが、そういう名前の生徒は学校にはいませんよ」

「いない？　いないいんですか？」

「お母さん、その名前、漫画のキャラクターです。今、人気の漫画の登場人物ですよ」

女性教師が申し訳なさそうに告げた。愕然《がくぜん》としたが、なぜ娘が嘘の名前を教えたのかを思案している余裕はなかった。

「では、娘と親しいお友達の名前を教えてもらえませんか？」

「莉子さんと親しいというと、どうでしょう。私のほうではちょっと把握できていないいんですが」

担任のくせに生徒同士のおおよその関係性すら知らないのか。一瞬、そう考えて苛立《いらだ》ちを覚えたが、すぐに思い当たった。

「莉子には、友達がいないんですか？」

「いえ、そういうわけではないんですが、特別にこの子というような親しい生徒は、私にはちょっと思い当たらなくて」

「部活のお友達はどうでしょう？　同じクラスじゃなくてもバスケ部で誰か親しい人はご存じではないですか？」

「莉子さん、バスケ部はもうだいぶ前に辞めていると思いますよ」

しばらく言葉が出なかった。ようやく出てきた言葉はため息のようだった。

「莉子は、学校に居場所がなかったんですね」

教師が取《と》り繕《つくろ》うように何かを言っていたが、耳には入らなかった。失踪のことについてもっと情報をほしがる教師との電話を早々に切り、母親は警察署へ出向いて、そのやり取りを担当刑事に伝えた。

「一緒に外泊をするような友達が、学校にはいないということですね。部活を辞めていたというなら、その時間帯にどこで何をしていたか、わかりますか？」

辞めていたことにさえ気づかずにいたのだ。わかるわけがなかった。母親は黙って首を横に振るしかなかった。

「娘さん、ＳＮＳは？」

「わかりません。そういう話はしたことがなくて……」

「まあ、だいたいの親はそんなものです」

慰め顔で言うと、今後はなるべく家を空けないよう刑事は要請した。

「娘さんが帰ってこないとも限らない。忘れ物を取りに戻る、着替えを取りに戻る、そうしておいて、また出ていってしまうケースというのも少なくないんです。会社に行くのは仕方ないですが、家にいる時間をなるべく長くしてください」

その間に警察が何かをしてくれる、という言い方ではなかった。将来、万一、事件になった場合に備えて、落ち度を咎められないよう手を打ち始めた。そう受け取れたと母親は厳しい言葉で私に語った。

翌日も莉子さんとは連絡が取れないままますぎた。そうなると、さすがに警察も少しは動いてくれた。失踪翌日に電源が切られたが、莉子さんのスマホの位置情報が最後に確認できた場所は秋葉原《あきはばら》駅近くだったと知らされた。その辺りには親類も知り合いもいない。刑事からの要請もあり、家を空けたくはなかったが、たとえ無駄でも、その周囲を捜索したい気持ちが募った。母親は再び元の夫に連絡を取り、家で留守番をしてくれないかと頼む。次の日、仕事の都合をつけて、元の夫は家にきてくれた。顔を合わせるのは離婚以来だった。元の夫に留守を任せ、母親は警察から聞いた秋葉原駅付近の一角に足を運ぶ。公園、コンビニ、カフェ、書店、雑貨屋。土日も使い、丸三日間、莉子さんが立ち寄りそうなところを歩き回ったが、何の成果も得られなかった。へとへとになって家に帰った翌日、莉子さんが消えて八日目に、突然、メッセージが届く。

「今から帰る」

両親そろって自宅で待っていると、莉子さんは帰ってきた。今までどこにいたのか。誰といたのか。何をしていたのか。問い詰めた二人に莉子さんは疲れた顔で短く答えた。

「急に家族に戻らないでよ。別れたんでしょ？」

返す言葉を失ったが、そのままやりすごすわけにはいかなかった。二人でなおも代わる代わる問い詰めると、知り合いの男の家に転がり込んでいたと莉子さんは言った。

母親からの報告を受け、未成年者誘拐の疑いで警察が動いた。莉子さんが証言したところによれば、男の名前は赤城恭介《あかぎきょうすけ》。三十代後半に見えたが、正確な年齢は知らないという。

莉子さんは学校と自宅の中間にあるファストフード店でよく時間を潰していた。母親には部活をやっていると嘘をついていたため、どこかで時間を潰す必要があった。母親は勤めに出ていたが、予定外に早く帰宅しないとも限らない。男とはそのファストフード店で何回か顔を合わせ、次第に親しくなった。とはいっても、深い関係ではなく、その店で家や学校の愚痴を言う程度の関係だったそうだ。あるとき、莉子さんが母親について愚痴をこぼし、家を出たいと言うと、男は自分のところにきてもいいと応じた。冗談でしょう、と笑うと、男は自分の住所をメモに書き、鍵と一緒に莉子さんに渡した。

「鍵はあげるよ。その気になったら、いつでもおいで」

それきり、男を店で見かけることはなくなった。使うつもりはなかったが、男がくれた鍵とメモは捨てずに持っていた。あの日、『不意に、どうしようもなく、虚しい気持ちがこみ上げてきた』莉子さんはメモを頼りに、男の家に向かう。秋葉原駅から少し歩いたところにある大通り沿いのマンションだ。もらった鍵で中に入り、部屋で待っていると、男が帰ってきた。事情も聞かず、男は莉子さんを部屋に置いてくれた。食べ物を買ってきてくれて、日用品を買いそろえてくれて、ベッドも貸してくれた。性的な行為はされなかった。男はただ普通に生活をして、自分はさながら男に飼われている猫のようなものだったと莉子さんは言った。警察に相談したという母親からのメッセージを読んで、位置情報を追われるのではないかと考え、スマホの電源は切った。部屋にいた八日のうち三日ほどは、男は夜になっても戻らず、一人ですごした。その間、男がどこで何をしていたのかは知らない。男が何の仕事をしているのかも聞かなかった。

その証言をもとに警察は男を捜し始める。が、捜査はすぐに暗礁《あんしょう》に乗り上げた。

「そもそもあのお嬢ちゃんは最初から協力的ではなかったんです」

県警からカウンセリングの委託を受けてすぐのことだ。私が詳しい話を聞きに行くと、当初からこの件を担当していた生活安全課の若林《わかばやし》さんという刑事は、狭い会議室に私を通した。私とさして変わらない年に見えたが、やけに年寄りじみたため息をつく人だった。

「それでもどうにか証言を引き出して捜査したんですが、男が住んでいるマンションがあるとお嬢ちゃんが証言した場所はテナントビルばかりで、大通り沿いにそれらしき建物はありませんでした。SNSで交流が始まったのなら追いようがあるんですが、街で知り合ったとなるとお嬢ちゃんの証言に頼るしかない。最後にそこで会ったのはひと月も前だということで、二人が知り合ったハンバーガー屋にも映像記録は残っていませんでした」

若林さんはかなり投げやりな口調でそう言い、ほう、とため息をついた。

「そうですか。あのお嬢ちゃんが犯罪被害者ですか」

呆れた口調で若林さんは言った。小さく鼻を鳴らしさえした。

「俺はそうは思わんですがね」

「それは、どういう……」

「ああ、この先はオフレコで？」

「これまでもオフレコです」

「ああ、そうなの？」と若林さんは笑い、言った。「当面は捜査中の事案としてお茶を濁すか、それとも、お嬢ちゃんを問い詰めて本当のことを聞き出すか、どちらが手っ取り早いのか、今、課内で検討しているところです」

「本当のこと？」

「小綺麗なまま帰ってきたっていうから、野宿をしていたわけじゃない。どこかには泊まってたんでしょう。最後にスマホの信号があった辺りのネットカフェをしらみ潰しに当たれば、泊めたっていう店が出てくると思いますよ。年齢確認がいい加減な店なんて、いくらでもありますし」

「つまり、赤城恭介なんていう男はいなかったということですか？」

「いたらとっくに見つけてますよ。現にお嬢ちゃんが言うようなマンションはありませんでした」

「どこか場所を勘違いしているだけかもしれません」

「誰かに連れていかれたわけじゃない。メモを頼りに、自分で行った場所ですよ？　勘違いしますか？」

「大きな街ですから。慣れていなければ、そういうことだってあるでしょう」

「メモの住所をまったく覚えてないっていうことも？」

「ええ。あるでしょう、それは」

そんなことありますかねえ、と呟いて、刑事はまたため息をついた。

「まあ、そうだとしたって、お嬢ちゃんの話はあちこちが不自然なんですよ。で、その不自然さを突き詰めていくと、つまり証拠を提示する必要がない話ばかりしているってことに尽きるわけです。たとえば、男とは街のハンバーガー屋で知り合ったと。ねえ、そんなところで、見知らぬ二人が知り合いますか？　そりゃ、まあ、知り合うことだってあるんでしょうが、今時、赤の他人同士がコンタクトする場所はＳＮＳでしょうよ。でも、ＳＮＳだってなると、証拠が残る。それに、男が住所を紙で渡したっていうのも不自然でしょう？　住所を教えるなら、目の前にいる相手にだってスマホでメッセージを送るでしょうよ。それを手書きのメモって何ですか。それだって、もう持ってない、中身は忘れたって言えば通るからでしょう？　そもそも八日間も男の部屋ですごして、電話番号もＬＩＮＥも知らないなんてありえますか？　男が留守にしていた時間が多かったならなおのこと、連絡先は必要でしょう」

「でも、どうして莉子さんがそんな嘘を？」

「気まぐれに家を出た。しばらくして帰るつもりだったが、親が警察に届けてしまった。引っ込みがつかなくなって、いもしない男をでっち上げた。そんなところでしょう。本当は、本人を問い詰めて白黒つけるべきなんでしょうが、今日日《きょうび》、未成年者相手に滅多な取り調べはできません。そうでなくたって、うるさそうなお母さんですしね。ということで、今、課内では、当面、捜査中とする方向に傾いていています。だから、まあ、被害者として扱わなけりゃいけないんでしょうがね。だからといって、カウンセリングとは、いや、まあ、何というか、どうもご苦労様です」

半ばは嘲《あざけ》るように、半ばは本気で同情するように、若林さんは私に言った。

莉子さんの沈黙は続いていた。いつもならその沈黙を遮《さえぎ》るようなことはしない。深く沈み、そこから言葉をすくい上げるにはそれなりに時間がかかるものだ。私としてはいくらでも付き合う気はあるのだが、莉子さんの母親がそうさせてくれるとは思えなかった。当初に約束した一時間をすぎれば、面談に割り込んでくるおそれがある。

莉子さんを見た。その沈黙にどこから触れるべきか。少し迷い、私は口を開いた。

「お父さんとは？」

莉子さんが驚いたように私を見た。

「父？　父が、何ですか？」

「帰ったとき、お父さんとは何か話をした？」

「何でそんなことを聞くんです？」

家を出た莉子さんがよく知らない三十代後半の男のもとに向かったというなら、その男に父性を見出《みいだ》していた可能性、もしくは見出そうとしていた可能性はある。

「私は、お母さんからは話を聞いたけれど、お父さんとは話していないから。お父さんと莉子さんとの間に、何かやり取りがあったのかしらと思って」

「別に何もないです」

「帰ってきたときに、家にいたんでしょ？　会うの、久しぶりだったって聞いたけど」

「それは久しぶりでしたけど、でも、高二の女子って、普通、父親と話すものですか？」

反論ではなく、素朴な疑問のようだった。

「どうかな。キャラクターによるのかも」

私を見ることで、また「あなたは」を省略し、莉子さんは聞いた。

「どうでした？　高二のとき、父親と話しました？」

事件が起きたのが、高二のときだった。その偶然が私を口ごもらせた。

「私？　私は……」

クライエントに自分のことをぺらぺらと語るべきではない。が、言い淀んだことで、先をはぐらかせなくなってしまった。私は苦笑して、正面のスチールキャビネットに視線を逸らした。

「私は父とは話さなかった。でも、私は父と、ああ、つまり、特別に関係が悪かったから。参考にならないと思う」

「特別に関係が悪かった」

「ええ」

「どうしてそうなったんです？」

キャビネットの上段にはファイルが整然と並んでいた。いったい何が記され、いつ綴《と》じられたのか。それが最後に閲覧されたのはいつのことだったのか。

「たぶん、一生かけても、この人とはわかりあえないだろうって、そう思うようなことがあったの。ちょうど高校二年のときに」

「今でも、関係、悪いですか？」

「ええ、そうね。今でも悪い」

「小さいころから、そうでしたか？」

「どうだったかな。小さなころは覚えてないよ」

「覚えてないんですか？　思い出さないんじゃなくて？」

「思い出さない？」

キャビネットから少女に視線を戻した。少女の視線が私を包み込み、私という容れ物の中身を窺《うかが》い見ようとしていた。かつて感じたことのない感覚だった。まるでカウンセラーとクライエントの立場がくるりと入れ替わったような、年齢にすれば半分くらいの少女に胸の内を見透かされているような、そんな気分になった。

「思い出さないって？」と私は聞き返した。

「ああ、いえ。何でしょう。何でもないです。特に意味はないです」

私から視線を外し、莉子さんが押し黙った。デスクの表面を見つめる視線からは、私を畏縮《いしゅく》させた賢《さか》しさが消え、高校生の少女のものに戻っていた。これまでとは性質の違う沈黙が落ちていた。言うか、言わないでおくか。出かかった言葉が、莉子さんの中で揺れているのを感じた。私は何もせず、莉子さんが決めるのを待った。

「離婚の話は聞いてますか？」

やがて莉子さんが口を開いた。

「離婚の話って？」

「あの夫婦がなぜ離婚したのか」

あの夫婦。当てつけるようなその子どもっぽさが、それまでの莉子さんらしくなかった。

「いいえ。聞いてない」と私は言った。「お父さんとお母さんは、何で離婚したの？」

「父が逮捕されたからです。会社のお金を横領して」

不意をつかれ、適切な返答が浮かばなかった。そう、と頷くにとどめた。

「一年ぐらいの間に、何度も何度も会社のお金を盗んでいたんです。経理をしていたんで、そういうこと、できたらしいです」

学校に電話したときの様子を母親から聞いたとき、幾分かの不自然さは感じていた。友達がいないとわかっている割に、学校における教師の対応が冷淡すぎないか。そのことに対して、母親は簡単に納得しすぎているのではないか。けれど、父親が犯罪で逮捕されていたというのなら、話はわかる。学校にとって莉子さんは触りづらい生徒だったし、母親もそれをわかっていたのだ。思い返せば、母親は元の夫のことを語るとき、言葉が多い割に要領を得ないような、いつも奥歯にものが挟まったような言い方をしていた。

「ご両親の離婚は三年前って聞いたけど」

「そのときに事件が発覚して、父が逮捕されたんです」

「三年前だと、中学二年のとき？」

「はい。中学を受験して、私立の学校に通っていたんです。事件のせいで学校を辞めて、地元の公立中に転校して、散々でした。大きな事件じゃなかったけど報道はされたし、そうなると、近所の人は気づきますから」

「私立の学校は続けられなかったの？」

「お金、なくなったんで」

父親が捕まっても、あの母親ならば、それなりの稼ぎがあっただろう。私立とはいえ、授業料を捻出《ねんしゅつ》することはできたのではないか。咄嗟にそう考えていた。が、もちろん違う。「なかった」ではなく「なくなった」と莉子さんは言ったのだ。

「被害弁済？」と私は聞いた。

業務上横領罪ならば、被害弁済がなされているかいないかで裁判での情状がずいぶん違ってくる。

莉子さんは頷いた。

「父が横領したのは、全部で二千万近くだったそうです。貯金は全部なくなって、お母さんが借金しました。それでも足りなかったみたいだけど、私たちにだって生活があるし」

加害者は逮捕され、のうのうと拘置所《こうちしょ》なり刑務所なりにいる。そこへ逃げられない家族だけが追い詰められていく。

「それはそうよ」と私は頷いた。「お父さんが盗んだお金だもの。お父さんが返せばいい。家族だからって、戻せる限りを戻したら、本来、それ以上をする義務はなかった」

「戻せる限りを戻したら?」と莉子さんは呟いて、ああ、と首を振った。「戻すも何も、父が盗んだお金は私たちのところにはほとんどきてないです」

「ああ、そうだったのね。ギャンブル?」

「女性です。恋人っていうか、キャバクラとか、そっちの、そういう人みたいです。現金と、ものすごいプレゼントをいっぱいしてたらしいです。一番高かったのが、三百万以上する腕時計だったって聞きました」

「そう」と私は頷いた。

家族からすれば、かなり迷惑なケースだ。犯罪で得た金銭が家族とは関係ないところで消費されていても、よほど大きな事件でない限り、そこまで報道されることはない。それどころか、少しでも家計に入っていれば、『生活費や遊興費《ゆうきょうひ》にあてられた』といった表現で報じられてしまう。報道に触れた人は、犯人の家族は盗んだ金で贅沢を楽しんでいたと受け取るだろう。私立の中学など、とてもじゃないが通い続けられない。仮に経済的に可能だとしても、世間がそれを許さない。学校だって、当然のように退学を求めたのだろう。信頼していた友人も、先生も、黙って背を向ける。自分が消えても、誰も気にしない。自分など最初からいなかったかのように、自分抜きの学校生活が当たり前に続いていく。父親が犯した罪は違うが、かつて私が見た光景を莉子さんも見せられたということだ。

「相手の女性は捕まった？　何かの罪にちゃんと問われたの？」

莉子さんは首を振った。

「父が一人でやったことで、共犯ではないそうです。そんなお金だとは知らなかったって言って、返済だってしてないはずです。普通の会社員が、一年ちょっとの間に二千万近くを貢いでも、そんなお金だとは知らなかったって、そういう言い分、通るんですね」

横領された金だとその女性が明確に認識していたことまで立証するのは、難しかったのだろう。

「せめて不自然だって気づいた時点で止めてくれれば、お父さんの罪だって軽くなったでしょうに」

思わず口にした私をまるでたしなめるかのように莉子さんは言った。

「誰だって、そんなことしないですよ。変なお金かもって気づいても、確かめたりしたら、もうお金も高いプレゼントもくれなくなっちゃうわけだから。放っておいて、当たり前だと思います。そんな人に貢いでいた父が馬鹿なだけです」

それはもちろん、その通りだ。

「実刑？」

「はい。二年でした」

今は出所して一年ほどということか。

「そんなお父さんと、確かに話なんかできないね」

そう呟いた私を莉子さんが見た。問い返すような視線だった。聞こえなかったのかと思って言い直そうとしたとき、莉子さんが私に頷き返した。

「そうですね」

ようやく何かを話し合えそうな雰囲気が出てきたのだが、そこで時間切れだった。ドアがノックされた。

「そろそろ時間ですが、いかがですか？」

母親の声がした。母親の莉子さんへの接し方も、そう思ってみれば確かに独特だった。細かなところまで先回りして気遣っているが、過保護というのとは違うように思える。父親のそんな事情があったせいだろう。

「来週、同じ時間にこられる？」と聞いてから、気がついた。「あ、学校があるよね」

「いいえ。今、学校には行ってないんで」

「行ってないの？」

「行くと、扱いに困りそうですから」

「扱い？」

「私の扱いに」

父親の逮捕後に引越をしなかったのは、何か理由があったのか。地元の中学から地元の高校に進んだのなら、先生たちはもちろん、生徒たちも事情を知っているのだろう。その上に今回のような件があると、学校としては確かに扱いに困りそうだ。けれど……。

「それも含めて、学校の仕事。そこにいる大人にちゃんと仕事をさせてやりなさい」

思わず言い方が強くなった。莉子さんが少し目を細め、微笑んだ。

「でも、今はちょっと。いろいろ面倒なのが嫌なんで」

自分で引き起こしてしまったこととはいえ、ずっと会っていなかった父親に、警察に、カウンセラー。馴染《なじ》みのないものがどっと押し寄せて、莉子さんを取り囲んでいる。今後、学校とどう付き合うのか。どんな生徒になるのか。そんなことまで考える余裕がなくて当たり前だ。自分の問題をより分けて、一つ一つに丁寧に向き合えるようになるまで、放っておくというのも悪いことではない。

「あの、入っても？」

ドアから母親の声が聞こえた。

「そうだね。無理に通う必要はないものね。そんな話も来週、しましょう」

私は莉子さんに言い、ドアに向けて「どうぞ」と声をかけた。


自宅に戻ると、雅弘さんが床のカーペットに体を押しつけるようにして眠っていた。私は足下のほうから長い体を見下ろした。その姿は戦い疲れた兵士のようでもあり、不要になって捨て置かれたマネキンのようでもあった。

脱いだコートをハンガーにかけていると、雅弘さんが目を覚ました。

「ああ、お帰り」

もぞもぞと上半身を起こし、首を伸ばすように伸びをする。

「夕飯は？　どうしました？」

「君のお勧めの、ラーメン屋さんに」

「勧めたつもりはなかったです」と私は笑った。「女一人でも入りやすいと言っただけで」

「うん。でも、そういうの、大事だから」

店主が無愛想な人だったり、逆に懐に入ってこようとする人だったりすると、雅弘さんは食事どころではなくなってしまう。

「待っててくれれば、私、作りますよ」

「いや、それじゃ、あんまり悪い」

「遠慮しなくていいんですよ」

雅弘さんがうちに転がり込んできて、そろそろ十日になるが、似たようなやり取りはすでに何度となく繰り返されている。

「今日はどんな一日でした？」

台所に立ち、手を洗いながら私は聞いた。雅弘さんがきてから、夕飯は必ず家で作ることにしている。一緒に食べましょう、どうせ、ほら、自分の分は作るんですから。そう伝えているつもりだったが、雅弘さんが乗ってくることは滅多にない。なるべく頼ってほしいと思う私と、なるべく頼りたくないと思う雅弘さんとの奇妙な綱引きが続いていた。

「今日は、面接に行った。仕事の。でも、駄目だったみたい」

スマホを手にして示したのは、面接してくれた会社からの連絡を待っていた、という意味だろう。

「そうですか。残念でしたね。そういうのって縁ですからね」

半年ぶりに私を訪ねてきたとき、雅弘さんは勤めている建設会社を辞めかけていた。会社や仕事に問題があったわけではなく、職場の人間関係に耐えられなくなっていたようだ。会社を辞めると住むところがなくなるから、我慢できるぎりぎりまで働こうと思う。そう言った雅弘さんに、私はこの部屋にくるよう誘った。そのときは、迷惑をかけたくないと断った雅弘さんだったが、ひと月ほど後には紙袋を三つ提げて、私の部屋にやってきた。会社の上役とついに喧嘩になったという。聞いた限りでは、口喧嘩とも言えないような、ごく軽い言い合いに思えたが、雅弘さんにとっては職場にもう一度行くことが耐えがたくなるくらいの出来事だったようだ。

「焦らずに、納得できる仕事を選んでください」

スマホを手にして落ち込む雅弘さんに私は微笑みかけた。

雅弘さんが食べないのなら、簡単にパスタで済ませよう。そう思い、冷蔵庫からマッシュルームとベーコンを出した。

「でも、いつまでも迷惑をかけるのは、よくないし」

目を向けた先にいる雅弘さんは、否定の言葉を求めている。

「迷惑なんてことはないです」と私はその通りの言葉を差し出した。「留守番をしてもらって、宅配の受け取りとかもしてくれて、私だって助かってます。だから、無理に寮付きの仕事を探さなくてもいいです。新しい部屋を借りるお金が貯まるまで、ここから通えばいいんですから」

鍋にいっぱいの水を入れ、コンロにかけた。

「でも、みっともない」

「みっともないなんてこと、ないですよ」と振り向きながら、私は言った。「先が見通せない、こんな時代です。予想外のことで困るなんて、誰にだってありえます」

ベーコンを切り、マッシュルームを切っていると、背後で雅弘さんが立ち上がる気配がした。マッシュルームを切り終え、流しの下からフライパンを出し、油を引く。コンロの火をつけようとしたところで、後ろから雅弘さんに抱きしめられた。

笑ってその腕をやんわりと外し、コンロの火をつける。そうしたかった。が、そんなことをしたら、雅弘さんはとても傷つく。雅弘さんが誰かを抱きしめるのは、誰かに抱きしめてほしいときだ。だから雅弘さんは、誰でもいいから抱きしめる。抱きしめる誰かが見つからないと、私のところにやってくる。今年の春先もそうだった。その前にきたときから二年以上あいていたので、もうこないのだろうと思っていた。その間に私は仲上と知り合い、付き合いを始めた。が、雅弘さんはやってきた。だから私は仲上と別れた。そのときは雅弘さんは一週間ほどでいなくなった。

雅弘さんの腕の中で私は振り返り、体を寄せた。苦しいほどに雅弘さんの腕に力がこもる。私は雅弘さんの腰に腕を回し、ぎゅっと体を密着させた。思い出すまいとしても、どうしても仲上と比べてしまう。同じ抱きしめ合うという行為でも、相手が違えばこうも違うものか。

この関係はよくない。それは十分にわかっている。けれど、この関係を終わらせる権利は私にはない。終わるのは、雅弘さんがこの関係を捨てたときだ。先のないこの関係がいつ終わるのか、私には見通せない。

でも、本当にそうだろうか？

雅弘さんと抱き合ったまま、私は考える。

この関係は本当に悪いものだろうか。ぬくもりを持ち寄り、優しく互いを温め合う関係の尊さは私にもわかる。だけど、私も、雅弘さんも、そんなに柔らかく温かな人間ではない。固く冷たい二人でも、擦り続けていればいつか火を灯《とも》せる。そんな願いの中で抱きしめ合う体があってもいいのではないか。雅弘さんを温めたいと思う、その気持ちに嘘はないのだから。

「今」と私を抱きしめたまま、雅弘さんが聞いた。「何を考えていた？」

「何も」と言って、私は回した腕にいっそう力を込める。「何も考えてないです」

「嘘」

「あ、わかりましたか？　実はちょっとだけ」

「何？」

「お腹、すいたなって」

くふふと穏やかに笑って、雅弘さんは体を離した。

「やっぱり俺も少しもらう。いいかな？」

「いいですよ。一緒に食べましょう」

私も穏やかに笑い返し、せめて温かいものを食べてもらおうとコンロに火をつけた。

翌週、私は同じ所轄署の会議室で莉子さんを待った。約束通りの時間にドアがノックされ、私が応じると、グレーのコートを腕にかけた母親が入ってきた。立ち上がり、背後を見やったが、莉子さんの姿はない。

「莉子と話し合いまして、これ以上のカウンセリングはいらないのではないかと」

ドアのところに立ったまま、母親は言った。先週の最後のやり取りから考えるなら、莉子さんはカウンセリングを続けるつもりだったはずだ。おそらく母親がそちらへ誘導してしまったのだろう。

「莉子さんは納得しているんですか？」

「ええ。自分もそう思っていたと。もともと警察で勧められたから、試しに受けてみたというくらいの気持ちだったようで」

未成年者をカウンセリングする際には、保護者へのフォローも大切な仕事だ。わかっていたのに、おろそかになっていた。母親に対してもっと注意深くあるべきだったと悔やんだ。たぶん母親も莉子さんの言い分を信じていない。莉子さんに部屋を提供した男など存在しないと思っている。今回の件はただの気まぐれな家出で、だから、これ以上、被害者支援を受けることに抵抗を感じている。それは大人として、社会人として、まっとうな判断ではあるのだろう。が、他の子にはない事情を抱えた莉子さんが、自分の意思で家出したのは事実だ。こんなときには、ひとまずまっとうさは棚上げして、親として、娘に何をしてやれるのかを考えるべきだ。必要なら、警察もカウンセラーも利用すればいい。

「取りあえず、おかけになりませんか？」

もう帰ろうとしているかのような様子の母親に、私は莉子さんのために用意した椅子を示した。わずかに躊躇《ちゅうちょ》したが、母親はやってきて、その椅子に腰を下ろした。隙のない、きつい女性に見えていたが、先週の莉子さんの話を聞いたせいか、今は臆病に身構えている女性に見える。正面から見ていたときは、しっかり施されたメイクが印象的だったが、こうして斜めから見れば、ところどころにある白髪のほうに目が行った。

「学校のほうはどうです？」と自分も椅子に座り直して、私は聞いた。「通ってないと聞きましたが、戻れそうですか？」

「ええ、まあ、時期がくれば」

今のところ、戻れる見込みはないということだろう。

私は頷いた。

「転校は考えられませんか？　莉子さんにはまず気兼ねなく生活できる環境が必要かと思います」

母親はじっと私を見た。

「それは、父親の件が知られていないような環境ということですか？」

「ええ。そうですね。たとえばそういうことです」

触れたくはないが、今は触れなくてはいけないとき。そう思いを定めたようだ。母親は体の正面を私に向けた。

「元の夫が逮捕されたとき、莉子と二人で決めたんです。絶対に負けないと」

「絶対に負けない」とオウム返しに言って、私は聞いた。「何に、でしょうか？」

「何にということではないです。ただ、負けないと決めたんです。絶対に負けないで暮らしていこうと」

負けない暮らしとはどういうものか。

私は頷くことで先を促した。

「被害を受けた会社にはできるだけの弁償をする。これは家族として当然です。けれど、自分たちの生活を惨めなものにはしない。だって、私たちは悪くないんですから。家を売っても、ほとんどは残ったローン返済に回るだけで、たいしたお金はできない。そんなことをして手狭なアパートで暮らすなんて、ただの自己満足。だから、ローンは私が払い続けて、家は維持する。当然、引越はしない。私立学校の授業料が負担になるので、莉子は公立に転校する。私は会社で何と言われようと、キャリアを下げるような転職はしない。離婚はするけれど、二人とも姓は変えない」

事件後も、できる限りそれまで通りに近い形で生活するということだろう。生活を効率から考えたとき、環境を一新するよりは、もとの環境で暮らしたほうがいい。それはその通りだ。が、そこには別の負担がかかる。

「結果として、莉子さんには難しい環境だったとは思いませんか？」

「それは承知しています。けれど、余計な費用をかけて楽な環境に逃げるより、そのお金を将来に使ったほうがいいというのが私たちの考えです。莉子は大学まで進ませます。そのためにもお金は必要です」

その選択を間違いだとは到底言えない。むしろ、あのとき、この芯の強さが私の母にあってくれたらとさえ思う。けれど、大人と同じだけの強さを当時中学生の、今だってまだ高校生の娘に求めるのはさすがに酷だ。

それをどう伝えるべきか思案したが、私が答えを出す前に母親のほうが折れていた。

「けれど、おっしゃる通り、莉子には難しすぎる環境だったのかもしれません。学校であんなことになっているなんて思っていませんでした。これからは、もう少し落ち着く環境を与えられるように努力しようと、元の夫とも話し合っているところです」

「莉子さんの父親とですか？」と私は聞いた。

「ええ。定期的に三人で会う時間を作ろうと」

「ちょっと待ってください。三年前、父親が逮捕されて、莉子さんの生活環境は一変しました。周囲が自分を見る目も変わった。莉子さんはまだその変化を整理できていません。そんなさなかに、混乱の原因となった父親を近づけるのはどうかと思います。もっと慎重に考えるべきかと」

「父親とは関わるなということですか？」

「今の生活はお母様と莉子さん、二人のものです。まずはその生活を落ち着かせることが先決です。今回の件を理由に、三人の関係性を変えるというのはよくないと思います」

母親はしばらく考え込んだ。やがて推し量るように私を見て、聞いた。

「高階さんは莉子の話をどう考えていますか？」

「どう、というと？」

「本当だと思っていますか？」

「もちろんです」と私は頷いた。

「ああ」と母親は頷き、苦い笑みを浮かべた。「それはそうですよね。そうとしか答えようのない質問でした」

「いえ、決して建前を言っているつもりは……」

「わかってます、わかってます」

何度か頷くことで母親は私の言葉を遮った。

「莉子がいなくなったとき、父親のところに行ったと思ったという話は」

「ええ、うかがいました。そのために警察に相談するのが遅くなったとおっしゃってましたね」

「結果的には間違いだったんですが、私がそう思ったのには理由があったんです」

「理由？」

「遅くなっても莉子が戻らず、心配になって、行先の手がかりがないかと莉子の部屋を探したときです。バッグと服がなくなっていると気づく前に、勉強机の上に小箱と腕時計があるのが目に留まりました。バンドがなくなって、時計の機械の部分だけになったものです。手にしてみると、子ども用のおもちゃみたいな時計でした。どこかで見た覚えがあると思って、思い出したんです。莉子がまだ小さなころに、元の夫が買ってきたものです。道端の露店みたいな店で売っているのを通りすがりに目に留めて、莉子に似合いそうだと思ったら、どうしてもほしくなって買ってしまったと。三千円って聞いて呆れました。数百円のものにしか見えないのに。莉子が小学校二年生か三年生のときの話です」

「父親との思い出の品ということですか？」

「バンドがなくなって機械の部分だけになったのを、小箱に入れて、どこかにしまっておいたんでしょう。それが、あの日、たまたま出てきた。だから私は、莉子はその時計を見て、父親に会いたくなったのかもしれないと誤解したんです」

「ええ」

「誤解ではありましたが、家出とまったく無関係だとは思えないんです。莉子は学校に居場所がなかった。私も忙しかったし、悩みを話せるような友達もいなかった。言いようのない虚しい気持ちを抱えて、家を出た。でも、それだけなんだろうかと」

「というと？」

「莉子が帰ってきたとき、ふっと思ったんです。莉子が家に帰ってくる。私と元の夫とが家でそれを迎える。三年前までは普通にあった光景です。ひょっとしたら莉子は、これを望んでいたんじゃないかと」

「つまり、昔のような家庭を、ということですか？」と問い返し、母親の目がそれ以上を言いたがっていることに気がついた。「ああ。莉子さんの家出はそのためだったということですか。父親を家に呼び戻すために、莉子さんは家出をしたと？」

「自分がいなくなれば、私が元の夫に相談すると思ったんでしょう。帰るという連絡があったときも、そのとき家に父親がいるとわかったから、帰ってもいいという気になったんじゃないでしょうか。前と同じような、三人での関係を莉子は求めている。だったら、三人での時間をもっと作るべきだと考えています。高階さんはどう思われますか？」

それは他人だからだと思います。

夫婦はもともとが他人だから、そこにある絆《きずな》をたわむれにたぐり寄せる気になる。嫌になったら、いつでも捨てることができるから。子どもは違う。その人の子どもであることから逃れられない。だからこそ、慎重に距離を置き、自分を保とうとしている。そんな気軽に、しかも勝手に、距離を縮めるべきではない。

そうほとんど口に出しかけた。けれど、それはもちろん、莉子さんの思いではない。確かに、母親が言うように、莉子さんがそのために家出したという可能性もある。

「わかりません」と私は言った。

「わからない？」と母親が問い返した。

「あ、いえ。一度の面談では、なかなか難しいです」と私は言い繕った。「莉子さんが父親とどんな距離を望んでいるのかは、もう少し慎重に考えたほうがいいとは思います。莉子さんの父親とではなく、莉子さん自身ともっとじっくり話し合ってください」

それは穏当な、もっともらしい意見に聞こえたようだ。

「ああ、莉子自身と。それもそうですね」

気が変わって、カウンセリングを受けたくなったら、いつでも連絡をしてほしい。それだけは念入りに伝えて、会議室から母親を送り出した。窓から外を眺めたが、道の向かいに、面白みのない建物がつまらなそうな顔で並んでいるのが見えるだけだった。クライエントに必要とされない以上、カウンセラーは働きようがない。これまでの経緯を記した報告書を県警に提出すれば、それで私の仕事は終わりになる。

「相談員さん」という声が背後に聞こえていた。が、自分に関わりのあることだとは思わず、気にせずに歩き続けた。午後二時を回った所轄署の一階フロアは、免許更新やら車庫証明やら道路使用許可申請やら様々な手続きをする人で賑《にぎ》わっている。莉子さんの面談の報告書は県警の警務課長に宛てて提出するが、会議室を提供してくれた所轄署の警務課長にも口頭で報告しておこうと、私はエレベーターに向かって歩いているところだった。

「相談員さん」

もう一度上がった声に振り返ったのは、その声が聞き覚えのあるものだと気づいたからだ。案の定、振り返った先で、若林さんが私に向かって手を上げていた。

どうも、と頭を下げ、そちらに歩き出してから、私はぎくりとして足を止めた。若林さんは気づかずに近づいてきた。

「ごめんなさい。名前が出てこなくて」

「高階です。高階唯子です」

「ああ、そうでした」

若林さんは申し訳なさそうな顔で頷くと、背後にいる男を私に示した。

「こちらは……」

「県警の仲上さんですね。お久しぶりです」

他人行儀に頭を下げながら、私は言った。同じ仕草で仲上も一礼を返す。

「あ、ご存じでしたか」

若林さんが背後の仲上と私を見比べるようにして言った。

「前に何度か」と平静を装って頷き、私は二人に向けて尋ねた。「何かありましたか？」

若林さんが表情を引き締め、声を落とした。

「例のお嬢ちゃんの件です」

「莉子さんの？」

「被疑者の身柄が確保されました」

「赤城恭介ですか？」

「スズハラケンタロウです」と若林さんの背後に控えていた仲上が口を挟んだ。「二十九歳。無職。住所は不詳です」

名前も年齢も莉子さんの証言とは違う。

「え？　どういうことですか？」

こっちへ、というように、若林さんが頭を振って、私たちは人の邪魔にならない壁際に寄った。目顔で若林さんが仲上に説明を譲る。仲上は私の目を見ず、首の高さに視線を据えて話し出した。

「先週、新宿区の交番に一人の女の子がやってきました。家に帰るお金がないから貸してほしいと。話を聞いてみると、彼女はまだ中学生で、四日前に家出してきて、よく知らない男の部屋ですごしていたといいます。警官が事情を聞きにそのマンションの部屋を訪ねると、ちょうど男が部屋から出てきました。男が警官を突き飛ばして逃げ出し、ちょっとした捕り物になったそうです。取りあえず、公務執行妨害で引っ張った男がスズハラケンタロウ。家出した中学生の自宅がこちらだったので、うちに照会がありました」

「そのスズハラケンタロウというのは、何なんです？」

「スズハラは都内にいくつか部屋を数通りの偽名で借りていました。どれもが違法に民泊に使われていた部屋です。スズハラはそれらの部屋を長期契約で借り、部屋の鍵をコピーして、街で知り合った女の子たちに渡していたようです。家を出たかったら、この部屋を使っていいと」

「それは……何なんですか？」

「女の子たちに頼られるのが心地よかったようです。一泊たかだか数千円の部屋を提供してあげるだけで、女の子たちが喜ぶ。『神待ち』なんて言葉があったでしょう？　スズハラは神になるのが気持ちよかったそうです。女の子たちは喜び、感謝し」

仲上は暗い表情で言った。

「その感謝を態度で示してくれる」

「それは……」

「ええ。そういうことです。お金のない女の子が男に差し出せるものなんて他にない」

「莉子さんは、そういうことはなかったと」

「求めないんですよ、スズハラは。自分からは求めないし、ましてや強要もしない。ただ待つんです。待って、少女たちが自分から落ちてくる、その瞬間が快感だったようです。自分はこの子たちを助けている。こんなにも感謝されている。それがうれしかったと」

吐き気がするような話だった。

そんなものは感謝でもなんでもない。現状から逃げ出したいと願う様々な事情を抱えた少女たちがいる。その少女たちに近づき、ひとまずの避難所を与えてやる。そこは避難所なんかじゃない。少女たちもそれはわかっている。わかっていても、その心地よさに惹《ひ》かれてしまう。少女たちは、その一時の心地よさに代償が必要なことを知っている。心は揺れるだろう。この場を放棄して去るか、もう一時だけこの場に居続けるために何かを差し出すか。揺れる気持ちが差し出すほうに振れたとき、少女たちの心は救われたのではない。壊れたのだ。男は少女たちの心が壊れる様を舌なめずりをしながら眺めていた。

「その男が確かに莉子さんのいう赤城恭介なんですか？」

声に憤りが滲《にじ》むのはどうしようもなかった。

「わからないが、こんな手口で女の子を誘っている男が二人も三人もいるとは思いたくないですね。スズハラはいくつもの偽名を使い分けていた」

「被害者はどのくらい？」

「まだ全貌はわからない。とにかく証拠を残さない男なんです。最初のうちは、おとなしく自供していたが、落ち着いてくると供述を渋り出した。今、本庁との共同捜査で全貌をつかもうとしているところです。スズハラのほうから追える金の流れをたどったり、違法民泊の業者を小突き回したりして、これまでスズハラが借りた部屋を十六室、見つけました。現在も借りているのはそのうち三つ。女の子が出ていくたびに部屋を借り換えていたから、少なくとも十三人は部屋に呼び込まれたことになります」

「それだけの部屋を借りて、そんなお金、いったい何をしている男なの？」

「派遣で仕事を転々としていたのが、去年、宝くじで大金を当てた。ずっと女性に相手にされずに生きてきてひねくれた自意識が、大金を得て、こんな事件を起こしたようです。借りている部屋の鍵をコピーして持ち歩き、少女に声をかける。真面目そうな、何かに悩んでいそうな少女を探して、毎日、毎日、歩き回る。言葉を交わせる少女ができると、打ち解けられるまで何度も会い、頃合いを見て、家出をそそのかし、鍵を渡す。借りた部屋を回って、女の子が釣れたかどうかを確認する。釣れていればその子の相手をして、釣れていなければ違う少女を探してまた歩き回る」

　その生産性のない毎日を回し続ける、ただれたエネルギーにぞっとした。

「被害者は？　どのくらい確認できたの？」

「今、見つかっている被害者は七人。そのうち五人は性的な被害を受けていた」

　若林さんが疑《うたぐ》るように私たちを見た。それで普段の話し方になってしまっていたことに気づいた。

「男はいたわけですね」

そちらに話を向けさせないように私は厳しい表情を作って若林さんに言った。

「あ、ああ。ええ。そういうことですね。証拠が示せないから、証拠を示さなくていい作り話をお嬢ちゃんが考えた。そう思い込んでいました。同じ理屈で、証拠が残らないよう、慎重にお嬢ちゃんに接触した男がいた。そう考えるべきでした」

「ああ、なるほど」と私は頷いた。「そういうことだったんですね」

「相手の端末や通信記録に証拠が残るデジタルでのやり取りをスズハラは一切していなかったそうです。位置情報を追われないようにスマホの電源を落とすように指示したのもスズハラですし、女の子たちが聞いても、決して自分の連絡先を教えなかったそうです」

同意を求めるような若林さんの目線を受けて、仲上が頷いた。

「警官が訪ねていったとき、スズハラは部屋から女の子がいなくなったのを確認したところだった。その場で捕まえなかったら、その部屋は放棄して、二度と近づかなかっただろうし、そうなったらいつ逮捕できていたか、わかったもんじゃない。臆病で、頭の回る、卑怯《ひきょう》な男だよ」

「ちょっと失礼します。すぐ戻ります」と言って、若林さんが男のほうへ歩いていった。

通りかかった年配の男が若林さんを呼び、手招きした。雰囲気からして刑事だろう。

その背を見送り、仲上がようやく私の目を見た。

「莉子さんのカウンセリングは？」

「昨日、向こうから打ち切られた」

「莉子さんが性的被害を受けてなかったのは確かか？」

「そう思うけど、どうして？」

「今、証言記録を読ませてもらったんだが、莉子さんの証言はやっぱりおかしい。スズハラは確かに秋葉原駅近くにも部屋を借りていた。莉子さんが家に戻った直後にその部屋は解約されている。その部屋が莉子さんに提供された部屋で間違いないだろう。が、その場所は莉子さんの証言した場所じゃない」

「全然違う場所なの？」

「いや。近い。近いんだが、大通りには面してない。もっと奥まった位置にある。部屋の窓から見ると、すぐ下に川が流れているそうだ。八日間もそこにいたなら、大通り沿いと間違えるとは思えない。見える景色も、聞こえる音もまったく違うだろう。すぐ目の前の川に言及しないのも不自然だ」

「莉子さんは、意識的に嘘をついたっていうこと？」

「証言した年齢もだいぶ違う。高校生から見れば、二十代後半も三十代後半も同じ『おじさん』のくくりだと言えば、それはその通りだろうが、十も間違えたとなると、勘違いではなく嘘じゃないかと疑いたくなる。それに名前の件もある」

「名前って？」

「スズハラケンタロウは、物件を借りたときに使った偽名を、その物件に呼び込んだ女の子に対しても使っていた。秋葉原の物件を借りた際に使った名前はタカギヨウスケ」

「タカギヨウスケ」と私は口の中で転がして、仲上を見た。

「ああ。警察で男の名前を聞かれて、莉子さんはその場で嘘の名前を考えたんだろう。だから似た名前になってしまった」

「なぜそんなことを？」

「スズハラケンタロウ、莉子さんにとってのタカギヨウスケをかばったんじゃないか？　一緒にいるうちに恋愛感情かそれに近いものを抱くようになった。よく聞く、ストックホルム症候群ってやつはどうだ？　考えられないか？」

誘拐や監禁の被害者が、本来、恐怖や嫌悪を抱くべき加害者に対して、逆にポジティブな感情、連帯感や好意などを抱く現象をそう呼ぶ。症候群とはいうものの、一般的にはＰＴＳＤの一種と考えられている。正確には、被害者の側に生存を脅かされている感覚があることや逃げることが不可能であると被害者が感じていたことなどがその要件になるので、莉子さんのケースには当てはまらない。ただ、もちろん、そんなものは用語の問題であり、部屋を提供され、ある程度の時間をともにすごした莉子さんが、『タカギヨウスケ』に好意的な感情を抱いて、かばうために嘘をついたということは十分にありうる。そして、もしそうならば、莉子さんにはできるだけ早くにカウンセリングが必要だ。

「これから話を聞きに行くの？」

「ああ。若林さんからお母さんに連絡をしてもらった。これから自宅に向かう」

「私も行くわけにはいかない？」

「これは捜査だ。被害者支援と一緒にするわけにはいかない」

「ああ、そうよね」

今からでも県警に行き、被害者支援室の杉山瑛華と連携して、捜査状況を教えてもらいながら、もう一度、莉子さんにアプローチしてみるべきだ。

仲上が私の背後に視線を向けた。若林さんはまだ年配の男と話し込んでいた。何か事件に関係することかもしれない。二人の表情は険しかった。

「そっちの事情も考えずに、悪かった」

不意に仲上が言い、私は視線を向けた。仲上はこちらを見ずに続けた。

「ああいう言い方しか思いつかなかった。まさか、もう一度、お友達からお願いしますって右手を差し出すわけにもいかない」

電話での唐突なプロポーズの話だとわかった。仲上がそうしているところを思わず想像してしまい、笑いがこみ上げてきた。

笑ってやがるよ、とふて腐れた顔を私に向けて、仲上も笑った。

「誰かがいるんだな？」

また若林さんのほうへ視線を戻し、仲上が笑みを消した。

「ええ。そう。うん。誰かがいるんです」

頷いて、そのまま私は自分の足下を見た。

「春先に俺がふられたのも、そいつのせいか？」

「そうだね。うん。そいつのせい。今、一緒に暮らしてる」

「いい男か？」

「そうでもない。けど、私をとても必要としてくれている」

仲上の視線を感じた。

「そう。わかった。あんたの顔を見て、それを確認できたら諦めるつもりだったよ」

私は頭を下げた。

「ごめんなさい。でも……」

でも、あの電話はうれしかったよ。

頭を上げてそう言おうとしたが、同時に発せられた仲上の「でも」のほうが強かった。

「でも、やめた」

何を言ったのかがわからず、私は仲上の顔を覗き込んだ。

「今のあんたはいい顔をしてない。俺といたときのほうが、ずっといい顔をしてた」

「それは……」

「相手がいないなら勝ち目はないが、相手がいるなら勝ち目もあるだろ」

「いや、そういうことでは……」

言いかけたのだが、仲上はもう歩き出していた。そちらを見ると、若林さんも歩き出していた。

若林さんは私に軽く会釈をすると、近づいてきた仲上に何かを話し始めた。二人は肩を並べて出口へと歩いていってしまった。


再び莉子さんと会えたのは、それから一週間ほどあとのことだった。莉子さんに部屋を提供した鈴原健太郎《すずはらけんたろう》の捜査はまだ続いていた。他人事《ひとごと》ならば興味深い事件なのだろう。メディアが連日、大きく報じ、事件は世間の注目を集めていた。が、莉子さんのケースは捜査対象から外れていた。莉子さんの母親が鈴原健太郎を告訴しなかったためだ。

自ら部屋に赴き、そこで暴力的な被害も、性的な被害も受けていない莉子さんの場合、鈴原健太郎が問われる罪状は未成年者誘拐罪になる。その重罪そうな響きからすると意外にも思えるが、未成年者誘拐罪は親告罪だ。莉子さん自身、または保護者である莉子さんの母親の告訴がなければ検察も起訴できない。そして、莉子さんの母親は告訴しないという選択をした。その気持ちは理解できた。父親の犯罪で傷ついた莉子さんが、今度は被害者として傷つけられることを恐れたのだろう。他に多くの被害者がいたこともあり、警察からも強く告訴は求められなかったようだ。私自身、県警から委託され、莉子さんとは違う被害女子のカウンセリングに当たっていた。

「その後、学校には行ってるの？」

隣を歩く莉子さんに私は聞いた。

冬休み直前とあって、キャンパスにはいつもより多くの学生が見受けられた。私たちは冬の日差しの中を学内のカフェテリアに向かってぶらぶらと歩いていた。

昨日、電話してきてくれた莉子さんを、私は大学にこないかと誘った。研究室にやってきた莉子さんに、その仕事ぶりを存分にたたえながら安曇教授を紹介し、十二分にふくふくとした顔にさせたあとで研究室を出た。

「いいえ」と莉子さんは首を振った。「そういう気持ちに、まだなれなくて」

予想できた答えだった。平日にもかかわらず、昨日、電話をもらったのも昼時だった。

「あと一年で受験でしょ？　うちなんてどう？」

将来のイメージを具体的に作れれば、先に進む気になるのではないか。私が莉子さんを大学に誘ったのは、そんな理由からだ。

「実は志望校に入っているんです。誘ってもらったとき、ラッキーって思いました。一度、見にきたかったから」

「じゃ、もう少しキャンパス、見て回ろうよ」

「ああ、いえ。今はお腹のほうが」

「そう？　そうだね。じゃ、そのあとで」

私は笑って、カフェテリアに莉子さんを案内した。私はパスタセットを、莉子さんはハンバーガーセットをトレイに載せて、騒がしい学生たちを避け、隅の席に向かう。私の向かいに座り、何気なく横を見た莉子さんが、ポテトをつまみながら、ふっと笑った。

「何？」

「ああ、いえ。何でもないです」

そちらを見たが、男子学生が一人でスマホを見ながらカレーを食べているだけだ。他に目に留まるようなものはない。

「誰かに似てたとか？」

「いえ、似てたとかではなくて、あんな風だったんだろうなって。タカギさん、じゃないんですね。鈴原さんなんですよね。鈴原健太郎」

「鈴原が、あんな風って？」

「暗かったそうです。大学ではいつも一人ぼっち。行きも帰りも、授業中も、お昼のときでも。そう言ってました」

「そんなやり取りがあったの？」

「私が大学受験で悩んでるって言ったら、そんな話をしてくれました。友達ができなくて、どんどん病んでいって、途中で辞めたそうです。大学受験なんて、悩むほどのことじゃない。片っ端から受けて、受かったところに行けばいいんだって言ってました」

　私は報道で見た鈴原の顔を思い浮かべた。一見、短髪で清潔感のある今時の若者に見えたが、カメラの砲列《ほうれつ》を見返すその目の奥はどんよりと淀んでいた。どれだけの時間をかけて、何を溜め込んだのか。想像を巡らせるだけで憂鬱になる目だった。一度、瞬きすることで思い浮かべた鈴原の顔を消し、私は莉子さんに聞いた。

「悩んでたの？」

「え？」

「莉子さん。大学受験で」

「ああ、それは嘘です」

「嘘？」

「父親が逮捕された話なんて、よく知らない人にしませんよ。そんな話を受け止めきれる人にも見えなかったし。でも、家出少女には、家出する理由がいりますから。だから、大学受験に悩んでいるってことにしました」

「そう」と戸惑いながら私は頷いた。

　私の理解が追いついていないことを察したのか、莉子さんが補足した。

「タカギさん、あ、鈴原さんは助けたい人ですから。助けられる理由を私が与えてあげないと、部屋にいられないでしょう？」

「ああ、なるほど」

莉子さんがここまで冷静に鈴原を分析していたとは意外だった。鈴原の手には余っただろう。どんなに待っていたって、落ちてくるわけがない。

「もう莉子さんの件が刑事事件になることはないだろうから聞いちゃうけど」と私は言った。「鈴原健太郎、莉子さんにとってのタカギヨウスケをかばったのは、なぜ？　何で警察に嘘の場所と名前と年齢を教えたの？」

莉子さんが視線を逸らし、ハンバーガーにかぶりついた。もぐもぐとやってから、莉子さんはぼそりと答えた。

「恩義ですかね」

「恩義？」

「いろんなことを一人になって考えたかった私に、寝る場所と食べ物を提供してくれた、その恩義です」

「その裏にあったのは、真っ黒い下心よ。そんなものに恩義を感じる必要はない」

「でも、私によくしてくれたのは事実ですから」

「他の子が何人も犠牲になってる。私も今、一人、カウンセリングをしているけど、その子も莉子さんと同じ。鈴原を悪く言わない。私を助けてくれたって」

「ああ、その子はたぶん」と莉子さんは少し考え、小さく首を振った。「たぶん、あまり考えない子なんだと思います」

「考えない？」

「見知らぬ男が、女の子に優しくする理由なんて、わかりきってるじゃないですか。タカギさんは、鈴原健太郎という人は、どう考えても悪い人間です」

きっぱりと言う莉子さんに混乱した。

「鈴原が悪い人間だとわかっているなら、何でかばったの？」

「かばったつもりはないんです。いつかこの人は捕まるだろうし、そうなるべきだとも思っていました」

「でも、捜査に協力はしなかったでしょ？　むしろ邪魔をした」

「邪魔はしてません。私の証言のために、警察が無駄な捜査をしたなら、邪魔したことになるんでしょうけど、警察はほとんど無視しましたよね、私の証言」

私が口を開くより前に莉子さんが言った。

「それはいいんです。そうしてほしかったんですから」

わざと嘘と疑われるような証言をしたということか。

「タカギ、ああ、だから、鈴原は犯罪者です。捕まるべきです。ただ、私にとっては、居場所と食べ物を与えてくれた、いい人です。私が告発するのは、違うと思いました」

わかるような気もするが、やはり筋が通っていない気もする。

「鈴原が捕まるのが遅れれば遅れるだけ、犠牲者が増える。そうは考えなかった？」

「そうですね。私のあとに被害に遭った子がいたなら、その子には悪いことをしたのかもしれません。それでも、その子が私を責めたり、ましてやその子以外の人が私を責めたりするのなら、それは違うって反論します。その子が被害に遭ったのは、その子の考えが足りなかったからです。誰かを責めたいなら、悪いのはあの男、鈴原です。私には責められる理由はない。私の前にいたタカギさんは、本当に、ただのいい人だったんです」

「たぶん、この件で莉子さんを責める人は誰もいないと思う。それでも私はその考え方はおかしいと思う」

やはり莉子さんには早急にカウンセリングが必要だ。そう思った。

莉子さんがハンバーガーをトレイに戻し、両手の指先についたバンズのゴマを払うような仕草をした。

「じゃ、この考え方もおかしいですか？」

莉子さんが挑むように顔を上げた。

「仕事から疲れて帰る道すがら、ふと目に留まった腕時計が娘に似合うって思って、不相応な値段を払って、うれしそうに帰ってきた父親は、その後、どんな馬鹿なことをしたとしても、そのときの娘にとってはいい父親だった。そう考えるのはおかしいですか？」

切りつけるような鋭い視線だった。いつもと違って正面に座っていた私はその視線を受け止めるしかなかった。

「それは、話が違うと思うよ」

「違わないです。人は変わります。誰かの前で見せる顔と、私の前で見せる顔は変わります。今、見せる顔と、明日見せる顔だって変わります。だったら、今、私に見せている顔を見るしかないじゃないですか」

「人はもっとトータルに評価されるべき存在だと思うな。一時だけなら、誰だっていい人になれる」

「だったら、その一時、その人はいい人だったんです。間違いなく」

「それで他のことは許されるの？」

「だから、許してなんてないです。鈴原が死刑って決まっても、私は反対しません。ただ、私はそれに乗っかって鈴原を責めたくないんです。それはきっと正しいことじゃない」

徐々にこみ上げてきた興奮を静めるように、莉子さんは言葉を切った。

カレーを食べていた男子学生のもとに別の学生がやってきた。男子学生が席を立ち、彼らは連立ってカフェテリアを出ていった。午後の授業が始まるのだろう。気づくと周囲に人が少なくなっていた。

莉子さんはトレイに置いたハンバーガーを一度は手にしたが、口に運ぶ前にまたトレイに戻した。その手元を見つめるようにうなだれたまま、莉子さんは言った。

「そうです。私はそうするべきだったんです。父に対して、私は正しくなかった」

「お父さんに対して？」

「父は馬鹿です。いろんな人に迷惑をかけました。責められて当然です。裁かれるのも当然です。でも、だからといって私が責めるのは違ったんです」

事件当時、あるいはその後、莉子さんが父親に何を言い、何をしたのかは知らない。が、思春期の少女にしてみれば、耐えがたいほど不潔な理由で犯罪に走った父親だ。そのせいで自分の生活も壊された。使いうるあらゆる手段で非難し、傷つけようとしただろう。

「間違っていたと思うなら、お父さんにそう言ってあげたら？」

「違うんですよ。もう違う」

「違う?」

「私、忘れてました。小学校三年生のとき、初めて買ってもらった腕時計のこと。あの日、たまたまあの小箱を開けるときまで、すっかり忘れていました。父は悪い人だった。情けない人だった。恥ずかしい人だった。そう思い続けたせいです。いいお父さんだった父のこと、塗り潰してしまいました」

「でも、思い出した」

「いいえ。その腕時計がどんなにお気に入りだったか。買ってもらったことがどんなにうれしかったか。それはもう覚えていません。そうだったという記憶があるだけです。そんな記憶だけでは」

首を振り、先は言葉にならなかった。たぶん、「もう違う」ということなのだろう。

心理学的にいうなら、莉子さんの感じ方は正しい。記憶は記録装置とは違う。そこにあるものを、そのまま保存し、そのまま呼び出す作業ではない。記憶は保存される際にも、呼び出す際にも、再構成されるものだ。しかもその作業は内からも外からもゆがめられることが往々にしてある。その分野で著名なアメリカの心理学者は、記憶とはウィキペディアのようなものだと述べている。自分が書き換えることもできれば、他人によって書き換えられることもある、と。そして書き換えられたあとでは、それのみが真実になってしまう。

そのとき、そこにいたはずのいい父親の記憶を、莉子さんは書き換えてしまった。自分の思い込みもあっただろうし、母親からの押しつけもあっただろうし、世間からの圧力もあっただろう。失われたいい父親の記憶を取り戻すことは、二度とない。記憶とは、そういうものだ。

「もし、本当にそれを悔やんでいるなら」と私は言った。「今、莉子さんが持っているお父さんの記憶を、もう一度、書き換えればいい」

「え？」

「お父さんは死んだわけじゃないんだから。過去のものでもないけれど、今のものでもない、新しい『本当のお父さん』をもう一度作ることはできる」

莉子さんがその提案を吟味《ぎんみ》するような表情になった。勇んで飛びつくようなものでもなく、むげに振り払うようなものでもなかったのだろう。でも、今、莉子さんに示せる可能性は、それしかない。

私はまたパスタを食べ始めた。

「私は父を許せるでしょうか」

トレイの上のハンバーガーに問いかけるように莉子さんが言った。

「もう父を傷つけたくないんです」

「大丈夫よ」と私は言った。「絶対、大丈夫」

「絶対って」と莉子さんは言って、小さく笑った。「すごく無責任に聞こえますけど」

「わかってるけど、そうとしか言い様がないんだもの」

許す、許さないという話なら、莉子さんはもう父親を許している。上手に許すことまでを高校生の娘に求めるのは贅沢というものだ。そこは大人がどうにかすればいい。

「お母さんと話してみて。きっとうまくお父さんとの時間を作ってくれると思う」

もうしばらく考え込んだあとで、莉子さんもハンバーガーをまた食べ始めた。

そのまま互いに無言で食事を終えると、莉子さんは私に微笑みかけた。

「今日はこれで帰ります。キャンパスはまた今度案内してください」

吹っ切れたわけではないだろう。けれど、ただ同じ場所にいても仕方がない。そういう気分にはなってくれたようだ。

「わかった。また今度、ゆっくり」

カフェテリアを出て、大学の正門まで莉子さんを送った。

「高階さんは？」

正門の前にくると、莉子さんが言った。

「関係の悪いお父さんとの関係、作り直す気はないんですか？」

確かに私も莉子さんと同じだ。小さなころに保存したはずの父の記憶は真っ黒に塗り潰されている。けれど、それをしたのは私ではない。父だ。

「無理」と私は言った。

「きっぱりですね」

笑おうとして失敗したような表情で、莉子さんが言った。

「でも変わるかもしれないですよね。お父さんが生きているのなら。お父さんとの関係」

そういう未来もありえるのだろうか。そういうことを望む私もありえるのだろうか。

「わからないな」と私は正直に言った。

その可能性を感じたわけではない。考えたことさえなく、だから、ただ本当にわからなかった。

「いつか変わるといいですね」

たとえば私が父を許したら、何かがよくなるのだろうか。でも、何が？

「気をつけて帰ってね。お母さんと、ちゃんと話すんだよ」と私は話を打ち切った。

莉子さんの後ろ姿を見送り、研究室に戻ろうと歩き出した。おそらく、待ち構えている安曇教授から、莉子さんが言った『素敵ですね』は研究に対する姿勢のことか、外見のことか、どちらだと思うか、しつこく聞かれることになるだろう。

さて、どちらと答えてやろうかと歩いていたときだ。スマホに着信があった。相手は仲上だった。

「今、大丈夫か？」

「大丈夫よ」と応じながら、私は近くにあったベンチに腰を下ろした。「何かあった？」

「今朝、たまたま本庁の刑事に聞いた話だ。知らせておいたほうがいいと思ってな。鈴原健太郎に妙な別件容疑が出てきた」

「別件容疑？　何？」

「強盗だ。先月二十三日、未明に港区の路上で二十七歳の女性が襲われる事件があった。女性は殴られ、そのときはめていた高級腕時計を盗まれた」

何の話かわからず、私は「うん」と先を促した。

「被害者の名前はシミズジュリ。職業は接客業。池袋のキャバクラで働いている。事件の数日前に初めて店にやってきて、いきなり彼女を指名して、やけにしつこく個人的な話を聞き出そうとした客がいた。強盗犯はヘルメットをしていて顔はよく見えなかったらしいが、その客だったんじゃないかと彼女は証言している。彼女に協力してもらって作ったその客の似顔絵が鈴原に似ているそうだ。この件に関して、鈴原は完全に黙秘している」

「否認ではなく、黙秘なのね？」

「ああ。男が店を訪れたのが、先月の十九日。シミズジュリが襲われたのが二十三日。もしその客が鈴原で、襲ったのも鈴原だとするなら、鈴原は莉子さんがやってきて三日目に店を訪れ、それから四日後にシミズジュリを襲い、その翌日に莉子さんは家に戻っていることになる」

「ん？　何？　莉子さんがその件に関係しているって話？」

「してないと考えるほうが不自然だろう」

その男が鈴原健太郎なら、莉子さんが鈴原と接している間に事件が起こっていることになる。無関係とは思えない。

「でも、いったいどんな関係が……」

「シミズジュリは店のトップのキャストとして長らく君臨している。入れあげている客も多い。三年前、彼女に入れあげて、犯罪に手を染めた男がいた。店では有名な話らしい」

「まさか……」

「ああ。並木莉子の父親、並木聡《さとし》が会社の金を横領して、貢いだ相手がシミズジュリだ」

莉子さんが鈴原に話し、それを聞いた鈴原が女を襲った。そういうことか。

「この件、莉子さんは巻き込まれるの？」

「近いうちに本庁から話を聞きに誰かが行くだろう」

「ただ昔の事情を鈴原に話したっていうだけでも何かの罪になる？」

「話しただけならならない。莉子さんが主導して鈴原にやらせたというなら違うがな」

「さすがにそんなことは……」

「ない、か？」

問われて、答えに窮した。

莉子さんはタカギヨウスケ、つまりは鈴原健太郎という男を見切っていた。自分の望むほうへ誘導できなかったとは言い切れない。現に、今し方、莉子さんは私に言った。鈴原に父親の事件のことは話していないと。女を襲った犯人が鈴原なら、それはありえない。莉子さんは何で私に嘘をついたのか。

知り合って言葉を交わすうちに鈴原という男を見切った莉子さんは、誘いに乗って鈴原の胸元に飛び込み、自分の事情を話す。か弱く傷ついた小鳥の声で。それを聞いた鈴原は動き出す。女に接近し、女の現状を探る。鈴原の報告を聞いた莉子さんは、自分の望みを話す。こうしてほしい、ではなく、こうなったらいいな、と。少女に感謝されることがすべてだった鈴原は、莉子さんに感謝されるために、その望みをかなえようと行動する。

「刑事にどう話すか、相談しておいたほうがいいかもしれないぞ」

「刑事がそんなこと言っていいの？」

「話してくれた本庁の刑事の個人的な見解によれば、シミズジュリっていうのは驚くほど嫌な女だそうだ。怪我だって、たいしたことはないと」

それもおよそ刑事が吐く言葉とは思えない。よほど印象が悪かったのだろう。

「たぶん、大丈夫。莉子さんはうまく話すと思う」

『そういう言い分、通るんですね』

鈴原のやったことなどあずかり知らぬと莉子さんは言い張るだろう。

「そのときに奪われた腕時計がどこからも見つかってない。もしそれが莉子さんの周囲から出てくるようなことがあれば、どんな言い訳も通じなくなる」

「それも大丈夫だと思う」

鈴原のもとへ向かったとき、莉子さんの胸にあったのはやるせなさだったのだと思う。自分が昔の父親の記憶をなくしていたことに気づいた。それと同時に、決して残してほしくない父親の記憶が、ある女の中に残っている可能性にも気づいた。莉子さんはそれを確認するために鈴原を使った。鈴原は店で女に事件のことを聞いたはずだ。女は鈴原にその腕時計のことを話してしまった。ただ自慢しただけか。それをくれた男を笑ったか。莉子さんが鈴原から何を聞いたのかはわからない。が、その腕時計が女の腕にある限り、女の記憶には、これをあなたのためにとひざまずいて差し出した父親の姿が残り続ける。莉子さんが許せなかったのは、たぶんそれだ。

莉子さんが鈴原とすごしたマンションの前には川が流れていたという。鈴原から受け取った腕時計を川に向けて放り、鈴原に別れを告げ、家路につく莉子さんを思い浮かべた。もちろん、ただの想像だ。何の証拠もない。

「まあ、どちらにしろ鈴原次第だな」と仲上が言った。

「そうね」と私は頷いた。

黙秘し続けたところで、鈴原が罪を免れるのは困難だろう。罪が明らかにされたとき、鈴原は莉子さんについてどう語るか。それは、鈴原にとって莉子さんがどう記憶されたかによってくる。ただ話を聞いて義憤を感じて一人で襲った。もしくは、莉子さんが犯行に関与していた。鈴原は、真実としてどちらを選び取り、記憶しているだろう。

仲上との電話を切り、私は研究室に向かって歩き出した。この先がどんな展開になるにせよ、やはり莉子さんにはカウンセリングが必要だ。が、私がまた担当するのはよくないだろう。瑛華に新しいカウンセラーを探してもらわなければいけない。いや、犯罪被害者ではなくなった以上、県警は動いてくれないか。だったら不登校を理由に、県の教育相談センターを窓口に使えないだろうか。コネが豊富な教授に頼めば何とかなるかもしれない。

そんなことを考えながら、私は研究室のドアに手をかけた。ふくふくとほころんだ顔が私を迎えるだろう。

それはもちろん、外見のことでしょう。

教授にはそう答えてあげるつもりだった。

ほとりを離れる

七年前のことなのに、いざ思い起こしてみると、そこまで遠い記憶には感じなかった。向居優斗《むかいゆうと》くんは、当時、十四歳。その年齢相応に繊細そうな男の子で、その年齢特有の傾向として自分の繊細さを恥じていた。同じデスクにつき、右斜めから見守る私の前で、優斗くんはまったく傷ついていないかのように振る舞った。

「自分で選んだ男だから、しょうがねえよ」

そのひと月前、優斗くんの四つ年上のお姉さんが、交際していた男に殴られ、死亡していた。男の暴力は以前からあったらしい。家族は別れるように言葉を尽くしていたが、お姉さんは聞き入れず、最悪の結果を招いてしまった。

「あんな男と付き合ってたのが馬鹿だったんだよ」

優斗くんはシニカルな笑みを浮かべながら、亡くなったお姉さんを嘲った。

その男と交際していたからといって、お姉さんが悪いわけではない。男は裁かれるべき犯罪者だ。しょうがないことなんてない。

面談を重ね、私は根気強くそう説き続けた。時間はかかったが、優斗くんは姉の喪失に正面から向き合うようになってくれた。

「その後、会ってはいないんですね？」

刑事の声で我に返った。若い。まだ二十代だろう。神経質そうな細い目をしていた。最初に名乗ってくれたのだがうまく聞き取れず、そのまま会話が進んでしまっていた。

「会う？」とその若い刑事に聞き返し、私は首を振った。「ああ、いえ、会ってないです。カウンセリングを終えて、それきりです」

「この七年、一度も会ってないですか？」

「正確には六年と少しです。七年前に出会って、十カ月ほどカウンセリングを続けて、終えてからは、ええ、一度も会ってないです」

「それ、長くないですか？」

それまで控えていた年かさの刑事が口を開いた。こちらは名刺をくれていた。布《ふ》川《かわ》肇《はじめ》さん。階級は警部補。口元に常に笑みを浮かべている人で、それがかえって彼の表情を読み取りにくいものにしていた。

「長いというと？」と私は聞き返した。

「十カ月。普通、そんなにかかるものですか？　それとも向居は特別だったということでしょうか？　精神的に、何というか、難しい部分があったということですか？」

「カウンセリングにおいて、普通という基準はあまり意味をなしません。同じ状況におかれても、感じ方は人それぞれです。傷つき方も、損なわれ方も、人それぞれです。回復への道のりも、人それぞれです」

「それは、まあ、そうなんでしょうが」

「それを前提としてお話しするとしても、姉を不条理に奪われた十四歳の男の子に、十カ月間のカウンセリングというのは、特別、長い期間だとは思いません。むしろ」

……むしろ彼は御しやすいクライエントでした。

自然と頭に浮かんだ言い回しに、私自身が戸惑った。

「むしろ？」

「むしろ、ああ、面談はスムーズに進んだと記憶しています」

「そうですか」

布川さんが頷いた。自分が質問していいのか、若い刑事がうかがうような間が生まれた。その隙に私は口を開いた。

「被害者は意識不明の重体だとおっしゃいましたが、命は助かるんですか？」

被害者は山瀬拓哉《やませたくや》。優斗くんのお姉さんを死に追いやった、かつての交際相手だ。七年前の事件当時は十九歳。未成年者だったが、結果の重大性のために家庭裁判所から逆送され、成人と同様に刑事裁判を受けた。傷害致死罪で懲役六年以上九年以下の不定期刑。先日、出所したばかりだったという。

「ええ。意識障害が残っているらしく、まだ聴取はできていませんが、命は助かるようです。今日、集中治療室から一般病棟に移ったと聞いています」

「そうですか」と私は頷き、確認した。「向居優斗くんがその事件の犯人であることは、間違いないんですか？」

「そこはまだ捜査中で」と若い刑事がいなそうとしたが、布川さんは頷いた。

「ええ。間違いないですね」

いさめるような若い刑事の視線を無視して、布川さんは続けた。

「事件が起こったのは夕方でした。ただ事じゃない音がしたため、アパートの隣人が山瀬の部屋のドアを開けたんです。部屋には血まみれになった山瀬と犯人がいました。隣人がドアを開けても、犯人はすでに動かなくなっている山瀬を殴り続けたそうです。隣人が大声で周囲に助けを求めると、ようやく犯人は立ち去ります。隣人に向居の顔写真を見せたところ、この人に間違いないと証言しました。付近の防犯カメラでも向居を確認できましたし、現場からは指紋も毛髪も採れてます。逮捕状ももうじき出るでしょう。今の問題は向居の身柄をどうやって確保するかです。高階先生は、向居の居場所はご存じでは……」

「ないです」

「そうですか。向居は高階先生の連絡先を知っていますか？」

「個人的なものは知らないはずですが、ここのことは知っています。大学の研究室の名前が入った名刺を、あの当時、本人にも、ご両親にも渡しましたから」と私は言った。「ただ、もうずいぶん前のことです。私のところに連絡がくることはないと思います」

「姉の事件以降、向居に親しくしていた人はいないようです。恋人はおろか、友人と呼べるような人も見つかりません。向居を調べた私からすれば、向居が最後に心を開いたのは高階先生かもしれないと感じています」

息が詰まるような感覚に襲われた。あの日から優斗くんは誰にも心を開かずに生きてきたというのか。

「ご両親は？」と私は聞いた。

母親は優斗くんに面差しが似た優しげな線の細い人で、父親は真面目そうで無口な人だったと記憶している。

「山瀬に対する判決が確定したあと、離婚しています。母親が家を出てしまったようです。向居は父親と暮らしていましたが、非常に冷え切った親子関係だったようです」

「そうでしたか」と私は頷いた。

「万一のこととは思いますが、向居から連絡がきたら、そちらにすぐ電話してください」

布川さんが顎で示すようにして、私はテーブルに置いた布川さんの名刺に目を落とした。二人が立ち上がり、私も腰を上げた。

「高階先生がカウンセリングをしていたころから、すでに向居は姉の復讐をする腹を固めていた。そういう可能性はありますか？」

脱いで膝の上に抱えていたコートを着込みながら、布川さんが聞いた。それについてはさっきから私も考えていた。

優斗くんがカウンセリングを受けている間も、山瀬を被告人とする裁判は続いていた。優斗くん自身は裁判には参加せず、傍聴にも行かなかったはずだが、公判の情報は耳に入っていただろう。事件の詳細や山瀬の主張を知るにつれ、山瀬に対する怒りを募らせた優斗くんは、あるとき復讐を決意した。そうしたことで、姉の喪失から立ち直った。私はそれに気づかず、いい気になって、カウンセリングを終わらせてしまったのではなかったか。

「なぜそう考えるんです？」と私は聞いた。

「向居は凶器を使うことなく、素手で山瀬を執拗《しつよう》に殴りつけています。まるで姉にやられたことをやり返すかのように。向居はこの七年の間にいくつかの格闘技をかなり本格的に習っているんです。それはこの日のためだったのではないかと思いまして」

そこまで計画的な犯行だったと判断されると、科される罰は重いものになるだろう。

「わかりません。まさかそんなに前から決めていたとは信じられない気はしますが」

「可能性は、ある？」

「可能性なら、それは何とでも」

「そうですか。お忙しいところ、ありがとうございました」

軽く頭を下げると、二人は研究室を出ていった。ドアが閉まるのを待って、私は椅子に座り直した。名刺入れに刑事の名刺をしまう。体の中心から滲み出てきたような疲れを感じ、ぐたりとテーブルに突っ伏した。

ドアが開く音がした。

「おやおや」という声に私はのろのろと顔を上げた。「大丈夫ですか？」

安曇教授は応接用のテーブルにだらしなく崩れている私に声をかけ、奥にある自分の席に向かった。刑事たちが研究室を訪ねてきて、教授は席を外してくれていた。

「ああ、ええ。大丈夫です」

「少し話しましょうか」

言われた意味がわからずに見返すと、教授は自分の席から私の席を示していた。

「ああ、はい。そうですね。お願いします」

スーパービジョンをするのだろうと思い当たった。私は壁際の応接用テーブルを離れ、いつもの自分の席についた。

カウンセラーが自らの指導者にコーチングを受けることをスーパービジョンという。面談技術の向上や、カウンセラー自身が無自覚な問題点のあぶり出し、もしくは個別ケースにおける具体的なアドバイスなどを目的として行われる。

教授はいつも私をクライエントと見立ててスーパービジョンを行う。私が自分の席につくと、正面にはパソコンの画面が、右手には教授の席がきて、疑似的だが九十度の関係ができあがる。

「過去のクライエントのことですね？」

一呼吸置いて、教授が静かに切り出した。普段とは声のトーンまで違って聞こえる。私は視線を正面に向けて、気持ちを整えた。

「そうです。かなり前に担当した男の子です。七年前にお姉さんを殺した犯人が最近、出所してきて、それを襲ったそうです」

「ずいぶん動揺しているようですが」

「動揺。ええ、そうですね。動揺というか、七年前の事例なので、当時、自分がきちんとカウンセリングをできていたのか、自信がないんです。今でも未熟ですが、当時はカウンセラーとして、ほんの駆け出しでしたから」

「自信がない」と教授は繰り返し、尋ねた。「自信に満ちてカウンセリングを終えたことなど、私はありませんよ？」

「それは、ええ、私も同じです。けれど」

こみ上げてきた苦いものを咄嗟に呑み込もうとした。

「けれど？」

まるで背中をさするように、教授の柔らかな声がそれを吐き出すよう勧めてきた。

「けれど……本当は、うまくやったと思っていたんです。今日、この日まで。私はカウンセリングで、一人の少年を助けた。少なくとも最悪の状況からはすくい上げたつもりでいました。それなのに、こんな結果が出てしまった。やはり当時のカウンセリングに問題があったのだと思います」

「それはどんな問題だったと思いますか？」

「いえ。どんなというのはわかりませんが」

逃げを打ったが、柔らかな声が私を追いかけてくる。

「では、一緒に考えていきましょう。今後のカウンセリングに生かせるように」

「ええ、はい。そうですね」

「当時の自分の未熟さとは、今、考えると、具体的にどのようなものだと思いますか？」

唇を結んで私はしばらく考えた。

「寄り添おうとするあまりに、クライエントの姿を客観的に見ることができなかったのではないかと」

「なるほど」と頷いたが、この程度で許してくれる教授ではない。柔らかな声が絡みついてくる。

「寄り添おうとするあまりに、客観視ができなくなった」

「ええ」

「では、その代わりに高階さんは何をしたのでしょう？」

「代わりに？　代わりに、私は何かをしたのでしょうか？」

「当然にするべきことをしなかった以上、何か他のことをしてるはずです。そのときの高階さんは、クライエントに対してカウンセラーである前に、別の何かだった。何だったのでしょう？」

またしばらく考えた。思い起こす記憶の中から、なるべく主観に装飾されていない自分の言動を探そうと試みる。

「私はクライエントに対して、理解者であろうと努めました。傾聴者というよりは、もっと強く、何ていうか、働きかけていたと思います」

「働きかけた。何をです？」

「つまり、お姉さんの喪失から目を逸らさないように」

「お姉さんが死んだという事実を受け止めてもらおうと思ったのですね？　それは、グリーフケアとして、間違っていないと思いますが？」

グリーフケアとは、親しい人を失って悲嘆に暮れる人の立ち直りを援助することだ。

「それは、ええ。そうかもしれません」

「モーニングワークを見守っていたということではないのですか？」

大切な人を喪失したときに起こる心理の変遷にはパターンがある。喪失にショックを受ける麻痺《まひ》状態から、喪失の否認へ。やがて喪失による絶望に陥り、いずれは喪失から離脱して回復していく。その一連の過程をモーニングワークという。優斗くんにとって、姉は大切な人だった。その大切な人を失い、自分はとても傷ついている。まずはそれを認めることが大切だと私は考え、優斗くんとの面談を重ねた。それ自体は、教授の言うように間違ったことではない。私は言葉に詰まった。

「結果から逆算すると、行為の評価を誤るということもあります」

優斗くんが加害者を襲ったからといって、あのときの手法に間違いがあったわけではない。教授はそう言ってくれていた。納得しかけたが、やはり違うと感じた。

「いえ、そうではなく」

「はい」

教授がゆったりと応じる。

「私はクライエントに対して、攻撃的だったように思います」

「攻撃的とは？」

「姉が自分で選んだ相手なのだから、その男に殺されても仕方がない。そう考えているクライエントの思考を早く変えなければと思っていました」

「加害者を責めずに、被害者を責めているクライエントを放置できなかった」

「ええ。そうです。今、思えば、私はもっと静かにクライエントに寄り添うべきだったと思います」

「寄り添うところから一歩踏み込んで、答えを急がせたということでしょうか？」

「ええ。そうですね。そう感じています。あのとき、私はもっと丁寧にクライエントのモーニングワークに寄り添うべきでした」

「それができなかったのはなぜでしょう？」

「それは……たぶん、結果がほしかったのだと思います」

「結果がほしかった」

「そうです。カウンセラーとしての自信がないために、私はクライエントにわかりやすい変化を求めてしまった。優斗くんは……クライエントは、姉の喪失から回復したように振る舞わなければならないというプレッシャーをずっと感じていたのだと思います」

教授は何も言わなかった。続きを待つような沈黙だった。

「未熟でした」と私は言った。「あのとき、もっと長い目でクライエントを見ていればよかったと思います」

なおも言葉を待つような沈黙が続いた。が、これ以上、言うべきことがあるとは思えなかった。私は教授に目を向けた。

「そうですか」

私の目線を受けて、ようやく教授が頷いた。

「では、備えることですね。もう一度、そのクライエントと会ったときに、どう振る舞うのか。仮に会うことがないとしても」

「そうですね。はい。わかりました」

軽く微笑んだ教授はデスクにあった本を何冊か手にすると、立ち上がった。

「図書館にいます」

「ああ、調べ物なら私が」

「それより来年度の授業のカリキュラムをお願いします」

「そうでした。すぐやります」

ドアに向かう途中、私のデスクの前で教授は足を止めた。

「あなたはとてもいいカウンセラーになりうる人だと私は思っています。これ、伝えたことなかったですよね？」

「あ、はい。ええ。初耳です。驚いてます」

「本当にそう思っていますよ」

ちょっと目が泳いでいるのは照れているせいらしい。

「ありがとうございます」と私は言った。

「なんの、なんの」と言って教授は研究室を出ていった。


その日の仕事を終えて部屋に戻ると、雅弘さんが台所に立っていた。今では私が作った料理を普通に食べてくれるようになってはいたが、雅弘さんが食事を作ったことはこれまでなかった。

「いい匂いですね。何です？」

「お雑煮。もうすぐできる。待ってて」

安売りしていたお餅を年末に買い込んだ。おかげで年が明けてしばらく経った今も、主食がお餅という食事が続いている。部屋に漂っているのは出汁《だし》を取った匂いのようだ。

「私の分もあるんですか？」

「期待しないで。冷蔵庫の残り物で作った味噌汁に餅が入っているだけ」

「自分以外の人が作ってくれたものは、だいたいおいしいです」

私はコートを脱いで、ハンガーにかけた。さっきからずっと鍋の中を覗き込んでいる雅弘さんの背中に聞いてみる。

「何かありましたか?」

「何か? いや、何もないよ」

振り返りもせずに雅弘さんは答えた。

雅弘さんは嘘が下手だ。もしくは、嘘を抱え込むだけの余裕がない。隠そうとしても隠し切れず、嘘は雅弘さんのあちらこちらからこぼれ落ちる。喋り方、表情、仕草、あちらこちらから。今は、料理と、私のほうを見ようとしない不自然さが何よりの証拠だった。

「話してみませんか? 聞くのは得意なほうですよ」

私はテーブルについて、雅弘さんの背中に問いかけた。人と話すことに極度に身構える雅弘さんも、私に対しては、もう気後れしたりせず、だいぶ自然に話をしてくれるようになっていた。

「仕事のことですか?」

昨年末から、雅弘さんは警備会社で働いていた。現場に直行し、勤務時間が終われば直帰できる仕事がほとんどで、人間関係の軋轢《あつれき》は生まれにくいはずだが、それでも人とまったく関わらないわけでもない。

「ああ、いや」となおもこちらを見ずにはぐらかそうとする雅弘さんの様子からするなら、何か相当なことが起きたようだ。

「んー、何か嫌なことがあったんですね?」

笑いながら、軽い口調で重ねて尋ねた。

「ああ、いや」とまた言ってから、観念したように雅弘さんが私を振り返った。「母が病院に担ぎ込まれた」

さすがに笑みが消える。

「病院？　病気ですか？　それとも怪我？」

「病気って言えば、病気」

「え？」

「アルコール依存症。病院に担ぎ込まれたのも、これが初めてじゃない」

顔が強ばるのが自分でもわかった。

「男に逃げられたんだと思う。前に入院したときもそうだった。依存していた男に逃げられると、アルコールに依存する。それで体を壊して、病院に運ばれて、医者に怒られて、しばらくおとなしくなる。その間に男を作って、作った男を小金で縛って、その男に依存して」

雅弘さんは小さく肩をすくめ、またコンロのほうに向き直った。

「その繰り返し。もう長い間、ずっと」

雅弘さんがお母さんについて話してくれたのは初めてだった。何度か尋ねたことはあったが、いつもはぐらかされた。

「あの事件のせいですね」

雅弘さんは答えなかった。答えるまでもない。夫が殺され、世間からの激しい誹謗《ひぼう》中傷にさらされ、それを苦にして娘が自殺した。おかしくならないほうがどうかしている。

「私、お見舞いに行ってもいいですか？」

雅弘さんのお母さんに、つまりは被害者の奥さんに、私は会ったことがない。いつかは直接会って、謝罪するべきだと思いながら、これまで、そうしたことはなかった。だってそれは父の罪で、私の罪ではない。外側では父の犯した罪の大きさに打ち震えながら、内側ではいつもそう叫びたい気持ちがあった。

雅弘さんが、まだ学生だった私を訪ねてきてくれたのは、妹さんが自殺してしばらくしたころだ。そのとき、私は妹さんの自殺を初めて知った。

『悲しかった。けど、驚きはしなかった』と雅弘さんは淡々と言った。『妹は父が大好きだった。その父は薄汚い詐欺師として殺された。あの日から、妹はいつも……』

その先は言葉にせず、雅弘さんは悲しげに首を振った。

どんなにひどいことをした人であっても、生きてさえいれば、もう一度、やり直すことはできた。人として、父として、新しく出直すチャンスはあった。が、私の父によって、その機会は永遠に失われた。

『どうしてくれとか、そんなのはない。ただ、知らせにきた。知らないまま生きていかれるのは嫌だから』

雅弘さんはそう言った。その後、雅弘さんとの交流が始まり、一緒にお墓参りなどに行っていたせいもあって、自分の中の義務感が解消されてしまった。今、もし面と向き合ったら、被害者の奥さんが私にどんな感情を抱くのか、想像がつかない。が、もう子どもではない。一人の大人として、いずれ向き合わなければいけない問題だとずっと思っていた。

「お見舞い、連れていってくれませんか？」

けれど雅弘さんは首を振った。

「ありがとう。でも、いい」

それは遠慮ではなく、拒絶だった。母親はそれを望んでいない、もしくは私と会うことが母親にとっていいことではないと雅弘さんは判断したのだろう。

雅弘さんはコンロの火を止めた。

「できたよ。食べよう」

「私に何かできることはないですか?」

「お椀、二つ、取って」

「雅弘さん」

「もうしてもらってる。君のお母さん、母にお金を送ってくれている。ずっと長いこと」

「そんなことは……当然です。でも、そのお金、雅弘さんは受け取ってないんですね?」

いくらかでも雅弘さんに回っているのなら、ここまで経済的に困ってはいないはずだ。

案の定、雅弘さんはそれには答えなかった。

月々、送られてくるお金を被害者の奥さんは自分のためだけに使った。お金はお酒と男になり、被害者の奥さんをさらに不幸にした。謝罪などとはおこがましい。加害者側から送られるお金など、所詮、そうとしか作用しないものかもしれない。

雅弘さんが作ってくれたお雑煮は少ししょっぱかった。味噌を入れすぎたのか、煮立ててしまったのか、出汁の風味が消えてしまっている。

「やっぱり毎日やってないと。いきなりやってもうまくいかない」

「そんなことないです。おいしいですよ」

考えてみれば、おかしな構図だ。同じ刑事事件の加害者の娘と被害者の息子が、同じテーブルでお雑煮を食べている。

始まりは古典的とも言える原野商法だった。

北海道の山地を共同所有しないか。土地には貴重な水源地が含まれていて、中国の資本に買収されそうになっている。日本の大事な水源を守るため、周囲の土地も含めて共同で購入し、太陽光パネルを設置して電気を作り、国に買い取ってもらう。持分はいつでも売却できる上に、持っている間は高い運用収入が見込める。

そんなうたい文句で出資を募っていた会社の社長が雅弘さんのお父さん。歩合制だが多くの出資者を集めれば法外な給与が得られると誘われてその会社に転職したのが家電メーカーの営業マンだった私の父だ。雅弘さんのお父さんが作ったパンフレットや資料映像などのツールを使って、父は社内の誰よりも多くの出資者を獲得した。が、その出資者たちが報われることはなかった。山地に水源はあったが経済的な価値はなく、設置された太陽光パネルから生み出される利益も、話にならないほど微々たるものだった。数十億の出資を得た時点で会社は倒産。債権者となった出資者の中には、なけなしの金をはたいた高齢者も大勢いた。そのうちの一人が自殺したことが報じられ、警察も動き始めた。そんな矢先に、父が雅弘さんのお父さんを殺した。集めたお金のうち、残っているものがあるなら返すべきだと詰め寄ったが、そんな金などないと突っぱねられて激高した。父はそう供述した。事件後、雅弘さんのお父さんの隠し口座から出資金の一割ほどが見つかった。他は事業の運転資金と、従業員の給与と、見せかけの配当に使われてしまっていた。

当初は、加害者である父に対する批判よりも被害者である雅弘さんのお父さんに対する批判のほうが強かった。が、勤めていた父が高い給与を得ていたことがわかると、父に対する批判も強まっていった。

多くの資金を集めていた加害者は、会社から幹部として遇《ぐう》されていた。当然、それが詐欺的な投資事業であることを知っていたはずだ。社長に金の行方を問い詰めたのは、出資者に弁済するつもりだったのではなく、自分が横取りしようとしただけではないか。

実際に、検察は父の供述を自己保身の嘘と判断し、詐欺師同士の仲間割れという線で父を起訴した。検察の主張はほぼそのままに認められ、父には懲役十五年という判決が下った。私たち家族への風当たりはいっそう強くなった。そのころの私たちは、自分たちの生活を守るのに必死で、雅弘さんたちの状況にまで気を配っている余裕はなかった。雅弘さんの妹さんが自殺したのは、事件から二年半後のことだ。大好きだったお父さんが殺され、死んでもなお世間から罵倒される。自身にも屈辱的な言葉や扱いが降りかかったはずだ。覚めない悪夢のような時間に、妹さんは自ら終止符を打った。

最後まですすり、お椀とお箸をおいた。

「お茶、入れるよ」

私より先に食べ終えていた雅弘さんが、椅子から立ち上がりかけた。

「父を殺したいと思ったことはありますか？」

自然と口をついて出た質問だった。弾かれたように私を見た雅弘さんの顔が苦しげに歪む。

「それを聞いて、どうなる？　あると言ったら、どうする？」

目を伏せた。その通りだ。雅弘さんが望んだら、私は出所してきた父を殺すとでも？　仮にそうしたところで、誰も救われない。私たちはそこまで無責任な存在にはなれない。そこまで無垢《むく》でもなく、そこまで幼稚でもない。

「すみません」

「お茶、入れるよ」

繰り返して、雅弘さんは席を立ち、やかんに水を入れ、コンロにかけた。

「雅弘さんのことじゃないんです」と私は言った。「ずっと前に、ある男の子のカウンセリングをしました。その子のお姉さんが殺されたんです。七年後、刑務所から出てきた犯人を男の子が襲ったそうです。犯人は重傷を負いました。男の子は、逃亡中です」

「そう」と雅弘さんは私を振り返り、優しく問いかけた。「自信、なくした？」

「自信は、いいえ、もともとないですから」

「そう」

「友人がいなかったそうです」

「うん？」

「その男の子。友人も、恋人もいなかった。警察の人からそう聞きました」

「それまで、君のせい？」

ありがとう。俺、もう大丈夫だよ。

最後の面談の終わりに、優斗くんはそう言って笑顔を見せた。

けれど、その部屋から一歩出た優斗くんを待ち受けていたのは、光のない乾いた生活だった。そして、十四歳の優斗くんはそのことを覚悟していたのかもしれない。私の目に回復したように見えたとき、優斗くんはとっくに私を見限っていた。こんな人とこんな面談を重ねても救われはしないと。その思いは自然に優斗くんの胸に復讐の決意を植えつけた。だからあの日、優斗くんは何の屈託もないように笑顔で部屋を出ていった。それに気づきもせず、私は無邪気に自分の仕事を誇っていた。

「そうですね。私のせいです。少なくとも私は、そうじゃない未来を彼と一緒に作り出すことができたはずです。その責任まで否定してしまうと、逆にカウンセラーなんてものがいる意味がなくなります。私は……彼の力になりたかった」

私の前に湯飲みが差し出された。悲鳴を上げたいほどの惨めな気持ちが落ち着くまで、私は顔を伏せていた。雅弘さんは黙ってお茶を飲んでいた。

ようやく気持ちを落ち着けて湯飲みに手を伸ばした。お茶はほどよい温《ぬる》さになっていた。私はそのお茶を口に含み、飲み下した。

「それより気になるのは」と雅弘さんが口を開き、すぐに首を振った。「あ、俺が言うことじゃないな」

「いいえ。教えてください。何です？」

「どうして自首しないんだろう、その子」

「え？」

「復讐は終わった。俺なら、きっと自首する。覚悟を持ってやったんだ。逃げ回りたくない。裁けるなら裁いてみろって思う」

七年前の優斗くんしか知らないので、復讐後にどんな思考をするかまでは判断がつかない。ただ、一般論としてなら、雅弘さんの言い分には説得力があるように感じられた。

「それに、きっと疲れ切っている。その日のためにずっと抱いてきた、強い感情が消えてしまうから。警察から逃げるだけの元気、ないと思う」

捕まる気がないなら、もっと緻密に計画を立て、犯行を隠蔽《いんぺい》しようとしただろう。が、犯行の様子からするなら、優斗くんは捕まることを恐れているようには思えない。だったら、確かに自首するのが自然な流れだ。

逃れる気もなく、出頭する気もないのなら……。

「死ぬ気でしょうか？」

「知らないけど、そうであっても、驚かない」

布川さんに知らせようとスマホを手にしてから、その無意味さに気づいた。布川さんがどう受け取ったところで、優斗くんの居場所がわからないことにはどうしようもない。

スマホをテーブルに戻したとき、そのスマホに着信がきた。確認すると、相手は祐紀だった。かつて雅弘さんが妹さんの死を告げにきたことは話していたが、その後に交流を持ったことは話していない。もちろん、今、一緒に暮らしていることも祐紀は知らない。自分のをなくしたからと偽って、預けていた鍵は戻してもらい、今、その鍵は雅弘さんに渡してある。

「弟です」と私は言った。

雅弘さんが察して口をつぐみ、私はスマホを構えた。

「もしもし。どうしたの？」

「あ、あの」

誰？

一瞬、本当にわからなかった。すぐにわかって電話を切りたくなったが、そんな子どもじみたこともできなかった。

「ああ、うん」と私は言った。「久しぶり。毎日、寒いけど、どう？　風邪引いてない？」

ほっとしたように息をついたのがわかった。

「大丈夫よ、ありがとうね」

久しぶりに聞く母の声だった。もう長い間、特に用事のない限り母に連絡することはなかったし、用事があるときも祐紀を介してやり取りすることが大半だった。冷たく当たるつもりでそうしたのではない。一つの家族が壊れ、けれどちりぢりにはならず、そういう形に落ち着いたというだけのことだ。それにしてもタイミングが悪い。お母さんが入院したという話をしたばかりの雅弘さんが目の前にいる。こんなときにかけてこなくてもいいものを、と思ったとき、雅弘さんが席を立った。口が「コンビニ」と動く。私の話しぶりに居心地の悪さを感じたのかもしれない。以前はそういうことに構わない人だった。一緒に暮らすようになってふた月近くが経ち、自分の中だけに向けていた視線を少しだけ外にも向けるようになってきていた。私が頷き返すと、雅弘さんは静かに部屋を出ていった。

「ユイちゃんは元気なの？」

いきなりの拒絶がなかったことで、母の口調が少し柔らかくなる。子どものころの呼び名で呼ばれたことに軽く苛立った。

「うん。元気。今日はどうしたの？」

世間話や近況報告までするつもりはない。そんな思いを込めて、用件を促す。そしてもちろん、用件はわかりきっている。母は少し言いにくそうにしながらも切り出した。

「父さんがもうすぐ戻ってくるから、そのことを相談しておいたほうがいいと思って」

「脇谷豊《わきやゆたか》が満期を迎えて、刑務所から出てくる」と私は言った。

「ああ、そうね。そういうことね」

「満期がくれば、出所してくるのは仕方がない。ホテルじゃないんだから、延泊するわけにもいかないし。それで、相談って何を？」

電話の向こう側で何か音がして、相手が代わった。

「そういう言い方をしなくてもいいだろ。何も話せなくなる」と祐紀が言った。

怒っているのではなく、嘆いているようだった。その声で少し冷静さが戻った。

「そうね。ごめん」と私は言った。「母さんは、あの人と暮らすつもりなのね？」

「そう簡単な話でもないけど、それをゴールとして目指そうって、今は話している。もう十五年も離れているんだから、どういう形に収まるのがいいのかは、じっくり考えないと。長く連れ添った夫婦と同じようにってわけにはいかない」

私が思うより二人はずっと堅実に父や将来のことを考えているようだ。ふと徒労感を覚えた。私は過去にとらわれすぎているのだろうか、と。

いや、そうではない。

さっきまで雅弘さんが座っていた椅子を見て、私は一人、首を振った。

被害者の遺族は、事件以降、永遠に一つ空いた席を胸の中に抱えることになる。決して埋まることのない空席。二度と聞けない声。二度と見られない笑顔。二度と作ることのできない新しい思い出。そんな被害者の遺族を置き去りにして、加害者が、その家族が、前を向いていいわけがない。

「それならそれでいいよ」と私は祐紀に言った。

「そんな他人事みたいに……」

他人事だったら、どれだけいいか。

そう思ったが、思いが強い感情につながることはなかった。

「ごめんね。いつもこんな言い方になって」と私は言った。「でも、これが本当の気持ち。二人があの人を迎えるなら、それでいいよ。けれど、私はそこには加われない」

しばらく間があった。きっと悲しげな顔をしているのだろう。それを母親に見せまいとして、顔を背けているのだろう。気苦労ばかりしている弟だった。

「少し話していいか？」

「少し、何を？」

「父さんが入って、五年目だったかな。面会に行ったとき、聞いた話があるんだ」と祐紀は言った。

「あの人を、野木さんを殺したとき、父さんは怖かったんだって」

「怖かった？」

「会社が出資者を騙して金を集めていると騒がれ始めて、社長に詰め寄ってそれが本当のことだと知ったとき、自分の生活はどうなるんだって怖くなったって。まだまだこれからお金がかかる子どもたちがいる。そのために高い給料の会社に転職したのに、そこが詐欺みたいな会社だった。自分が獲得した出資者に弁償もしなきゃいけない。こんな会社で働いていた自分を雇ってくれるところなんてもうないかもしれない。そう考えると、目の前が真っ暗になったって」

「だから殺したって？　理由は子どもたちで、悪いのは野木さん。そういうこと？」

「ああ」と祐紀はため息をついた。「そう。そういう聞こえ方をするんだね」

「そうとしか聞こえないよ」

また祐紀が沈黙した。電話からは何の音も聞こえなかった。そこにいる弟と母親とがどんな顔をしているのか、私にはもう想像もできなかった。私たちの距離がこんなにも遠かったことを改めて思い知った。

「ねえ、頼みがあるんだ」

やがて祐紀が言った。

「何？」

「父さんに会ってほしい」と言って、すぐに祐紀は付け足した。「切らないで。話を聞いてくれ」

私はそっと息を吐いた。私が切らないことを確認するような間を取って、祐紀は続けた。

「出所する前に、一度だけでいいんだ。面会に行ってほしい」

「会って、どうすればいいの？」

「今みたいに、本当の気持ちをそのまま伝えてくれれば、それでいい」

「何の意味があるの？　それをきっかけに、私があの人を許すとか、そういうことを期待しているのなら……」

「違うよ。そんなことじゃない」と祐紀は言った。「許さないにしても、縁を切るにしても、父さんが母さんのところに戻ることを認めないわけじゃないことだけ、伝えてほしい。好きにすればいいとか、私には関係ないとか、どんな言い方でも構わない。姉貴のその言葉がない限り、父さんが母さんのところに戻ることはないよ」

「言葉は違っても、それは結局許しがほしいってことだよね？　それは甘えじゃない？」

「仮にそれが甘えだとして、その程度の甘えも許せない？　父さんは満期をつとめた」

「罪を犯したんだもの。当たり前でしょう？　ねえ、またこの話？」

「そうじゃないよ。父さんが何で満期までつとめたのか。何で仮釈放がなかったのか。理由を知ってる？」

　知らなかった。というより、考えたことさえなかった。

「どうしてなの？」

「申請しなかったからだよ。父さんは、仮釈放の申請を一度もしなかった。するように何度も勧めたけれど、絶対にしなかった」

「そう」

「父さんを許せないっていう姉貴の気持ちはわかるよ。でも、刑務所の中にずっといて、自分の罪について考えないわけがない。父さんだって変わっているんだ。それでも姉貴にとって、父さんは許せない存在なのか？」

「なぜ許すことが前提になるの？　私にはそれがわからない」

「姉貴は、許しちゃいけないって決めつけてるだけじゃない？　俺にはそう聞こえるよ」

　そうなのかもしれない。けれど……。

「あんたは、被害者のご遺族が、今、隣にいても同じことが言える？」

「え？」

「奥さんの野木美帆《みほ》さんと、息子さんの野木雅弘さんが、今、あんたの隣にいても、私に対して同じことが言える？」

「それは……」

そう言ったきり祐紀は言葉を呑んだ。

玄関で音がした。雅弘さんが帰ってきたのかと耳をそばだてたが、音はそれきり聞こえなかった。意識を電話に戻したとき、私はもう祐紀と会話を続ける気力をなくしていた。

「私がどう言っていたか、あんたの口からあの人に伝えるのは構わない。でも、私があの人に会いに行くことはない」

祐紀のため息が聞こえた。

「ごめん。ごめんね」と言って、私は電話を切った。

雅弘さんはしばらく帰ってこなかった。小一時間ほどが経ち、何かあったのだろうかと心配し始めたころ、ようやく戻ってきた。雅弘さんはアイスを二つ、買ってきていた。それで何があったのか、私にも察しがついた。

「どっちでもいいよ」

「じゃ、モナカアイスをもらいます」

私はモナカアイスを食べて、雅弘さんはバニラソフトを食べた。

「今、帰り、ちょっと、みぞれっぽかった」と雅弘さんが言った。

「ああ。降ってますか？」

「ちょっとだけ」

「そうですか」

静かな夜だった。外の通りからは、車の音も、人の声も聞こえなかった。

「明日、午後からの遅番。夕飯はいい。外で食べてくる」

「わかりました」

雅弘さんがふっと笑った。

「まるで」

言いかけて、雅弘さんは途中でやめた。

「そうですね」と私は頷いた。

くふふと雅弘さんが笑った。

まるで私たちは何でもない恋人同士のようだった。

一度、戻ってきましたね？　弟に向けて言った私の言葉、聞いたんですね？　雅弘さんは、どう感じましたか？

それは聞けなかった。


いつから隣にいたのか、覚えていなかった。早めに仕事が終わり、私は研究室がある校舎から正門に向かってキャンパス内を歩いていた。冬の短い日は落ち、少ない街灯が正門への道を照らしていた。冬休みが明け、大学特有の長い春休みが始まるまでのつかの間の修学期間。五時すぎのキャンパスには学生の姿がまだ多く見られる。ふと気づくと、私の隣を男子学生が歩いていた。距離がやけに近い。さりげなく足を速めて距離を取ろうとしたが、彼もペースを上げて横についてくる。

以前にも男子学生に言い寄られたことはあった。微笑ましい近づき方をしてきた子もいたが、ちょっと怖い近づき方をしてきた子もいた。そういうタイプだろうかともう少しペースを上げたとき、男子学生がさらにぐっと距離を詰めて、私の肘を取った。声を上げそうになった。が、それより早く彼が言った。

「俺のこと、覚えてるか?」

私は彼を見た。ツーブロックで前髪を上げた、大学でよく見かける髪型。紺色のダッフルコートを着て、手袋をしている。その姿もいかにも学生っぽい。十四歳のイメージしかなかったから、目の前の男と優斗くんとが咄嗟に頭の中でつながらなかった。

「もちろんだよ」とあっけにとられて、私は言った。「もちろん覚えてるよ」

私は改めて優斗くんを眺めた。あのころの線の細さはもうない。同年代の男の子の中でも、がっしりしているほうだろう。その目にもあのころの繊細さはなかった。感情の測りにくい、ひどく乾いた眼差しをしている。

「今、話せるか?」

疑問形ではあったが、言葉にも、肘をつかんだ手にも、有無を言わせない強さがある。

「よかった」と私は言った。「訪ねてきてくれてうれしい」

肘から手を離して私の顔色をうかがい、優斗くんはすぐに察した。

「ああ、警察がきた?」

「昨日」と私は頷いた。

「じゃ、いろいろわかってるんだな?」

「どこか、お店に入ろう」と私は笑いかけた。「駅まで行こうよ。立ち話は寒い」

促そうと右腕に触れると、優斗くんが顔をしかめて、かばうように右半身を引いた。

「怪我をしてるの？」

右腕はさっきからずっと体の横にだらりと垂れている。気づいてみれば、不自然な姿勢だった。

「折れてるだけだから。大丈夫」

「折れてるって、え？　折れてるの？　手当はしたの？　病院へは？」

勢い込んで聞いた私を驚いたように眺めてから、優斗くんは薄く笑った。まとっていたとげとげしい雰囲気が少し和らぐ。

「自首しろとか、言わないんだな」

まずは死なずに生きていてくれたことにほっとした。次に骨折と聞いて慌てた。自首にまで考えが至らなかっただけだ。

「ということは、犯人であることは間違いないのね？」

優斗くんは頷いた。

「病院には行けない。捕まるから」

「自意識過剰。まだ逮捕状は出てないんだから。手配書が回っているわけでもないでしょ。でも、もうこんな時間じゃ、外来は無理ね。救急に行く？」

「他にも怪我をしてる。通報されても困る」

「ああ、もう、しょうがないな。おいで」

優斗くんの背中をぽんと叩いて、私は歩き出した。すぐに立ち止まり、動かずにいる優斗くんを振り返る。

「ついてきなさい。私の家に行くよ。そこの道でタクシー捕まえよう」

出費は痛いが、混み始めるこの時間の電車に骨折している人を乗せるわけにもいかない。

「何か用事があってきたんでしょ？　ほら」

強く手招きすると、ようやく優斗くんが歩き出した。

大学の正門を出たところでタクシーを捕まえた。乗り込んで、マンションの住所を伝える。車が走り出した直後にスマホに着信があった。確認してみると、相手は仲上だった。刑事の直感か何かだろうかと少し驚いた。取るわけにもいかず放置する。

タクシーの中では自然と無口になった。事件について聞きたいのは山々だが、運転手がいるところで話すわけにもいかない。車は二十分ほどでマンションの前についた。何でもない顔で手痛い金額を支払い、タクシーを降りる。先に立ってマンションのエントランスへと歩き出し、私はすぐに足を止めた。

「ああ」

似たような気まずい声を発したのはほぼ同時だった。エントランスから仲上が出てきた。

「あ、いや、さっき、電話、したんだけどな」

「ああ、ごめん。え？　仕事？」

「は終わった。そっちは忙しそう、だよな？」

「うん。今は、そうだね、ちょっと」

仲上が優斗くんに目をやった。

「あ、彼、うちの学生。研究会の資料作成を手伝ってもらってる。うちにある資料が必要だから、きてもらって」

「あ、ああ。そうか」

仲上は頷き、遠慮がちに小さく頭を振った。どうやらそう誘われたようだったので、目配せをして優斗くんをその場に残し、仲上の近くに寄った。

「昨日、布川さんって人が行っただろ？　あんたに話を聞きにいくって聞いたから、気になった。その件、何も問題はないか？」

「ああ、うん。話はしたけど、たいして役には立てなかったと思う。心配してくれたなら、ありがとう」

仲上と目が合った。一瞬の間を置いて、仲上が顔をしかめた。

「言い訳だ。それをきっかけに飯に誘おうとしただけだ。家まで押しかけてきて、何やってるんだろうな。すまん。二度としない」

仲上はひょいと頭を下げた。

「行くよ。何か問題があるようなら、いつでも連絡してくれ」

「あ、ああ。うん」

きびすを返して、仲上が帰っていった。

「昔の男か？　そんな感じだったけど」

仲上が離れるのを待って近づいてきた優斗くんが小声で聞いた。逃亡犯の分際でやけに鋭い。聞こえなかったことにして、私はマンションに入った。優斗くんもおとなしくついてきた。

部屋に入ってカーテンを引き、まずはお茶を入れようと思ったのだが、優斗くんが手袋を取ったのを見て、気が変わった。指の付け根を中心に、両手ともぼろぼろになっている。医者を拒んだのも無理はない。それは明らかに生身の拳で執拗に何かを叩いた痕だ。

「傷、見せて」

有無を言わせず傷を消毒すると、痛みを堪える優斗くんを手伝って、ダッフルコートと厚手のセーターを脱がした。長袖のTシャツ越しにも盛り上がった筋肉がわかる、がっしりとした上半身が現れた。

「骨折はどこ?」

「右の橈骨《とうこつ》。尺骨《しゃっこつ》はたぶん、大丈夫。そこまでの痛みじゃないから」

的確に答える優斗くんに半ば感心し、半ば呆れた。格闘技を習うと、人体のつくりにも詳しくなるのか。そこまで損傷についてわかっているなら、少しは手当をすればいいのに。

添え木になりそうなものが見当たらなかった。目についた臨床心理士向けの雑誌で右の前腕を包むように巻き、ガムテープで留める。だぼっとしたセーターだったので、その状態でも腕は通せた。薬箱の中に、いつからあるのかも、どうしてあるのかも思い出せない三角巾を見つけ、それで腕を吊る。

作業をしている間、何度か優斗くんが顔をしかめた。折れた箇所だけではなく、他にも痛むところがあるようだ。いくら格闘技を習ったとはいえ、殴りつければ、相手だって無為にたたずんでいるわけがない。大人の男が必死で抵抗してきたのだ。体はおそらくアザだらけだろう。

「早く医者に行かないと。変なくっつき方したら、のちのち面倒だよ」

薬箱から、こちらはひどく昔に買った覚えがある鎮痛剤を取り出して、私は言った。

「うん、まあ」

薬を飲ませ、ようやく優斗くんの向かいに腰を下ろす。

「それで、これからどうするつもり？」

「被害者の男性は意識不明の重体って、その日のニュースでやったきり、それ以降はニュースにならない」

「ああ、うん」

姉を死に追いやられた弟の復讐だと知られればもっと注目されるだろう。が、今のところは、ただの傷害事件だ。

「高階さんなら警察にコネがあるから、山瀬がどうなったか聞いてもらおうと思った。でも、昨日、警察がきたなら、そいつから何か聞いてないか？」

「集中治療室から一般病棟に移ったって。まだ会える状態じゃないけど、命は助かるらしいよ」

優斗くんはぎゅっと目をつぶった。左の拳で自分のおでこを強く叩く。

「クソが。ぼこぼこにしたんだけどな。あれで、まだ死んでないのか。それじゃ、あいつはどれだけ鈴音《すずね》を殴ったんだよ」

向居鈴音。七年前、十八歳で殺された優斗くんのお姉さん。

そうか、と私はようやく悟った。優斗くんは山瀬を殺すつもりだったのだと。

優斗くんはおでこを叩き続けた。

「無念かもしれないけど、私はラッキーだったと思う。殺人じゃなく傷害で済んだ」

拳を止め、優斗くんが顔を上げた。唇をすぼめ、眉を寄せて私を見たあと、首を振った。

「もう行くよ」

「待って。これからどうするつもり？」

「どうするにしても、高階さんを巻き込むつもりはない」

「巻き込むつもりがないなら、なぜきたのよ」

質問ではなく、私はもう巻き込まれていると言ったつもりだった。が、優斗くんが答えを返した。

「だから、山瀬のことを確認してもらおうと思ったんだ。状況はわかったよ。ありがとう」

その答えに、ふと疑問がわいた。

「私が協力すると思ったのはなぜ？」

「え？」

「頼めば、警察から山瀬のことを聞き出してくれるって、なぜ私がそうすると思ったの？」

「なぜって、そんなのに理由なんかない。高階さんに甘えたんだろう」

「甘えた？　カウンセラーだから？」

質問の意味がわからないという風に優斗くんは苦笑し、浮かしかけていた腰を下ろした。

「鈴音が死んだのは自業自得だって思っていた俺に、悪いのは山瀬だって高階さんは言ってくれた。あのとき、高階さんに会えてよかった。高階さんに会っていなかったら、俺は今でも鈴音のことを馬鹿な姉だったって思いながら生きていたと思う」

「だから、私のところにきた」

「だからっていうと、変な話になるけど」

　優斗くんは本当に気づいていないのだろうか。優斗くんが私のところにきた理由は、もう明らかだ。

「あのときのカウンセリングがあったから、優斗くんは山瀬を憎んだ」

「あったから、とは思わないけど」

「私のカウンセリングを受けている間に、心を決めたのね？　山瀬に復讐するって」

「そういう言い方をするなら、そうだね」

　優斗くんは私のカウンセリングを見限って復讐を決心したのではない。七年前、私はカウンセリングをしながら、優斗くんの中に復讐心を造形し、長い導火線の先に火をつけた。カウンセラーとして未熟であったかどうかは関係ない。それは私個人が望んだことだった。優斗くんが私を訪ねたのは、私が共犯者だと無意識に気づいていたからだ。

「山瀬を殺しに行くつもりね？」

　優斗くんが自首も自殺もしなかった理由はそれだ。まだ復讐は終わっていない。

　答えないのが何より明確な答えだった。

「どうしても殺さなきゃ駄目？　もう十分とは考えられない？」

　また唇をすぼめて私を見た優斗くんは、言い聞かせるようにゆっくりと言った。

「仮に自分を殺した相手に仕返しできるとしたら、高階さんなら何をする？　思う存分殴れば、それで満足か？」

　私は唇を噛んだ。小さなテーブルを挟んだ向かいにいるのは、七年前の私だった。そして今でもその一部は私の中にいる。

「釣り合うはずない」と私の言葉を優斗くんの声が告げる。「だって、自分を殺した相手だ。やり返せるなら、殺すに決まってる。鈴音ができないから、俺がやる」

「その男は刑務所に入った。罪は償った」

「償ったよ。社会に対する罪は。人を傷つけちゃいけない。人を殺しちゃいけない。その社会のルールを破った罪は、確かに償ったんだろう。今度は鈴音に対する罪を償ってもらう。鈴音を殺した罪を」

その通りだ。それは死をもってあがなうしかないじゃないか。

私の中から声がする。

明確な意志で人を殺したなら、その人は自分の命も差し出すべきだ。

「山瀬がどこの病院にいるか、知らないか？」

「知らないし、知ってても教えられないよ」

優斗くんはじっと私を見て、椅子から立ち上がった。今度こそ、私を見限ったのだろう。

「どうするの？」

「山瀬の古い友達を知ってる。山瀬が刑務所に入っている間に、身元を隠して近づいた。出所してきた山瀬の住所も、そいつから聞き出した。山瀬がどこの病院にいるのか、そのうちそいつにも情報が回ってくる。高階さんが助けてくれないなら、それを待つ」

「もう一度、考え直して。私は優斗くんに人殺しになってほしくない」

苦し紛れに発したIメッセージは、軽く優斗くんに笑われた。

「しっかり殺してこいって、高階さんならそう言ってくれるんじゃないかと思ってたよ」

苦労して左腕にダッフルコートの袖を通しながら優斗くんは言った。

どうすればいいのか。いい考えが浮かばなかった。

『では、備えることですね。もう一度、そのクライエントと会ったときに、どう振る舞うのか。仮に会うことがないとしても』

昨日、言われたことだ。教授は、七年前のカウンセリングがどういうものだったのか、たぶん見抜いていた。見抜いた上で忠告した。犯罪被害者に対するカウンセリングを続ける限り、それはいずれ私の前に宿命的に立ち現れる問題だと。

席を立った。

「コーヒー、飲んでいって」

「いや、俺、もう」

「コーヒーだけだよ。夕飯を付き合えとまでは言ってない。手当のお礼に、それくらいはしていいと思うよ」

一方的に笑いかけると、私は優斗くんの返事を待たずにやかんをコンロにかけた。目論見《もくろみ》のない時間稼ぎだった。カップにインスタントコーヒーの粉を入れ、お湯が沸くのを待つ。シンクに体を預けるようにして振り返った。優斗くんは椅子に座り直していたが、もう私のほうを見ようとはしなかった。ふと先ほど引いたカーテンが細く開いているのが目に留まり、閉めに向かった。カーテンに手をかけて何気なく隙間に目を向けると、路上に車が一台、停まっていた。普段は路上駐車があるような道ではない。暗いからわかりづらいが、どうやら中に人が乗っているようだった。私は窓からいったん離れ、壁際の戸棚を探った。

「どうかしたのか？」

オペラグラスを見つけ、室内の明かりからなるべく遠い場所のカーテンをめくる。気になったグレーのセダンには、やはり運転席と助手席に人が乗っていた。顔までは確認できなかったが、しばらくオペラグラスを構えていると、助手席にいた人がフロントガラスに顔を近づけるようにしてこちらを仰ぎ見た。布川さんだった。咄嗟に背を向けるようにして窓から離れる。優斗くんと目が合った。

やるべきことはわかりきっていた。優斗くんを説得し、なるべく穏便に彼らに引き渡す。

優斗くんは怪訝そうに私を見ていた。わずかに揺れた瞳が、十四歳の優斗くんを思い起こさせた。

あのとき、被害者の遺族である優斗くんは、私にとって大きな川の向こう側にいた。加害者の家族である私は、川のこちら側にしかいられなかった。優斗くんの隣に行ってその肩を抱き、寄り添うことは、私にはできなかったのだ。だから私は言葉を弄《ろう》して、優斗くんを川の中に誘い込んだ。

……むしろ彼は御しやすいクライエントでした。

十四歳の優斗くんは、私に導かれるまま川に身を投じた。それが七年前、私が優斗くんにしたことだ。加害者を憎むこと、その憎しみの中におぼれることなら、私は一緒にできたから。そこでなら私はクライエントに寄り添うことができたから。

歩いていってコンロの火を止めた。

「警察がきた」

優斗くんを振り返って、私は言った。

「警察？　どうして……」

「ごめん。昔の男、さっき下にいたあの人、刑事なの。そこそこ優秀な」

昨日の布川さんたちの訪問を言い訳に私に会いにきた、というのは本当だろう。が、律儀な仲上は、その言い訳のために、優斗くんの事件の情報も頭に入れておいた。さっき仲上は私の連れが優斗くんであることに気づいた。私を脇に呼んだのは、私が自らの意思に反して、不本意に、優斗くんと行動を共にしているのではないかと案じたからだ。が、優斗くんと距離を置いたところでも白《しら》を切ったことで、私が故意に優斗くんをかくまおうとしているのだとわかった。警察官としては、当然、担当者に報告する。向居優斗らしき人物がいたと。いきなり踏み込んでこないのは、仲上も確信が持てなかったせいか。張り込んで、顔が確認できれば、外にいる刑事たちはすぐに優斗くんの身柄確保に動くだろう。

優斗くんが立ち上がった。

「どうするつもり？」と私は聞いた。

「山瀬を殺さずに捕まるわけにはいかない。そのあとはどうなってもいい。でも、山瀬は絶対に殺す」

山瀬を殺すことが、優斗くんにとってすべてになっている。そういう呪いをかけたのは他でもない、私だ。なのにその呪いを解く方法がわからない。

立ち上がった拍子に右肩から落ちてしまったダッフルコートをかけ直し、優斗くんは歩き出そうとした。私はその行く手を塞《ふさ》いだ。

「すぐに踏み込んでくるわけじゃない。もう少し話をさせて」

「もう話すことはない」

「そんなこと言わないで。私はまだ優斗くんのカウンセラーだよ」

じっと私を見て、優斗くんが小さく微笑んだ。その表情にほっとして私も微笑んだ。

優斗くんの笑顔が視界から消える。途端に強く鈍い痛みを感じ、私はお腹を抱えて膝をついた。

呼吸が止まった。が、息ができるまで待つ暇はなかった。横を通りすぎようとする優斗くんの足に腕を絡める。優斗くんが足を止めた。

「離せよ。高階さんに、これ以上、ひどいこと、したくない」

ようやく呼吸が戻った。

「どうやって……ここから出るつもり?」

優斗くんにすがるようにしながら、私は何とか立ち上がった。

「刑事が二人いる。他にもいるかもしれない」

「何とかする。どうにでもなる」

「どうにでもって……」

優斗くんは左手をダッフルコートのポケットに入れた。引き出したのは、鞘《さや》に入った黒い柄のナイフだった。

「駄目よ」

取り上げようとした私の手は簡単にかわされた。つんのめったところで体を押され、どうバランスを崩したのかさえわからないまま、私はあっけなく床に転がる。

「待って」

玄関に向かう優斗くんの背に私は声を張った。優斗くんは構わずに靴をはいた。

「待って」と私はもう一度言った。

靴をはき終えた優斗くんが私を見た。最後の一瞥だった。私が声をかけられるチャンスはこの一度きり。

「山瀬のところに連れていく。だから、待って」

優斗くんがドアノブから手を離した。じっと私を見つめる。私という人間の根元から値踏みするように。この状況を小手先の嘘で誤魔化そうとする人間なのかどうか、私は測られていた。

「待ってて」

まだ痛むお腹に手を当てたまま立ち上がり、スマホを手にして、雅弘さんに電話をかけた。出なかったら、私も考え直していたかもしれない。けれど、雅弘さんは電話に出た。

「仕事中にすみません」

「仕事は、今、終わった。施工主の都合で、現場が早く閉まった。どうかした？」

運がよかったのか、悪かったのか、今は判断がつかなかった。ただこれで行くべき方向は定まった。

「お願いがあるんです。車を一台、都合してください。なるべく早く」

面食らっただろうが、雅弘さんの返事にためらいはなかった。

「わかった。その車、どうする？」

「乗ってきて、裏につけてください。表ではなく、あの自転車置き場から出るほうの。辺りに不審な車がいないかどうか確認して、私に電話してください」

「わかった。そうする」

雅弘さんは理由を尋ねることさえせずに通話を切った。

優斗くんはまだ玄関口に立ち、じっと私を見ている。

もう一本、電話をかけた。相手は池谷医師だ。コールが続き、留守電に切り替わった。電話を切り、もう一度かけてみるか、相手を替えるか迷っていると、コールバックがあった。

「ああ、高階さん。ごめんなさい。ちょうど今、カレーを食べてて、取り損ねました」

「すみません、お食事中に」

「そばが売り切れてるって言うんですよ。そばなんて、普通、売り切れますか？　しかも夕食時前のこんな時間に」

のんきな池谷医師の声に、つかの間、ほっとする。

「そばが。ああ、それでカレーを」

「そうなんですよ。カレーも売り切れてたら、断固、店を出るところなんですけど……」

「今、少しだけいいですか？　先日、お誘いいただいた常勤のカウンセラーの件。やはりお話だけでも聞かせていただけたらと思いまして」

「ああ、それはもちろん。じゃ、病院の総務と話して、場を設けます。面接っていうより、まずは引き合わせるっていう程度で」

「ありがとうございます」

意味がわからないのだろう。優斗くんが疑わしそうな顔で見ていたが、私はそのまま会話を続けた。一通りの用件が済んでから、思いついたように尋ねる。

「そういえば、先日、事件被害者が救急搬送されませんでしたか？　そこではなく、いつもの病院のほうに」

「事件被害者？」

「ええ。ひどく殴られて、意識不明の重体で運ばれた患者がいませんでしたか？　四日前です」

「ああ、あの脳挫傷《のうざしょう》の。ひどい状態だったらしいですね。噂《うわさ》は聞きましたけど、それ、うちじゃなく、県立です。県立総合病院」

「ああ、あっちでしたか」

「今はその関係者のカウンセリングを？」

ちらりと優斗くんを見て、私は頷いた。

「ええ、そうなんです。あ、それじゃ引き合わせの件、よろしくお願いします」

通話を切り、同じスマホで今度は県立総合病院のサイトを探す。

「山瀬拓哉はここ。面会は午後八時まで」

そのスマホ画面を掲げた。優斗くんは靴を脱いで、部屋の中に戻ってきた。画面を確認してからスマホを返して寄越す。

「いいのかよ」

スマホを返したときにまた右肩から落ちたダッフルコートを左手でかけ直して、優斗くんが言った。もちろん優斗くんに山瀬を殺させるつもりはなかった。

「優斗くんを山瀬の前まで連れていく。約束したのは、そこまでだよ」

優斗くんの目に鈍い光が差す。

「邪魔されても、俺のやることは変わらない」と優斗くんは言った。「高階さんにひどいことはしたくないけど、できないわけじゃない」

優斗くんはこの目で山瀬拓哉を殴り続けたのか。私は十四歳の少年の目にこんなにも鈍い光を灯したのか。

「コーヒー、入れるよ」

私が目線で勧めると、優斗くんは元の椅子に座り直した。私はコンロに火をつけた。

雅弘さんからの着信はそれから二十分ほどあとだった。その間、優斗くんは黙ってコーヒーを飲んでいた。うまく声をかけることができず、私も黙ってただシンクに寄りかかっていた。

「今、着いた。怪しい車はいない」

物事を軽く見る人ではない。雅弘さんがいないと言うなら、そこに警察車両はいないのだろう。張り込みの目的が顔の確認ならば、表だけというのも納得がいく。

「すぐ行きます。エンジンをかけたまま、待っててください。車はどんなのですか？」

「白いワンボックス。会社のを借りたから、汚いけど」

「構いません。後ろのドアの鍵、あけておいてください」

通話を切り、優斗くんを促して、私たちは部屋を出た。エレベーターで一階まで降り、表のエントランスではなく裏に向かう。鉄の扉を押し開けてゴミ置き場を抜け、駐輪場を通りすぎると、そのすぐ先に白いワンボックスが停まっていた。運転席の雅弘さんに目で合図を送り、後ろのスライドドアを開ける。優斗くんを乗せ、そのあとから自分も乗り込み、スライドドアを閉めようとしたとき、外からドアに手がかけられた。ぎょっとして手の主を見る。仲上だった。

「向居優斗だな?」

私を無視して、仲上は奥にいる優斗くんを見据えた。

「見逃して」と私は言った。「お願い」

仲上の視線が私に移る。

「どういうつもりだ? カウンセラーとして、これは正しいことか?」

そんなわけがない。そんなことは百も承知だ。

その思いで私は仲上を見返した。仲上がわずかにたじろいだ。

「何をするつもりだ?」

「それを知りたいなら、黙って車に乗って。それができないなら、その手を離して、表にいる布川さんたちに知らせて。両方は取れない」

気圧《けお》された仲上の手から力が抜けるのがわかった。私は雅弘さんに向けて言った。

「急いで出してください。エントランス前の道は避けて」

スライドドアを閉めかけたときだ。

「ああ」と強く声を発して仲上がドアを押し戻し、私を追いやるようにして中に乗り込んできた。

勢いよくドアを閉めて座席につく。

私は唖然《あぜん》として仲上を見た。振り返っていた雅弘さんが目顔で私に判断を促す。

「出してください。行先は県立総合病院です」

仲上が私の隣で腕を組み、雅弘さんは前に向き直って車を出した。車は建物に沿って一度曲がってから、マンションを離れていった。マンション前の通りを横切るとき、奥に刑事たちが乗るセダンが見えた。

仲上は腹を立てたような顔で窓の外に目をやっている。優斗くんが大丈夫なのかと問うように私を見た。雅弘さんもバックミラー越しにちらちらと私を見ていた。誰にも何とも言いようがなく、私はシートに身を沈めてフロントガラスの向こうを見た。

車は三十分ほどで病院の駐車場に着いた。

「山瀬拓哉か」と車の中から病院の建物を見上げて、仲上が呟いた。「殺すのか?」

私の向こうにいる優斗くんを見る。答える義理はないとばかりに優斗くんが仲上をにらみ返す。後部ドアは仲上のいるサイドにしかない。時間は七時半になろうとしている。面会時間ぎりぎりに入れば目立つだろう。

「黙って行かせて」と私は仲上に言った。

仲上は厳しい視線を私に向けた。

「それで俺は後悔しないのか?」

「刑事としてなら、私にはわからないよ」

「一人の人間として」と言ってから一度、目を閉じ、仲上は私を見つめた。「一人の男としては?」

息が詰まった。付き合っていたころもそうだった。この人の真っ直ぐな視線は、時折、私を心細い気持ちにさせた。

もっとわからないよ。

そう漏らしたくなる。淡い思いは押し殺した。

「お願い。ドアを開けて」とだけ私は言った。続けて雅弘さんに声をかける。「雅弘さん、付き合ってください」

雅弘さんがシートベルトを外して、ドアハンドルに手をかけた。車内灯がつく。

「そっちは連れていくのか？」

仲上が私に聞いた。そのつもりで運転してきてもらったわけではない。が、私に何かあったとき、優斗くんと向き合い、事態を収拾してくれる誰かは必要だ。その役は優斗くんと同じ傷を持つ雅弘さんにしか任せられない。それを仲上にどう伝えるか、迷った。強い非難と抗議の視線に答えあぐねていると、雅弘さんがドアを閉め直し、仲上を振り返った。

「俺と比べるな。無意味だ。俺とあなたでは比べようがない」

仲上が険のある眼差しを向けた。

「言ってくれるじゃねえか」

「唯子さんが、あなたをどう思っているのかは、俺は知らない。それは知らないが、少なくとも、俺と唯子さんは、恋人じゃない」

遠慮と迷いを滲ませながら、雅弘さんがたどたどしく仲上に語りかける。その口調に仲上は嚙みつく気がそがれたようだ。

「何を言ってる？」

「だから、わかりやすく言うなら、俺たちの間に、男女の関係はない」

仲上がぽかんと雅弘さんを見た。

「だって、一緒に暮らしてるんだろ？」

真偽を問うように目を向けられ、私は目を伏せた。二カ月近く、一緒に暮らしたが、私と雅弘さんとの間に男女の関係はない。今回だけではない。知り合ってからずっと、雅弘さんは一度だって性的な意味で私を抱いたことはない。私に妹さんのイメージを投影していたのかもしれない。男として私と交わることが、私を罰している行為のように感じられ、それが雅弘さんには耐えられなかったのかもしれない。もっと単純に、父親を殺した犯人の娘であるという事実が、雅弘さんを萎《な》えさせたのかもしれない。いずれにせよ、二人でいて、私たちが素の私たちでいた時間などなかった。私たちはいつだって、加害者の家族であり、被害者の遺族だった。

「じゃあ、何なのか。それは、答えるのが難しい。俺は、唯子さんの弱みにつけ込んでいた。唯子さんは、でも、俺を受け止めた。俺と唯子さんは、そういう関係だ。いびつなんだ。そんな関係の俺を連れていくのなら、そこは、俺じゃなきゃ駄目な場所だ。あなたではなく俺、じゃない。最初から、俺でしかありえない場所なんだ」

無理にでも理解してくれと頼むように雅弘さんは切々と訴えた。

仲上にもおぼろげながら雅弘さんが何者なのか想像できたようだ。

「あんたは……」

「でも、俺たちの関係は、今日で終わる」と雅弘さんは続けた。

「終わる？」と仲上が聞いた。

「このあと、唯子さんがどうするのか、俺は知らない。そもそも、今、何が起こっているのか。それさえ、わかっていない。けれど、唯子さんが俺をどこかへ連れていこうとしているなら、それはそういうことなんだ」

じっと見据えていた雅弘さんから目線を切り、仲上が私を見た。

「そこは俺には見せてくれないのか？」

いたたまれない気持ちで、私は頷いた。仲上がいたら、きっと私は何もできなくなる。たぶん私は、思っていたよりずっと、この人のことが好きだったのだ。改めて、今、そう思う。

「いつかそのことについて、きちんと説明してくれるか？」

どんな立場であってもいいのなら、それは約束できた。私はもう一度頷いた。

「わかった」

仲上がスライドドアを開けて、車外に出た。私があとに続き、優斗くんも吊った右腕をかばいながら外に出てきた。降りたときにダッフルコートが右肩から落ちる。肩にかけ直しながら優斗くんが病院の入り口に向かって歩き出し、雅弘さんがそれに続いた。車の隣に立つ仲上と目が合った。

「カウンセラーとしてはともかく、人として間違ったことはしないな？」

「それもわからない。ただ……自分として、高階唯子として、間違ったことはしないようにしたいと思っている」

考えながらそう答えた私をじっと見て、弱々しく仲上が笑った。

「俺のことは気にしないでいいぞ。別に公務員じゃなきゃ生きていけないわけでもない」

今後の展開によっては、仲上が職を追われることもありうる。返す言葉が浮かばなかった。もう行けというように仲上が頭を振り、私は頷き返して、二人を追った。

外来の受付時間をとうにすぎ、一階の診察フロアはがらんとしていた。が、エレベーターホールに向かう面会客はちらほらと見受けられた。外科病棟が四階であることを確認して、私たちもエレベーターに乗り込む。四階で降り、フロアの案内図を確認した。昨日まで集中治療室にいた刑事事件被害者だ。病院側からすれば、面倒を避ける意味合いも含めて、個室に入れたいだろう。私たちは個室が連なっている一角を確認して、歩き出した。

面会手続きの厳しさは病院にもよるが、面会時間内に普通の顔をして歩いていれば、身元や用件を質《ただ》されることはそうはない。私たちは時折すれ違う病院スタッフに会釈すらしながら廊下を進んだ。予想通り、個室の一つに『山瀬拓哉』の名前が掲げられていた。ドアには『面会謝絶』の札がかけられていて、『ご用の方は看護師にお知らせください』と添えられている。人目がないことを確認して、私はドアをノックした。返事はない。私はドアを開けた。

山瀬拓哉はベッドの上で静かに横たわっていた。

頭の大きなガーゼはネット状の包帯で留められている。顔はアザだらけで、あちこちが腫《は》れ上がって変形していた。腕には点滴が、口には酸素マスクがつけられている。痛々しい姿だったが、ベッドサイドのモニターは落ち着いたバイタルサインを表示していた。

優斗くんが私の前に出た。ダッフルコートがまた肩から落ちた。苛立たしげにかけ直そうとしてから、優斗くんは逆に左腕を抜き、床に落とすようにしてコートを脱ぎ捨てた。もう一歩ベッドに近づいて、山瀬を見下ろす。山瀬が目を覚ます気配はなかった。そういう病状なのか、点滴に薬が入っているためなのか、わからなかった。

「かわいそうな人だって」

優斗くんが呟くように言った。

「ろくでもない親にずっと放っておかれて、一人ぼっちで、やけになって無茶をして、そしたらその無茶が認められて仲間ができて、ずっと無茶をし続けるしかなくなって、自分でも自分をそういう人だって思い込んでる、かわいそうな人だって。鈴音、言ってた」

呟きが徐々にうめき声に変わっていく。

「そう」

私は優斗くんの後ろに進んだ。そこに落ちていたダッフルコートを拾い上げ、腕にかける。

「世界でたった一人の味方だったただろうにな。よく殺せたよな」

優斗くんはあえぐように一度、息を吸った。

「こいつが呼吸しているだけで俺は耐えられない。こいつが息をするたびに、俺の吸う空気がなくなっていく気がする」

動きにくかったのだろう。優斗くんは右腕を三角巾から抜いた。それから左手を伸ばして酸素マスクを取り、山瀬の頭の下の枕を無造作に引き抜いた。優斗くんは山瀬が目を覚ますのを期待したのかもしれない。が、山瀬は目を開けなかった。バイタルサインが乱れたが、人がくる気配はない。モニターの表示もすぐに落ち着いた。山瀬の顔をうかがっていた優斗くんの体から力が抜けるのがわかった。次に力が入ったとき、その左手は持っている枕を山瀬の顔に押しつけるだろう。

何かを言わなくては。

気持ちが焦り、思考がもつれて、言葉が浮かばない。

「俺は、父親を殺された」

不意に背後から雅弘さんの声がした。静かだが、通る声だった。優斗くんが雅弘さんを振り返った。

「その人の父親に殺された」

優斗くんは自分のすぐ後ろにいた私に目を向けた。本当かと問う前に、私の表情で察したのだろう。またドア近くにいる雅弘さんに視線を戻す。

「いろんな感情が、生まれた。悲しみ、憎しみ、悔しさ、怒り。だいたいの感情は、そのうちに静まった。なくなりはしなかったけど、静まった。でも、その中でどうしても静まらない感情があった。不安。これだけは、どんどん強くなった。毎日が不安で、不安で、不安で、仕方がなかった。俺は生きていくために一番大事なルールを、その人の父親に、壊された」

優斗くんはじっと雅弘さんを見ていた。雅弘さんは床に目を落とし、誰のことも見ていなかった。私に言っているのかもしれないし、違うのかもしれない。

「今日を普通に生きていれば、普通の明日がやってくる。だから、今日を普通に生きられる。犯罪は、特に人殺しは、そのルールを壊す。普通の明日がこないかもしれないなら、俺はどうやって今日を生きればいい？　ましてや明日の朝、目が覚めないかもしれないと思ったら、そう疑い出したら、今日の夜、眠ることができなくなる」

雅弘さんの声が、苦しげに歪む。今更ながら、父の行為の罪深さに胸が詰まる。

優斗くんが息を深く吸った。

「わかるよ。だから、俺はこいつを殺す。あんたが言うそのルールを取り戻す。人を殺すようなやつは、生きてちゃいけない。ああ、そうだな。鈴音のためじゃない。復讐でもないし、正義のためでもない。俺は俺が生きていくためにこいつを殺す」

「でも、そのやり方では」と私はどうにか口を開いた。「そのやり方では、壊れてしまったルールを直せない。壊れてしまったルールの上に、自分の人生を載せることになる」

はっと強く息を吐いて、優斗くんが私の言葉を嘲った。

「こいつを殺してどうなるかなんて、殺してみないとわからない。こいつを殺して、それでもこのどうしようもない息苦しさが変わらないなら、そのときにまた考える」

私は必死に言葉を探した。

「山瀬は残酷で暴力的な人間かもしれない。でも、それだけじゃなかったはずだよ。かわいそうな人だったっていう、お姉さんが見ていたその姿だって、やっぱり本当の姿だよ。だから、残酷で暴力的な山瀬だけにとらわれてはいけない。それだけに向き合おうとすれば、自分もそれだけの人間になってしまう。もっと大きな……」

「黙れよ」と優斗くんは言った。「殺した側の家族が偉そうにものを言うな」

やっぱりか、と私は思う。加害者側の言葉が被害者側に届くわけがない。そこにはどうどうと渦を巻く大きな暗い川が横たわっている。

優斗くんが意を決した気配がした。左腕を上げて、持っている枕を山瀬の顔に押し当てる。山瀬は動かない。あとは力を加えるだけだ。

何か私にできることはないのか。

腕にかけていた優斗くんのコートを無意識にぎゅっと握っていた。そのときに感じた。殺意とはこうして生まれるのだと。優斗くんのコートを拾い上げたのは、ただそこに落ちていたからで、意味も目的もなかった。

「わかったよ」

誰に向けた呟きか、自分でも定かではなかった。

私はもう一歩優斗くんに近づいた。意識の外にいたようだ。まだそこにいたのか、というような顔で優斗くんが間近に迫った私を見た。

腕を伸ばし、優斗くんの胸を軽く押す。その意味を問うような目で、優斗くんが一歩、後ろに引いた。枕から手が離れる。

私は左腕にかけていたダッフルコートのポケットから右手でナイフを引き抜いた。コートを落とし、左手で鞘を外す。鞘を放って、両手でナイフの黒い柄を握った。私の耳元で春雄さんが苦しげに囁《ささや》く。

『他に何ができたでしょう？』

誤解していた。そこにあったのは、覚悟なんかじゃない。どうしようもない状況と何もできない自分とが生み出した、安直な絶望だ。その安直さを知りつつなお、人はそれに呑み込まれる。私もまた、こんなにも弱い。

自分で認めた弱さが産声を上げるように、腹で弾けた声が喉をせり上がる。それは叫びにならず、かすれた悲鳴となって口から絞り出された。

「……あああああ」

私は渾身の力でナイフを振り上げた。

どこに？　心臓？　心臓ってどこ？　いい。胸ならどこでもいい。肺にまで達するほど、強く。

思考したその一瞬に、横から強い衝撃を受けた。弾き飛ばされ、バランスを失う。世界のほうが引っ繰り返ったかのような錯覚の中で、私は床に倒れて、腰と頭を強く打ちつけていた。

手をついて上半身を起こし、目眩を払おうと首を強く振る。優斗くんが私を見下ろしていた。横から、優斗くんに肩をぶつけられたのだと悟った。

「何を……」

茫然と優斗くんが問いかける。

「その男が死ぬことがすべてなら、誰がやってもいい」

「だからって、何で……」

「私は七年前、優斗くんを間違った方向に進ませてしまった」

「そんなこと……」

私は立ち上がった。今、ナイフを振り上げたその力をもう一度かき集めようと、胸の中にじっと意識を凝らす。一歩、踏み出した。

「それで、その子が救われるの？」

背後から雅弘さんの声がかかる。

「救われないですよ。救われるはずないじゃないですか。でも、そう気づいたときには、優斗くんは殺人犯になっている。それだけはさせるわけにいかないんです」

声がうわずった。私はベッドの上の山瀬をにらんだ。優斗くんが置いた枕は山瀬の顔からずり落ちていた。山瀬はまだ静かに眠っている。その平穏さを憎んだ。山瀬と私の間を遮るように、優斗くんが立ち塞がる。

「どいて。私がやる」

優斗くんが私を見極めようとしていた。私は優斗くんに目を合わせ、ゆっくり頷いた。優斗くんの体を避けて、ベッドの隣に立つ。

ベッド脇のモニターが目障りだった。定期的に動く数値は、コードの先にいるその体が生きていると私に訴えていた。

私は山瀬のことを何も知らない。彼がどんなに悪人だとしたところで、私に殺す権利などないだろう。けれど私が殺さなければ、優斗くんが殺す。仮に今この場はどうにか誤魔化したとしても、優斗くんはいつかまた山瀬を殺そうとするかもしれない。あるいは山瀬を殺せなかった自分に絶望するかもしれない。その絶望は優斗くんを追い詰めるかもしれない。犯罪被害者が、その遺族が、それ以上、傷ついていいわけがない。犯罪のその先に傷つくのは、絶対に加害者のほうだけであるべきだ。

一度、目を閉じた。そこにいるのは加害者だ。それを加害者の娘が殺《あや》める。それで小さな円が一つ、閉じる。私は静かに呼吸を整え、目を開けた。さっきよりも冷静に。狙うなら、喉だ。右手のナイフを握り直した。皮膚を破り、肉を貫き、血管を切り裂く感触を想像して、脳がおののく。すべての思考を停止した。強く、速く。それだけを念じてナイフを振り上げた、そのときだ。

私の右手首を優斗くんの左手がつかんだ。私は優斗くんを見た。ナイフはぴくりとも動かせない。優斗くんは私を見ていなかった。私の手首を押さえたまま、山瀬を見下ろしていた。やがて優斗くんはねじるように私の手を下ろし、軽く突き放すようにして手首を離した。

背後によろけて、私はただ立ち尽くした。一瞬に集中させていた緊張が途切れて、体が動かなかった。体中からかき集めたはずの力は、もろくも崩れて消えかけようとしていた。再びナイフを振り上げることは、もうできない。そう悟って、私は肩を落とした。

優斗くんは長い間、山瀬を見下ろしていた。やがて意を決したように息を吸うと、山瀬の顔の隣にあった枕を手にして、顔の上へ持っていく。押しつけるつもりかと私が一歩踏み出したとき、優斗くんが雅弘さんを振り返った。

「頭、上げてくれないか」

落ち着いた声だった。

雅弘さんがベッドの反対側に回り、両手で山瀬の頭をそっと持ち上げた。その頭の下に優斗くんが枕を差し込む。静かで緩慢な二人の動作は、作法に則った何かの儀式のようだった。雅弘さんがゆっくり頭を戻したとき、山瀬が苦しそうに目を開けた。私たちはその場で固まった。が、状況を確認した様子もないまま、山瀬の瞼はまた落ちた。

優斗くんが振り返り、そこに落ちていたダッフルコートを拾い上げた。苦労して左の腕に通して、右の肩にかける。そして、ナイフを手にしたままの私の横を素通りして、部屋を出ていこうとした。私はその姿を視線で追った。優斗くんがドアに手をかけたところで、ようやく声が出た。

「どうして?」

動きを止めたまま、優斗くんは何も答えなかった。同じ問いかけを繰り返そうとしたとき、優斗くんが口を開いた。

「それがどうせ同じものなら」とドアにおでこをつけるようにして優斗くんは言った。「そいつが考えもなく壊したものより、高階さんが必死に直そうとしているものを信じることにする」

何と応じていいのかわからなかった。私はまた、優斗くんに間違った答えを強要しているのではないかというおそれも感じた。ただ、これだけは素直に口にできた。

「ありがとう」

私の言葉は優斗くんを助けられなかったのに、私は優斗くんの言葉に救われていた。そのことが申し訳なかった。

優斗くんが私を振り返った。泣いているような顔で笑ってみせる。私はたぶん、意気地なしの子どもの顔で優斗くんを見ていたと思う。

「下の男のところに行けばいいんだな？」

優斗くんが聞き、私は頷いた。優斗くんが頷き返し、部屋を出ていった。

手からナイフが抜き取られた。落ちていた鞘を拾い上げ、雅弘さんはナイフを収めた。

「手伝って」

ナイフを自分のジャンパーのポケットにしまって、雅弘さんが言った。

私たちは乱れてしまったベッドを丁寧に整えた。酸素マスクを戻し、シーツを張り、毛布を整える。作業はすぐに済んだ。

「行こう」

雅弘さんが言って、病室を出た。続いて病室を出る間際、私は背後を振り返った。

まるで何もなかったようだった。入ってきたときと同じように、山瀬拓哉はベッドに横たわっていて、モニターは落ち着いたバイタルサインを表示していた。そこにある平穏に私はただ背を向けた。

駐車場に停めた車に戻ると、優斗くんの姿も仲上の姿もなかった。二人とも、なすべきことをしに行ったのだろう。

「会社に車を返す。君の部屋には戻らない。送り先、決まったら、知らせる。部屋にある荷物、送ってくれるかな」

「雅弘さん。私は別に……」

言いかけた私を雅弘さんが制した。

「妹が死んで、初めて君に会いにいった。覚えてる?」

「はい。覚えてますよ」

「君が幸せにならないように、見張っているつもりだった。妹が死んだのに、君が幸せになるのは許せなかった。でも、無駄だった。君は幸せになろうとしていなかった」

「そんなことないです。雅弘さんやお母さんに比べれば、私は全然、恵まれてました」

「そう。俺は自分にそう言い聞かせた。君をずっと利用し続けた。困ったときにも、弱ったときにも君を訪ねた。君は優しかった。俺は君を慰めに使った」

「使ってくれればいいです。雅弘さんの役に立てるなら、私は、それで」

「もういいんだ」

雅弘さんは両手を私の肩に置いた。雅弘さんの目を覗き込む。大きな川のあちら側とこちら側ではなく、私たちは、十五年間、同じ淵《ふち》のほとりに立っていたのだろうと思った。

「いつかどこかで笑っている君を見たとき、俺もほっとして笑えたらいい。今はまだ無理だけど、いつかは、そうなりたい」

抱きしめることなく私の肩から手を離して、雅弘さんは車に乗り込んだ。シートベルトを締め、エンジンをかけて、雅弘さんが私を見た。もう声は聞こえない。唇だけが動いた。

「さようなら」と私も言った。

車はゆっくりと走り去っていった。夜の風は冷たかったけれど、肩にぬくもりは残っていた。支えられていたのは、私のほうだったのかもしれないと思った。

白髪を短く刈り込んだ小柄な男が入ってきた。アクリル板の向こうの椅子に腰を下ろし、顔を上げる。

目の前の男と記憶の父との間にはずいぶんと隔たりがあった。記憶の中の人なんて、不確かな保存と呼び出しで作られた仮のイメージにすぎない。そう思っても、やはり目の前の男は初めて会う他人にしか見えなかった。

私を認め、父の頬が緩んだ。その眼差しに、ようやく記憶の父が重なった。家族を笑わせようと、いつもつまらない冗談を言って、自分ばかりが笑っているような父だった。

「唯子。よくきてくれたね」

声は変わらない。そのことが私の言葉を詰まらせた。

「無理してきたんじゃないといいけど。祐紀に無理に言われてきたんじゃないか?」

何でそんなことを気にするのだろう。私たちが話すべきことは、そんなことではないはずだ。

母も、祐紀も定期的にきてくれていること。その時々に私の話は聞いていたこと。大学に進み、大学院まで出たと聞いて感心したこと。決してなめらかにではないが、父は喋り続けた。会話が途切れれば、私が立ち去ってしまうと恐れているようだった。けれど、それも長くは続かなかった。反応のない私にくたびれたように父の話すペースは徐々に遅くなり、やがて完全に止まった。

「やっぱり元通りにはならないよな？」

ぽつりと父が言った。

元通りというのが何を意味しているのかさえわからなかった。自分の犯した罪について考えないわけがない、父だって変わっている、と祐紀は言った。そうなのかもしれない。そうだとしても、私は今、この人を前にして、過去の記憶とは違う、新しい父の姿を自分の中に作り直す気にはなれなかった。そんなものを欲する心持ちからははるか遠いところに私はいた。

「父さんは幸せになる資格なんてないんだよな」

同じ口調で父が続ける。

暗に否定を求めていたのなら、即座に席を立っていた。けれど、父にその気配はなかった。わかりきっていることを確認している。それだけのようだった。

「何か言ってくれないか？」と父は言った。「父さんは、もう十五年、唯子の言葉を聞いていない。何でもいいよ。何か喋ってくれ」

十五年。私は父に対して十五年も沈黙を守っていたのか。

私は目を閉じた。父に対してではなく、ただ自分の中にある言葉を探した。それは胸の奥底に、何でもない石ころのように沈んでいた。私はそれをすくい上げた。

「幸せか不幸せかなんてどうでもいいの。そんなこと、人の頭の中にある光景。ただの世界の見え方でしかない」

目を開けた。父が戸惑った顔で私を見ていた。突然、話し出したことに驚いたのか。それとも話している内容が期待したものとは違っていたのか。父の気持ちを汲む気はなかった。

「幸せでも不幸せでもいい。ただ必死に生きて。私もそうする。そうすれば、いつか私たちは何かを話し合えるかもしれない」

父は続きを求めているようだったが、私のほうにもう話すことはなかった。それが伝わったのか、父は一度、頷き、それから何度も頷き続けた。

「わかった。わかったよ」

もちろん、わかってはいないだろう。それは私の時間が私の中に生み落とした私の言葉だ。こんな短いやり取りで通じるわけがない。けれど、うわべだけでもわかったと頷いたのなら、父にはそれを理解する義務が生まれる。私は父にそれを課した。あなたのことを殺しもしないし、許しもしない。この先二度と会わないかもしれない。ただ、あなたが必死に生きようともがく限り、私との縁が切れることはない。そう伝えた。それが今、私にできる精いっぱいだった。

次の約束は口にしなかった。私たちの未来に約束できるものなど何もない。視線を交え、頷き合うような小さな会釈だけで私は父と別れた。

受付で預けていたスマホを受け取り、刑務所の建物を出た。スマホに新しいメッセージが届いていることに気づいて確認すると、仲上からだった。

『駐車場にいる』

「は?」と思わず声が出た。

駐車場に回ってみると、白い軽自動車に寄りかかるようにして本当に仲上が立っていた。私に気づいて、手を上げる。さすがに笑ってしまった。

今朝方、会えないかと電話してきた仲上に、今日は父の面会に行くからまたにしてくれと伝えた。が、まさか刑務所までくるとは思っていなかった。

あれから五日が経っていた。落ち着いたら報告するというメッセージが入ったきり仲上からの連絡はなく、ようやくきた連絡が今朝方の電話で、私たちはあの事件について、ほとんど何も話していなかった。

「あー、ひょっとしてだけど」と私は言った。「これは迎えにきてくれたんじゃなくて、同行を求めにきたとか、そういうこと？　逮捕しにきたとか？」

犯人であることを知りながら、私は優斗くんをかくまった。それが犯罪であることももちろんわかっていた。父との面会を急いだのは、身柄を拘束されるかもしれないというおそれもあってのことだった。

「そのうち事情は聞かれることになるだろうが、何日もかくまったわけじゃない。嫌疑不十分か、起訴猶予か。どっちにしろ不起訴処分は間違いない」

「そうなの？」

少し拍子抜けして、私は聞いた。

「被疑者は七年前に何度も面談をしてくれて、とても信頼を置いていたカウンセラーを事件後に訪ねた。カウンセラーは、これ以上、罪を重ねないよう被疑者を説得するために、被疑者が重傷を負わせた被害者に引き合わせて、反省を促した。そうだろ？」

「こじつけたね」

「こじつけでも、作り話でも、綺麗な話を人は好むんだよ。それは警察官だって同じだ。あのとき病室で何があったかなんて、口が裂けても言うなよ。あんたのためだけじゃない。誰のためにもならない」

仲上のためにもならないし、何より優斗くんの立場をいっそう悪くする。けれど、あの日、山瀬に向けてナイフを振り上げた力のことを私は決して忘れないだろう。あのとき感じた弱さこそが、この先、私がするべきことを教えてくれるはずだ。

「ご迷惑をおかけしました。ごめんなさい」と私は頭を下げた。

「結果としては、被害を広げずに犯人が出頭したんだ。俺だけじゃない。お巡りさんたちはみんな喜んでますよ」

乗れよ、というように仲上が頭を振り、運転席に乗り込んだ。私も車を回り、助手席に収まる。それから、ずっと気になっていたことを聞いた。

「優斗くんは？　どうなりそう？」

エンジンをかけ、車を出しながら仲上は顔をしかめた。

「厳しいな。同情の余地はある。が、向居優斗がやったことは司法の否定でもある。決められた刑罰に服したものをリンチにかけたんだから。それを認めたら社会が成り立たない。出頭したことは斟酌《しんしゃく》されたとしても、判決にたいした温情は期待できないだろう」

「そう。そういうものなのね」

少なくとも人殺しにはならなかった。今はそれを慰めにするしかない。

車は刑務所の敷地を出て、細い道を抜けたあと、すぐに国道を走り始めた。

「そっちはどうなんだ？」

「ああ、うん。成り行きで、病院の相談室でもカウンセリングをさせてもらうことになりそう。依存症患者にも対応できる相談室にできないか、今、病院と話し合いが始まったところ。あとは加害者側のカウンセリングをやってみようと思ってる。加害者本人への取り組みは進んでいても、加害者の家族に対するカウンセリングはほとんど手つかずだから。教授も力を貸してくれるって」

一番遠い地平を目指すのですか。

私が相談すると、安曇教授はそう言って、とても愉快そうに笑った。

「ずいぶん忙しくなりそうだな」

仲上は呆れたように言った。

道はすいていたが、仲上が運転する車が法定速度を超えることはなかった。軽快に走っていた軽自動車が、赤信号に捕まる。

「あの、ねえ、この前の話」

それを機に私は切り出した。

「あー、ん？」

「あなたと私の話です」

「お、おう」

「気持ちはうれしいんだけど、私は、まだやっぱり……」

「ああ。そうだよな。うん。わかってる」と仲上は言って、ハンドルから右手を離し、私に差し出した。

「うん？」と私は聞いた。

「だから、もう一度、お友達からお願いしますってことで」

不器用に差し出された右手が、かつて感じたことがないほど特別なものに見えた。私はその手をしっかりと握り返した。

初出　「小説すばる」　二〇二〇年八月号・十月号・十二月号
二〇二一年二月号・四月号
「沈黙を聞かせて」を改題。
単行本化にあたり、加筆・修正を行いました。

写真　中村紋子
装幀　アルビレオ

本多孝好　ほんだたかよし

1971年東京都生まれ。慶應義塾大学法学部卒業。

94年「眠りの海」で小説推理新人賞を受賞。

99年同作を収録した『MISSING』で単行本デビュー。

「このミステリーがすごい! 2000年版」でトップ10入りするなど高い評価を得て一躍脚光を浴びる。

著書に『MOMENT』『WILL』『MEMORY』『FINE DAYS』『真夜中の五分前』『正義のミカタ I'm a loser』『チェーン・ポイズン』『at Home』『ストレイヤーズ・クロニクル』『Good old boys』『dele』などがある。

アフター・サイレンス

2021年9月10日 第1刷発行

著　者　本多孝好《ほんだたかよし》

発行者　徳永 真

発行所　株式会社集英社
〒101-8050 東京都千代田区一ツ橋2-5-10
電話［編集部］03-3230-6100
［読者係］03-3230-6080
［販売部］03-3230-6393（書店専用）

印刷所　凸版印刷株式会社

製本所　加藤製本株式会社

ISBN978-4-08-771764-8 C0093

本多孝好　「MOMENT」シリーズ全3巻

集英社文庫

MOMENT

死ぬ前にひとつ願いが叶うとしたら……。病院でバイトをする大学生の神田。ある末期患者の願いを叶えたことから、彼の元には患者たちの最後の願いが寄せられるようになる。恋心、家族への愛、死に対する恐怖、そして癒えることのない深い悲しみ。願いに込められた命の真実に彼の心は揺れ動く。静かに胸を打つ連作集。

WILL

十一年前に両親を事故で亡くし、家業の葬儀店を継いだ二十九歳の森野。寂れた商店街の片隅にあるお店には、特別な事情を抱えた者がやってくる。自分を喪主に葬儀のやり直しを要求する女。老女のもとに通う、夫の生まれ変わりだという少年……死者たちは何を語ろうとし、残された者は何を思うのか。深く心に響く連作集。

MEMORY

森野と神田は同じ商店街で幼馴染みとして育った。中三のとき、森野が教師に怪我を負わせて学校に来なくなった。事件の真相はどうだったのか。ふたりと関わった人たちの眼差しを通じて、次第に明らかになる、ふたりの間に流れた時間、共有した想い出、すれ違った思い——。大切な記憶と素敵な未来を優しく包む連作集。

本多孝好

ストレイヤーズ・クロニクル

ACT-1
ACT-2
ACT-3

ACT-1

ACT-3

ACT-2

驚異的な速さで動く、遠距離の音も聞き分けられる、見たものすべてを記憶する、そして数秒先の「未来」を予測する——。常人とはかけ離れた能力を持つ昴《すばる》、沙耶《さや》、隆二《りゅうじ》、良介。彼らは同じ施設で育ち、特別な絆で結ばれていた。しかし施設の仲間を人質に取られ、野心を抱く政治家・渡瀬に裏の仕事をさせられていた。ある日、渡瀬から家出中の大物政治家の娘を追え、と命令される。目的は彼女が持ち出した秘密ファイル。世間を賑わす謎の殺人集団「アゲハ」も絡み、彼らの運命は大きく動き出す——。

特殊能力と特殊能力がぶつかり合うアクション巨編。岡田将生主演で映画化もされた話題作。

集英社文庫

本多孝好

正義のミカタ
I'm a loser

高校までいじめられっ子だった亮太は、大学入学を機に変身を図っていた。亮太はひょんなことから「正義の味方研究部」に入部するが、果たして彼は変われるのか。コミカルタッチの傑作青春小説。

Good old boys

市内屈指の弱さを誇る「牧原スワンズ」の四年生チームは、今年最後の公式戦となる市大会に挑もうとしている。しかし、チームの活動を手伝う父親たちは、それぞれに悩みを抱えていた。八組の家族のありようと成長を描く、あたたかな物語。

集英社文庫